AGATHA CHRISTIE COMPLETE COLLECTION

CARDS ON THE TABLE

AGATHA CHRISTIE COMPLETE COLLECTION

CARDS ON THE TABLE

테이블 위의 카드 애거서 크리스티 장편 소설 | 허형은 옮김

황금가지

CARDS ON THE TABLE
by Agatha Christie

Copyright © 1936 Agatha Christie Limited.
All rights reserved.

AGATHA CHRISTIE, POIROT and the Agatha Christie Signature
are registered trademarks of
Agatha Christie Limited in the UK and elsewhere.
All rights reserved.
www.agathachristie.com

Korean Translation Copyright © Minumin 2007, 2013, 2023

Korean translation edition is published by arrangement with
Agatha Christie Limited through Shinwon Agency.

이 책의 한국어판 저작권은 신원 에이전시를 통해
Agatha Christie Limited와 독점 계약한 ㈜민음인에 있습니다.
저작권법에 의해 한국 내에서 보호를 받는 저작물이므로 무단 전재와 무단 복제를 금합니다.

정식 한국어 판 출간에 부쳐

나는 한국에서 우리 할머니의 작품을 정식으로 출간한다는 소식을 듣고 무척 기뻤다. 할머니가 1920년부터 1970년 무렵까지 오랜 세월에 걸쳐 집필한 작품들은 21세기인 지금 읽어도 신선하고 재미있다. 등장 인물들이 워낙 자연스러워서 요즘 사람들과 다를 바 없고 이들이 등장하는 상황과 장소가 전 세계 사람들의 애정과 향수를 자극하기 때문이다. 한국 독자들은 이번에 새로 나온 정식 한국어 판을 통해 그동안 접하지 못했던 애거서 크리스티의 일부 작품들을 읽을 수 있을 것이다. 덕분에 한국에 새로운 세대의 애거서 크리스티 팬들이 탄생할지도 모르겠다는 생각을 하면 가슴이 벅차다.

애거서 크리스티는 대표적인 두 명의 주인공으로 기억되는 작가이다. 14권의 작품에 등장하는 마플 양은 영국의 작은 시골 마을에서 평온한 나날을 보내며 뜨개질과 수다로 소일하는 미혼의 할머니이지만, 놀라운 기억력과 날카로운 두뇌 회전으로 주변에서 벌어진 살인 사건을 해결한다.

그리고 마플 양과 상반되는 성격을 지닌 에르퀼 푸아로는 자신만만하고 콧수염을 포함한 자신의 외모와 벨기에라는 국적에 대한 자부심이 상당하다. 그는 이집트와 이라크를 비롯한 세계 각지에서 수수께끼를 해결하며 『오리엔트 특급 살인 Murder On The Orient Express』, 『나일 강의 죽음 Death On The Nile』, 『애크로이드 살인 사건 The Murder Of Roger Ackroyd』 등 애거서 크리스티의 여러 대표작에 모습을 드러낸다.

황금가지의 대담하고 참신한 표지와 전반적인 디자인 덕분에 작품의 성격이 잘 살아난 것 같아 기쁘다. 또한 한국 독자들이 할머니의 원작이 지닌 참된 묘미를 느낄 수 있도록 충실한 번역을 위해 애써 준 점도 높이 사고 싶다.

할머니의 작품이 20세기의 그 어떤 작가들보다 많이 팔리고 있는 이유는 나이와 국적에 상관없이 읽을 수 있는 재미와 감동을 갖추었기 때문이다. 모쪼록 한국 독자들도 황금가지에서 선보이는 애거서 크리스티 작품들을 즐겁게 감상하기를 바란다.

매튜 프리처드

애거서 크리스티의 손자

ACL 이사장

차례

정식 한국어 판 출간에 부쳐 —————— 5

서문 —————————————— 9
셰이터나 ————————————— 11
셰이터나의 만찬 ————————— 20
브리지 게임 ——————————— 33
첫 번째 살인자? ————————— 47
두 번째 살인자? ————————— 61
세 번째 살인자? ————————— 68
네 번째 살인자? ————————— 78
넷 중에 범인은 누구? ——————— 84
로버츠 선생 —————————— 101
로버츠 선생(이어서) ——————— 117
로리머 부인 —————————— 129
앤 메러디스 —————————— 139
두 번째 방문객 ————————— 149
세 번째 방문객 ————————— 163
데스파드 소령 ————————— 175
엘시 뱃의 증언 ————————— 186
로다 도스의 증언 ———————— 195
뜻밖의 만남 —————————— 207
회담 ————————————— 216
럭스모어 부인의 증언 —————— 239
데스파드 소령 ————————— 250
콤비커에서 찾아낸 증거 ————— 258
실크 스타킹의 증거 ——————— 262
제외된 세 명의 살인자 —————— 271
로리머 부인의 증언 ——————— 278
진실 ————————————— 285
목격자 ———————————— 296
자살 ————————————— 302
사고 ————————————— 315
살인 ————————————— 326
테이블 위의 카드 ———————— 335

서문

흔히 추리 소설은 경마와 비슷하다고 한다. 승산이 있는 말과 기수들이 동시에 경주를 시작한다는 뜻이다. '돈을 거는 것도 당신, 경주마를 고르는 것도 당신'이다. 거의 모든 추리 소설에서 범인 후보는 경마의 우승 후보와는 반대로 전혀 승산이 없어 보이는, 즉 전혀 가능성이 없는 사람이다. 가장 범죄를 저지르지 않을 법한 사람을 지목하면, 열에 아홉은 더 이상 추리할 거리가 없다.

나의 충실한 독자들이 넌더리를 내며 이 책을 집어 던지는 것을 원치 않기에 이 책은 그런 종류의 추리 소설이 아니라고 미리 일러둔다. 이 책에서 '선수'는 단 네 명이다. 그리고 네 명 모두 적절한 상황만 마련되면, 충분히 범죄를 저지를 만한 사람들이다. 물론 이렇게 되면 '전혀 그럴 법하지 않은 사람이 범인으로 밝혀졌을 때의 놀라움'을 느끼지 못한다. 하지만 네 후보 모두 흥미로운 요소를 가지고 있다. 네 명 모두 과거에 살인을 저지른 적이 있으며 살인을 또 한 번 저지를 여지가 충분한 사람들이라는 것이다. 그들은 제각기 너무나 다른 특성을 가지고 있고, 범죄를 저지르게 된 동기도 저마다 독특하며, 범행 방법 또한 다르다. 그러므로 범인을 가려내려면 오로지 심리적으로 추론해 나가야 한다. 그러나 그 재미는 조금도 떨어지지 않는다. 왜냐하면 모든 것이 밝혀진 후에도 역시나 가장 흥미로운 것은 범인의 심리이기 때문이다.

　이 작품을 두둔하는 입장에서 한마디 덧붙이면, 이것은 에르퀼 푸아로가 가장 흥미롭게 생각한 사건 중 하나이다. 그런데 푸아로의 친구 헤이스팅스 대위는 푸아로의 설명을 듣고 나서 그렇게 재미없는 사건은 처음이라고 했다. 나의 독자들이 둘 중 누구의 의견에 공감할지 자못 궁금하다.

셰이터나

"무슈 푸아로 아니십니까!"

낮고 부드러운 목소리가 들려왔다. 감정에 이끌려 내뱉은 소리도 아니고 신중하게 계산해서 꾸며 낸 소리도 아니었다. 그것은 일부러 악기처럼 사용한 목소리였다.

에르퀼 푸아로는 뒤를 돌아보았다. 그리고 머리 숙여 인사하고 이어서 그 사람과 정중하게 악수를 나눴다.

푸아로는 묘한 눈빛으로 그를 보았다. 이 우연한 만남으로 여느 때는 좀처럼 느끼지 않는 어떤 감정이 떠오른 것 같았다.

"오, 셰이터나 씨."

푸아로가 대꾸했다.

두 사람은 마치 결투를 앞두고 있는 듯한 태세로 잠시 말없이 마주 보고 서 있었다.

그 주위로 런던의 인파가 스쳐 갔다. 세련되게 차려입었으나 활기라고는 없는 나지막한 목소리로 느릿느릿 중얼거리면서 부드럽게 공기를 휘몰며 비켜 갔다.

"너무 멋져요, 여보!"

"흠잡을 데 없이 완벽하지 않소?"

런던 시내에 있는 웨식스 하우스에서는 휴대용 코담뱃갑 전시회가 열리고 있었다. 1기니의 입장료로 얻은 수익금은 런던의 병원에 기부하는 것이었다.

"여어, 이게 누구십니까? 여기서 보게 되다니! 요즘에 누구 목 매달거나 단두대로 보낸 사람 없습니까? 범죄계의 비수기인가 보죠? 아니면 오늘 낮에 강도 사건이라도 일어날 예정인가요? 그것참 흥미롭겠는데요."

셰이터나가 말을 걸자 푸아로가 대꾸했다.

"아닙니다, 무슈. 순전히 개인적인 일로 온 겁니다."

셰이터나는 젊은 아가씨와 이야기를 나누느라 잠시 한눈을 팔았다. 푸들처럼 곱슬곱슬한 머리를 한쪽으로 말아 올리고 다른 쪽에 검은색 밀짚으로 만든 뿔 모양의 장식 세 개를 단 사랑스러운 아가씨였다.

"내 파티에 왜 안 오셨죠? 그렇게 멋진 파티를 놓치다니! 그날따라 나한테 얼마나 많은 사람들이 말을 걸던지! 어떤 여자는 심지어 '안녕하세요', '안녕히 계세요', '감사합니다'라고까지 하지 뭡니까. 지방 도시에서 온 여자라 내가 얼마나 악명 높은 인간인지 아직 모르는 모양이더군요. 불쌍한 여자 같으니!"

 젊은 아가씨가 그에 알맞은 대꾸를 하는 동안 푸아로는 셰이타나의 윗입술 위에 자리한 텁수룩한 장식물을 자세히 들여다보았다.

 훌륭한, 아니 아주 훌륭한 콧수염이었다. 어쩌면 런던에서 에르퀼 푸아로와 견줄 만한 유일한 콧수염이라고 할 만했다.

 "하지만 내 것만큼 풍성하진 않군. 그래, 모든 면에서 내 것보다 못해. 투 드 멤(그래도) 시선을 끄는 건 사실이야."

 푸아로는 중얼거렸다.

 사실 시선을 끄는 건 콧수염만이 아니었다. 셰이타나의 머리끝부터 발끝까지 사람들의 눈길을 끌었다. 그럴 작정으로 치장했기 때문이다. 일부러 메피스토펠레스(독일의 파우스트 전설과 그것을 소재로 한 괴테의 희곡 『파우스트』에 나오는 악마 ― 옮긴이)와 같은 분위기를 풍기려고 한 것이다. 키가 크고 마른 편인 셰이타나는 길쭉하고 음울해 보이는 얼굴에 짙은 눈썹이 유난히 두드러졌고, 콧수염은 항상 양 끝을 왁스로 빳빳하게 매만져 나폴레옹 3세의 수염처럼 위로 살짝 꼬부리고 다녔다. 게다가 재단은 기가 막히게 잘했지만 어딘가 기괴한 느낌을 주는 고급 옷만 입었다.

 영국의 모든 건장한 사내들은 그를 볼 때마다 진심으로 한 방 먹이고 싶어 했다. 그들은 참신하고 독특한 표현 같은 건 쓰지 않고 그저 하나같이 입을 모아 이렇게 외쳤다.

 "저 빌어먹을 놈의 셰이타나!"

 그러나 그들의 아내와 딸, 누이, 숙모와 어머니, 그리고 심지어 할머니들은 세대에 따라 표현이 조금씩 달랐지만 주로 이렇게 감탄했다.

"알아요, 알아. 물론 그 사람 굉장히 고약하긴 하지요. 하지만 부자잖아요! 그 화려한 파티들 좀 봐요! 게다가 항상 사람들에 대해 재미있고 짓궂은 이야기를 늘어놓는다니까요."

셰이터나가 아르헨티나인인지 아니면 포르투갈인이나 그리스인, 하여튼 편협한 영국인들이 경멸하는 다른 어떤 나라 출신인지는 아무도 모른다.

하지만 세 가지는 분명했다.

파크 레인에 자리잡고 있는 최고급 아파트에서 풍요롭고 우아하게 살고 있다는 것.

성대한 파티, 소규모 파티, 무시무시한 파티, 품위 있는 파티, 그리고 때로는 조금 '기묘한' 파티에 이르기까지, 멋진 파티를 연다는 것.

마지막 하나는 모두 조금씩은 그를 두려워한다는 것이었다.

왜 그런지는 말로 설명하기 어려웠다. 어쩌면 그가 사람들에 대해 너무 많은 걸 알고 있다고 느꼈기 때문인지도 몰랐다. 아니면 보통 사람들이 이해하기 힘든 유머 감각 때문일 수도 있었다.

어쨌든 사람들은 셰이터나의 비위를 거스르지 않는 게 안전하다고 믿었다.

오늘 오후 이 땅딸막하고 우스꽝스럽게 생긴 에르퀼 푸아로를 불편하게 만든 것도 그 괴상한 유머 감각이었다.

"탐정 나리도 때때로 기분 전환이 필요한 모양이지요? 늘그막에 예술에 취미를 붙이신 겁니까, 무슈 푸아로?"

셰이터나의 말에 푸아로는 거리낄 것 없다는 듯 웃으며 대꾸했다.

"그러는 셰이터나 씨도 전시회에 코담뱃갑을 세 개나 대여해 주셨던데요?"

셰이터나는 별것 아니라는 듯 손을 저었다.

"여기저기 여행하다 별 대단하지 않은 물건들을 손에 넣게 되었지요. 언제 한번 저희 집에 놀러 오시죠. 흥미로운 물건들이 좀 있거든요. 특정한 시기나 부류를 염두에 두고 수집하는 게 아니니까요."

"가톨릭 취향을 갖고 계시더군요."

푸아로가 미소 지으며 말했다.

"그렇다고 할 수도 있지요."

갑자기 셰이터나의 눈동자가 춤을 추면서 입꼬리가 올라가고 눈썹이 우아하게 추켜올려졌다.

"푸아로 선생의 취향에 맞는 수집품들을 보여 드릴 수도 있지요."

"'범죄 박물관'이라도 차리셨습니까?"

"말도 안 되는 소리!"

셰이터나가 마음에 안 든다는 듯 손가락으로 딱 소리를 내고는 대꾸했다.

"브라이턴의 살인범이 사용한 컵이나 유명한 밤도둑이 문 따는 데 썼다는 쇠지레 따위는 유치하기 짝이 없습니다. 그런 폐품들은 수집할 가치가 전혀 없습니다. 나는 오직 최고의 가치를 자랑하는 것들만 모읍니다."

"그렇다면 범죄에서 최고의 예술적 가치를 지니는 것이 뭐라고 보십니까?"

푸아로가 질문을 던졌다.

셰이터나는 몸을 가까이 숙이고 손가락 두 개를 푸아로의 어깨에 얹으며 연극을 하듯 속삭였다.

"그것을 저지르는 사람들이지요, 무슈 푸아로."

푸아로의 눈썹이 슬쩍 추켜올려졌다.

"아하, 제가 무슈 푸아로를 놀라게 하는 데 성공한 모양이군요. 이런 이런, 무슈 푸아로와 나는 사물을 정반대의 시각으로 본다니까요. 무슈 푸아로에게 범죄는 정해진 절차에 따라 풀어야 할 과제일 뿐이지요. 살인 사건, 수사, 증거 수집, 그리고 무슈 푸아로는 그만큼 능력 있는 탐정이시니 결국 유죄 판결에 이르는 과정 말입니다. 하지만 난 그런 진부한 절차는 조금도 흥미 없습니다. 질이 떨어지는 표본에는 관심이 없어요. 붙잡힌 살인범은 분명 질이 떨어지는 표본에 속하지요. 이류라 이겁니다. 나는 범죄를 예술적인 관점에서 봅니다. 그리고 그중에서도 최고만을 수집하지요!"

"그렇다면 최고란 어떤 겁니까?"

"그야 범죄를 저지르고도 잡히지 않은 사람들이죠. 성공작들! 일말의 의심도 사지 않으면서 편안한 삶을 살아가는 범죄자들. 그런 이들을 수집하는 게 재미있는 취미라는 걸 인정하지 않을 수 없겠지요."

"저는 다른 단어를 떠올렸습니다만. 재미와는 거리가 먼 단어지요."

푸아로의 대꾸는 제대로 듣지도 않고 셰이터나는 대뜸 목청을 높였다.

"좋은 생각이 났습니다! 조촐한 만찬! 내 수집품들을 볼 수 있도록 저녁 식사 자리를 마련하는 겁니다! 이보다 재미있는 건 없을 거요. 왜 진작 이 생각을 못 했는지. 그래 좋아, 어떻게 할지 벌써 눈앞에 떠오르는군……. 시간을 좀 주셔야겠습니다. 다음 주는 너무 촉박하고 그다음 주가 좋겠군요. 시간 되십니까? 무슨 요일에 모이면 좋겠습니까?"

"그다음 주라면 언제라도 괜찮습니다."

푸아로가 고개를 까닥 숙이며 대답했다.

"좋습니다. 그럼 금요일로 하지요. 18일이군요. 당장 수첩에 적어 놓아야겠습니다. 이거, 생각만 해도 즐겁구먼."

"저는 그다지 즐겁지 않군요. 초대를 받고서 무례하게 굴자고 하는 말이 아닙니다. 그런 건 아닙니다만……."

푸아로가 천천히 말하는데 셰이터나가 불쑥 끼어들었다.

"당신의 부르주아적인 감성으로는 감당하기 어려운 초대라는 거지요? 푸아로 선생, 당신은 탐정이라는 직업 의식에서 가끔은 벗어날 필요가 있어요."

푸아로가 느릿느릿 대꾸했다.

"제가 살인 사건을 철저히 부르주아적인 태도로 다루는 건 사실입니다."

"하지만 왜 그래야 하지요? 어리석거나 실수로 사람을 잔인하게 죽이는 경우가 대부분이라는 건 나도 압니다. 하지만 살인도 예술이 될 수 있어요. 살인자도 예술가가 될 수 있다는 말입니다."

"그 점은 저도 인정합니다."

"그래요. 그렇다면 어떻게 하시겠습니까?"

"그래도 살인범은 살인범입니다!"

"하지만 무슈 푸아로, 어떤 일을 완벽하게 해내면 그것만으로 정당화될 수 있지 않겠습니까! 당신은 고지식하게도 모든 살인범을 붙잡아 손목에 수갑을 채우고 재갈을 물려 될 수 있는 한 빨리 목을 부러뜨리고 싶을 겁니다. 하지만 나는 진짜 성공한 살인범이라면 국민의 세금으로 연금을 받고 돌아가며 저녁 식사에 초대될 자격이 있다고 봅니다!"

푸아로는 어깨를 으쓱했다.

"생각하시는 것만큼 제가 범죄의 예술성에 무감각한 건 아닙니다. 저도 완벽한 살인을 보면 감탄하지요. 그런데 저는 호랑이를 보고도 감탄합니다. 그 놀라운 황갈색 줄무늬를 보세요. 하지만 저는 우리 밖에서 감상하면 했지, 그 안으로는 절대 들어가지 않을 겁니다. 그래야 할 의무가 있지 않은 한은요. 왜냐하면 셰이터나 씨도 아시겠지만 호랑이가 갑자기 덤벼들 수 있거든요……."

셰이터나는 웃음을 터뜨렸다.

"무슨 소린지 알겠습니다. 그럼 살인범은요?"

"살인을 저지를 수 있지요."

푸아로가 심각한 어조로 대답했다.

"이런, 푸아로 선생, 쓸데없는 걱정이 많으시군요! 그럼 내 초대를 거절하시겠다는 겁니까? 호랑이 수집을 볼 수 있는데도요?"

"그 반대입니다. 가서 한껏 매혹되고 싶군요."

"용감하십니다!"

"잘못 알아들으신 모양이군요, 셰이터나 씨. 제 말은 경고입니다. 방금 당신은 살인자 수집이 얼마나 흥미로운 일인지 인정하라고 했습니다. 그리고 저는 다른 말이 떠오른다고 했고요. 그건 바로 '위험하다'는 말입니다. 단언하건대 셰이터나 씨, 당신의 취미는 위험한 것입니다!"

셰이터나는 메피스토펠레스와 같은 악마적인 웃음을 터뜨리더니 아무렇지도 않게 말했다.

"그럼 18일에 오실 거라고 기대해도 되겠습니까?"

푸아로는 고개를 끄덕였다.

"18일에 꼭 가겠습니다. 밀 르메르시망(대단히 감사합니다)."

"작은 파티를 준비해야겠군. 잊지 마십시오. 8시입니다."

셰이터나가 중얼거렸다.

셰이터나는 곧 자리를 떠났고, 푸아로는 그 뒷모습을 바라보며 잠시 서 있었다. 그러고는 생각에 잠겨 천천히 고개를 저었다.

셰이터나의 만찬

 셰이터나의 집 문이 소리 없이 열렸다. 회색 머리의 집사가 푸아로를 들이고는, 다시 소리 없이 문을 닫고 노련하게 손님의 외투와 모자를 받아 들었다.
 집사는 감정 없는 낮은 목소리로 조용히 물었다.
 "누구시라고 전할까요?"
 "에르퀼 푸아로요."
 집사가 문을 열자 방 안에서 웅성거리는 소리가 흘러나왔다. 집사는 손님이 도착했다고 알렸다.
 "무슈 에르퀼 푸아로입니다."
 셰이터나는 셰리주 잔을 들고 문으로 다가와 손님을 맞이했다. 역시나 흠잡을 데 없는 깔끔한 차림새였고, 조롱하는 듯 꼬부라져 유난히 두드러져 보이는 눈썹 때문인지 메피스토펠레스적인 음산

함이 평소보다 더 강하게 풍겼다.

"다른 손님들께 소개하지요. 올리버 부인을 아십니까?"

푸아로가 슬쩍 놀라는 기색을 비치자 허세 부리는 기질을 타고난 셰이터나는 내심 즐거워했다.

아리아드네 올리버 부인은 선풍적인 인기를 끈 추리 소설과 그 밖에 여러 분야의 소설로 유명한 작가였다. 「범죄자들의 경향」이나 「유명한 치정 사건」, 「애정을 위한 살인 대(對) 돈을 위한 살인」 등, (비록 문법은 많이 틀렸지만) 흥미로운 글을 발표한 경력도 있었다. 더불어 부인은 불같은 성격을 가진 페미니스트이기도 했다. 이목을 끄는 사건이 터졌다 하면 어김없이 올리버 부인의 인터뷰가 실리곤 했는데, "런던 경시청의 경감이 여성이었다면!"이라고 개탄했다는 인용이 실린 적도 있었다. 부인은 여자의 직감을 전적으로 신뢰하는 사람이었다.

그것만 빼면 올리버 부인은 어수선하면서도 그것이 오히려 매력적인 성격 좋은 중년 여성이었다. 반짝이는 눈동자와 건장한 어깨도 두드러졌지만, 도무지 말을 듣지 않는 풍성한 회색 머리칼을 가지고 부인은 끊임없이 새로운 머리 모양을 실험하는 것 같았다. 하루는 머리를 죄다 뒤로 넘겨 목덜미께에서 틀어 이마를 훤히 드러내 지적인 이미지를 선보였다가, 또 다른 날은 성모 마리아처럼 머리에 동그란 띠를 두르거나 조금 부스스하게 곱슬머리를 풀어 헤치고 나타나기도 했다. 오늘 밤은 앞머리를 내려 이마를 덮고 있었다.

문학의 밤 저녁 식사 자리에서 푸아로를 만난 적이 있는 부인은 예의 그 낮고 상냥한 목소리로 반갑게 인사했다.

"그리고 당연히 아시겠지만 배틀 총경."

셰이터나가 소개했다.

각지고 큰 얼굴에 표정 없이 무뚝뚝한 인상을 풍기는 남자가 한 발짝 나왔다. 보고 있으면 나무, 그것도 전함의 목재를 깎아 만든 게 아닌가 하는 생각이 드는 얼굴과 풍채였다.

배틀 총경은 런던 경시청 내에서 최고의 수사관으로 정평이 나 있었지만 언제나 겉모습에 신경 쓰지 않아 조금 우둔해 보였다.

"무슈 푸아로와는 아는 사이입니다."

배틀 총경의 무표정한 얼굴이 웃음을 짓는 것처럼 슬쩍 일그러지더니, 이내 굳은 표정으로 돌아왔다.

"이쪽은 레이스 대령."

셰이터나가 계속 소개했다.

푸아로는 레이스 대령을 만난 적은 없지만, 그에 대해 익히 들어 알고 있었다. 쉰의 나이에 햇볕에 검게 그을린 피부가 두드러지는, 훤하게 잘생긴 대령은 제국의 변방, 특히 문젯거리가 발생한 지역에 나타나곤 했다. 비밀 요원이라고 하면 왠지 과장된 느낌이 들지만 레이스 대령이 하는 일의 성격과 영역을 비교적 정확하게 설명해 주는 말이었다.

이때쯤 푸아로는 파티를 주최한 사람의 익살스러운 의도를 이해한 것은 물론이고 내심 감탄하기까지 했다.

"다른 손님들은 늦는 모양입니다. 내 잘못인지도 모르죠. 8시 15분이라고 말했나 봅니다."

세이터나가 해명했다.

바로 그때 문이 열리면서 집사가 다른 손님이 도착했다고 알렸다.

"로버츠 선생님이십니다."

안내받은 남자는 환자를 보러 들어오는 것마냥 기운찬 몸짓으로 들어왔다. 쾌활한 중년 남자였다. 머리가 살짝 벗어졌으며 몸집이 조금 포동포동한 편이고, 반짝반짝 빛나는 작은 눈을 가진 로버츠 선생은 항상 금방이라도 수술에 들어갈 사람처럼 깨끗하게 소독한 듯한 인상을 주는 내과 개업의였다. 활기차고 자신감 넘치는 그의 태도에 사람들은 선생의 진단이 정확하며 치료법은 적절하고 현실적이라고 믿었다. 이를테면 "샴페인을 조금씩 마시면 회복하는 데 좋을 겁니다."라는 식이니 어찌 좋아하지 않겠는가!

"많이 늦은 건 아니지요?"

로버츠 선생이 싹싹하게 물었다.

집주인과 악수한 뒤 곧바로 소개된 선생은 배틀 총경을 만나 특히 기쁜 것 같았다.

"여어, 런던 경시청에서 제일 유명한 그분 아니십니까? 이거 진짜 흥미로운 파티로군요. 이런 자리에서 일 얘기를 하게 돼 죄송하지만, 그래도 이 얘긴 꼭 하고 싶군요. 나는 항상 범죄에 관심이 많습니다. 어쩌면 의사한테는 나쁜 취미인지도 모르지요. 특히나 불안에 떠는 환자들한테는 이런 얘기를 하면 안 되겠죠. 하하!"

또다시 문이 열렸다.

"로리머 부인이십니다."

로리머 부인은 고급 옷을 세련되게 잘 차려입은 예순의 할머니였다. 선이 고운 얼굴과 몸매에 회색 머리 또한 우아하게 정돈했으며 목소리가 청명하고 카랑카랑했다.

"너무 늦은 게 아니었으면 좋겠군요."

부인이 셰이터나에게 다가가며 말했다.

셰이터나와 인사한 다음 부인은 돌아서서 이미 아는 사이인 로버츠 선생에게 인사했다.

집사가 또 다른 손님이 도착했다고 알렸다.

"데스파드 소령님이 도착하셨습니다."

데스파드 소령은 키가 크고 호리호리하며 이마에 난 상처가 조금 흠인 잘생긴 남자였다. 소개가 끝나자 소령은 자연스럽게 레이스 대령 곁으로 갔고, 두 사람은 곧 스포츠 얘기와 아프리카 사냥 모험담을 늘어놓았다.

마지막으로 한 번 더 문이 열리고 집사의 목소리가 들려왔다.

"메러디스 양이십니다."

중간 키에 20대로 보이는 예쁘장한 여자가 들어왔다. 갈색 곱슬 머리를 목덜미에서 묶은 메러디스는 커다란 회색 눈이 매력적이긴 했지만 눈과 눈 사이가 조금 벌어져 있었다. 분을 바른 티는 났지만 화장을 진하게 하지는 않았고, 말투는 느릿느릿하고 수줍음이 배어 있었다.

"제가 많이 늦었나요?"

셰이터나는 셰리주 잔을 건네며 듣기 좋은 말로 그녀를 안심시켰다. 그런 다음 정중함을 넘어 무슨 의식을 주관하는 듯한 말투로 모인 사람들에게 메러디스를 소개했다.

소개가 끝나고 사람들 사이에 섞인 메러디스는 푸아로 옆으로 다가가 셰리주를 홀짝거렸다.

"저 친구 굉장히 격식을 차리는군요."

푸아로가 미소를 띠고 메러디스에게 말을 건넸다.

"그러게요. 요즘 사람들은 대개 소개를 생략하잖아요. '모두 서로 아시죠.'라고만 말하고 그냥 넘어가 버리죠."

"실제로 서로 알건 말건 상관없이 말입니까?"

"실제로 알건 말건 상관없이요. 그래서 가끔은 불편한 일이 생기기도 하죠. 오늘처럼 소개하는 게 더 엄숙하고 좋은 것 같아요."

메러디스는 머뭇거리다가 용기를 내 물었다.

"저분은 유명한 소설가 올리버 부인 아닌가요?"

마침 그때 로버츠 선생과 이야기하고 있던 올리버 부인의 낮은 목소리가 크게 울렸다.

"여자의 직감을 무시하시면 안 돼요, 선생님. 여자들은 그런 걸 다 안다고요."

오늘은 이마를 드러내지 않았다는 걸 깜빡한 부인은 손으로 머리를 쓸어 넘기려다 머리칼이 닿자 손을 도로 내렸다.

"올리버 부인 맞습니다."

푸아로가 메러디스에게 대답했다.

"『서재의 시체』(실제로는 마플 양이 주인공인 애거서 크리스티 작품이다 — 옮긴이)를 쓰신 그분이요?"

"바로 그 올리버 부인이지요."

메러디스는 미간을 살짝 찌푸렸다.

"그리고 저 무표정한 분은 총경이라고 셰이터나 씨가 소개했던가요?"

"런던 경시청 총경입니다."

"그럼 선생님은요?"

"저 말입니까?"

"무슈 푸아로에 대해 저도 다 알고 있어요. 'ABC 살인 사건(애거서 크리스티의 동명 작품에 푸아로가 등장한다 — 옮긴이)'을 해결하신 분이시지요."

"마드무아젤, 저를 당황스럽게 만드시는군요."

메러디스는 얼굴을 찡그리며 말했다.

"셰이터나 씨는……."

메러디스는 말을 꺼내자마자 갑자기 멈췄다.

푸아로가 조용한 목소리로 대신 말했다.

"셰이터나 씨는 '범죄에 집착하는 경향'이 있다고들 하지요. 확실히 그렇게 보이기는 합니다. 사람들이 뭐라고 하건 간에, 셰이터나 씨는 우리끼리 논쟁하고 다투는 걸 보고 싶어 하는 것 같습니다. 벌써 올리버 부인과 로버츠 선생을 부추기고 있지 않습니까. 두 사람은 이제 흔적이 남지 않는 독극물에 대해 토론하고 있어요."

그 말에 메러디스가 아주 작게 숨을 헉 하고 들이마시며 말했다.

"정말 괴상한 분이군요!"

"로버츠 선생 말인가요?"

"아니요, 셰이터나 씨요."

메러디스는 몸을 부르르 떨며 말을 이었다.

"왠지 모르게 항상 무섭게 느껴져요. 이해할 수 없는 것들을 재미있어하는 것부터 그래요. 어쩌면 잔인한 면이 있는지도 몰라요."

"잔인한 여우 사냥 같은 것 말이지요?"

그러자 메러디스는 푸아로에게 비난하는 듯한 눈길을 던졌다.

"그보다는 뭔가 기묘한 면이 있어요!"

"어쩌면 속내가 비틀려 있는지도 모르지요."

"남의 속을 비틀어 놓기 좋아한다고요?"

"아니 아니, 속내가 비틀렸다고 했습니다."

"저는 셰이터나 씨가 별로 마음에 들지 않아요."

메러디스가 목소리를 낮춰 털어놓았다.

"그래도 그 사람이 대접하는 저녁 식사는 마음에 들 겁니다. 이 집 요리사 솜씨가 훌륭하거든요."

푸아로가 틀림없다는 투로 말했다.

메러디스는 의심스럽다는 듯이 푸아로를 쳐다보더니 웃음을 터뜨렸다.

"무슈 푸아로도 확실히 인간이군요."

메러디스가 큰 소리로 말했다.

"그럼 제가 인간이 아니면 뭐겠습니까!"

"아시겠지만 오늘 모인 유명 인사들은 꽤 위압감을 주는걸요."

"마드무아젤, 위압감 같은 건 느낄 필요 없습니다. 그보다는 이런 기회를 즐겨야죠! 당장 수첩과 만년필을 꺼내 들고 사인을 받아와요."

"글쎄요. 범죄에 별 관심이 없어서요. 여자들은 대체로 관심이 없는 것 같아요. 추리 소설을 읽는 것도 대부분 남자들이지요."

에르퀼 푸아로가 짐짓 잘난 체하며 한숨을 내쉬었다.

"제가 하다못해 무명 영화배우라도 된다면 멋지게 사인 한 장 해드릴 텐데!"

그때 집사가 문을 열고 알렸다.

"저녁 식사 준비됐습니다."

푸아로의 예상은 정확히 들어맞았다. 음식은 더할 나위 없이 훌륭했고 접대도 완벽했다. 은은한 조명과 반들반들 윤이 나는 나무 테이블, 푸르스름한 빛을 내는 아일랜드산 유리잔. 흐릿한 가운데 상석에 앉은 셰이터나는 어느 때보다 더 악마적인 분위기를 풍겼다.

셰이터나는 여성과 남성을 균등하게 초대하지 않은 것을 우아하게 사과했다.

셰이터나의 오른쪽에는 로리머 부인이, 왼쪽에는 올리버 부인이 앉았고, 배틀 총경과 데스파드 소령 사이에 메러디스가 앉았다. 푸아로의 자리는 로리머 부인과 로버츠 선생 사이였다.

로버츠 선생이 푸아로에게 농담조로 중얼거렸다.

"오늘 초대받은 사람 중에 유일하게 예쁜 아가씨를 저녁 내내 독차지하지는 못할 거요. 당신네 프랑스인들이란 1초도 쉬지 않고 아가씨를 차지하는구려."

"프랑스인이 아니라 벨기에인입니다."

푸아로가 나직이 대꾸했다.

"아가씨를 차지하는 점에서는 다를 게 뭐가 있습니까."

선생이 쾌활하게 받아쳤다.

그러더니 갑자기 심각한 얼굴을 하고는 사무적인 투로 다른 쪽 옆에 앉은 레이스 대령에게 불면증 치료법의 최신 동향에 대해 이야기하기 시작했다.

이번에는 로리머 부인이 푸아로를 보며 최근 무대에 오른 연극에 대해 이야기했다. 근거가 탄탄하고 전체적으로 수긍할 만한 비평이었다. 이야기는 점차 책과 국제 정세로 옮겨 갔는데, 푸아로는 로리머 부인이 학식이 풍부하고 매우 지적인 여성이라는 결론을 내렸다.

테이블 맞은편에서는 올리버 부인이 데스파드 소령에게 잘 알려지지 않은 진기한 독약에 대해 아는 게 있는지 물어보고 있었다.

"글쎄요. 우선 쿠라레(남미 식물에서 채취되는 독으로 남미 인디언이 독화살에 묻혀 사용한다 — 옮긴이)가 있지요."

"아아, 비유 주(그 옛날 얘기)! 쿠라레 얘기는 수백 번도 더 들었어요. 내 말은 뭔가 새로운 게 없느냐는 거예요!"

데스파드 소령이 냉담한 어조로 대답했다.

"원시 부족들은 대개 옛날 생활 방식을 고수합니다. 보통 조상이 사용하던 옛것을 그대로 사용하지요."

"참 따분하군요. 만날 풀이나 뭐 그런 걸 찧어 실험하는 줄 알았는데. 그래서 항상 탐험가들한테는 얼마나 좋은 기회일까 생각했죠. 아무도 들어 본 적 없는 새로운 독을 가지고 고향에 돌아와 돈 많은 늙은 삼촌을 죽여 버릴 수 있으니까요."

"그런 약물은 오지가 아니라 문명 세계에서 찾아야지요. 신식 약품 제조소 같은 곳 말입니다. 보기엔 별거 아닌 것 같아도 치명적인 질병을 일으키는 세균을 배양할 수 있으니까요."

"그런 건 내 책 독자들 입맛에 맞지 않아요. 게다가 이름도 헷갈리기 쉽잖아요. 포도상구균이니 연쇄상구균이니 하는 것들 말이에요. 내 비서가 알아듣기에 너무 어렵고, 그렇지 않더라도 어감이 너무 따분하지 않나요? 배틀 총경님은 어떻게 생각하세요?"

"실제로 사람들은 그렇게 치밀하게 준비하지 않습니다, 올리버 부인. 보통은 구하기 쉬운 비소 따위를 주로 사용하지요."

총경이 대답했다.

"말도 안 돼요. 그렇게 믿는 건 단순히 밝혀지지 않은 범죄가 얼마나 많은지 런던 경시청 경관들이 모르고 있기 때문이에요. 경시청에 여성이 있었더라면."

올리버 부인이 받아쳤다.

"사실 있긴 있습니다만."

"예, 우스꽝스러운 경찰모를 쓰고 공원에서 사람들을 귀찮게 하는 딱한 여경들 말씀이지요! 나는 지휘관의 위치에 있는 여성을 말하는 겁니다. 여자들이 범죄를 더 잘 이해한다니까요."

"범죄를 저지르고 빠져나가는 데 성공하는 건 대개 여자들입니다. 끝까지 냉정을 잃지 않거든요. 얼마나 귀신같이 저지르고 딱 잡아떼는지."

배틀 총경이 호응하자, 셰이터나는 낮게 웃음을 터뜨리고 말했다.

"여자들의 무기는 독약이지요. 아마 비밀리에 독을 만드는 여자가 아주 많을 겁니다. 들키지 않을 뿐이지요."

"물론이죠."

올리버 부인이 접시에 푸아그라(거위 간 요리 — 옮긴이)를 양껏 떠 담으며 신이 나서 맞장구쳤다.

"의사도 살인을 저지를 기회는 많지요."

셰이터나가 생각에 잠겨 중얼거리는 소리를 듣고 로버츠 선생이 큰소리를 냈다.

"그렇지 않습니다. 실수로 그런 경우 말고는, 의사들은 절대 환자에게 독약을 투여하지 않습니다."

그러고는 호탕하게 웃었다.

셰이터나가 아랑곳없이 말을 받았다.

"하지만 만약 내가 살인을 저지른다면······."

여기까지 말하고 갑자기 멈추자, 침묵이 내려앉으면서 모두의 시선이 셰이터나에게 쏠렸다.

"나 같으면 아주 단순하게 해치울 겁니다. 우선 사고를 위장하는 방법이 있지요. 권총 오발 사고처럼 말입니다. 아니면 집 안에서 일어나는 사고도 있고."

셰이터나는 어깨를 으쓱하고는 다시 와인 잔을 집어 들었다.

"하지만 내가 어떻게 큰소리를 내겠습니까. 이렇게 전문가들이 많이 모인 자리에서······."

와인을 홀짝거리는 셰이터나의 얼굴, 왁스로 노련하게 모양을 낸 콧수염과 풍성한 눈썹에, 흔들리는 촛불이 와인의 붉은 음영을 드리웠다.

어느 순간 정적이 감돌았다.

침묵을 깨고 올리버 부인이 입을 열었다.

"지금 정각에서 20분 전인가요, 아니면 20분 지났나요? 방금 천사가 지나갔는데 내 발이 꼬여 있지 않은 걸 보니 검은 천사였나 봐요(모임에서 예기치 않게 대화가 중단되는 현상은 마침 천사가 그 자리를 지나갔거나 시곗바늘이 20분을 가리켰기 때문이라는 속설이 있다. 아울러 손가락을 꼬아 행운을 비는 행위를 넓게 해석한 듯하다 — 옮긴이)."

브리지 게임

I

 셰이터나의 손님들이 식사를 마치고 돌아오니 응접실에는 브리지 테이블이 마련되어 있었다. 사람들이 각자 자리를 잡자 집사가 커피를 가져왔다.
 "브리지 하는 분 계십니까? 로리머 부인이 하신다는 건 알고 있고. 로버츠 선생님도요. 메러디스 양은 브리지 게임 하십니까?"
 셰이터나가 물었다.
 "네, 하지만 잘 못해요."
 "좋습니다. 데스파드 소령님은요? 잘됐군. 네 사람이면 인원이 딱 맞아요."
 "브리지 게임을 한다니 다행이에요. 나는 브리지에 완전히 미쳐 있거든요. 점점 더 빠져들게 되더군요. 이제는 식사 후에 브리지를 안 한다고 하면 저녁 초대에 응하지도 않는다니까요. 그냥 잠이나 자 버리죠. 부끄럽지만 사실이에요."

로리머 부인이 푸아로에게 속삭였다.

네 사람은 파트너를 나누었다. 로리머 부인이 앤 메러디스와 한편이 되고 데스파드 소령이 로버츠 선생과 한편이 되었다.

"여자 대 남자군요."

로리머 부인이 자리를 잡고 앉아 능숙하게 카드를 섞기 시작했다.

"블루 카드가 낫겠죠, 파트너 씨? 비딩은 최소한 2레벨(네 명이 카드를 한 장씩 내놓아 가장 높은 패를 낸 사람이 네 장을 다 가져가는데, 이를 트릭이라고 한다. 총 13번의 트릭 중 7트릭 이상 가져간 쪽이 이기게 된다. 7트릭을 가져가는 것이 1레벨, 8트릭을 가져가는 것이 2레벨이다—옮긴이) 이상으로 하죠."

"꼭 이겨야 해요. 남자들이 항상 이길 수는 없다는 걸 보여 주자고요."

올리버 부인이 페미니스트 정신에 불타 의기양양하게 말했다.

"여자분들 가진 것도 없으면서 큰소리치는 것 좀 봐요. 섞는 김에 로리머 부인이 딜러를 하시는 게 좋겠군요."

로버츠 선생이 쾌활하게 대꾸하고는 다른 카드 한 팩을 섞기 시작했다(러버 브리지에서는 두 번째 팩의 카드를 미리 섞어 놓는다. 시계 방향으로 돌아가며 딜러를 하는데, 한 게임이 끝난 뒤 곧바로 다음 게임을 시작하기 위한 것이다—옮긴이).

데스파드 소령이 뒤늦게 천천히 자리에 앉았다. 그는 마치 옆자리의 아가씨가 얼마나 예쁜지 이제야 깨달은 것처럼 앤 메러디스를 뚫어지게 쳐다보았다.

"절반을 떼어 주세요."

로리머 부인이 카드를 내밀며 재촉하자 데스파드 소령은 깜짝 놀라 재빨리 사과를 뱉고 카드를 한 움큼 떼어 놓았다.

그러자 로리머 부인은 패를 다시 합쳐 익숙한 손놀림으로 한 장씩 돌렸다.

"저쪽 방에 브리지 테이블이 또 하나 마련되어 있습니다."

셰이터나가 그렇게 말하고 방을 나서자 나머지 네 사람이 우르르 따라와, 아늑한 흡연실로 들어갔다.

"누가 빠질지 정해야겠습니다."

레이스 대령이 말했다.

그러나 셰이터나는 고개를 저었다.

"나는 안 할 겁니다. 즐기는 게임이 아니라서요."

다른 사람들도 안 하겠다고 했지만, 결국 셰이터나의 고집에 못 이겨 모두 자리에 앉고 말았다. 푸아로와 올리버 부인이 한편이 되고 배틀 총경과 레이스 대령이 한편이 되었다.

셰이터나는 예의 그 메피스토펠레스 같은 음산한 웃음을 지으며 판을 구경했다. 올리버 부인이 2노 트럼프(으뜸 패 없이 하겠다는 뜻—옮긴이)를 선언하는 것을 지켜보다가, 어느 틈에 소리도 없이 응접실로 갔다.

그곳도 분위기가 한창 무르익어 사람들의 표정이 진지해지더니 비딩이 빠르게 이루어지고 있었다(예를 들어 스페이드를 으뜸 패로 해서 9트릭을 가져가겠다면 기본 여섯 트릭에 추가해 세 트릭을 더 가져가겠다는 의미로 '3스페이드'를 부르는데, 이를 비딩이라 한다. 딜러를 시작으로 시계 방향으로 돌아가며 비딩을 하는데, 반드시 앞사람보다 높은 단계의 비딩을 해야 하며, 자기가 가진 카드로 그렇게 할 수 없으면 패스를 해야 한다. 자기가 가진 점수의 합이 일정 선 미달이어도 패스해야 한다. 3명 연속 패스하면, 그 전 사람이 부른 비딩이 계약이 된다. 계약한 팀은 계약을 달성하기 위해, 상대 팀은 이를 저지하기 위해 각각 공격과 방어를 한다 — 옮긴이).

"1하트."

"패스."

"3클럽."

"3스페이드."

"4다이아몬드."

"더블(점수를 두 배로 올리는 것 — 옮긴이)."

"4하트."

셰이터나는 선 채로 잠시 지켜보더니 혼자 만족한 듯 씩 웃음을 지었다.

그러고는 방을 가로질러 가 벽난로 옆에 있는 커다란 안락의자에 앉았다. 음료가 든 쟁반을 들고 집사가 들어와 옆에 있는 테이블에 내려놓고 나갔다. 벽난로에서 타오르는 불꽃이 반사돼 크리스털 병

마개가 반짝거렸다.

조명을 조작하는 데 수준급인 셰이터나는 벽난로만 지펴 놓은 듯한 분위기가 나도록 방의 조명을 조절해 놓은 터였다. 벽난로 옆에 앉은 그의 팔꿈치께에 갓을 씌운 작은 등이 하나 있었는데, 원한다면 거기서 책을 읽을 수 있을 정도의 불빛이었다. 은근한 조명 때문에 방이 전체적으로 차분해 보였다. 조금 더 강한 불빛이 단조로운 외침이 계속되는 브리지 테이블을 비추고 있었다.

"1노 트럼프."

청명하고 단호한 목소리의 로리머 부인이었다.

"3하트."

조금 공격적인 투의 로버츠 선생이었다.

"노 비드."

조용한 목소리의 앤 메러디스였다.

데스파드 소령은 언제나 한 박자 쉬고 운을 떼었다. 두뇌 회전이 느린 게 아니라 확신이 서야 말을 입 밖에 내는 습관 때문이었다.

"4하트."

"더블."

벽난로 불빛을 받은 셰이터나의 얼굴에 미소가 떠올랐다.

그대로 미소가 머문 얼굴에서 눈꺼풀만 파르르 깜빡거렸다…….

오늘 밤 파티가 자못 즐거운 표정이었다.

II

"5다이아몬드. 게임(100점 계약을 달성해 보너스를 얻게 된 것 — 옮긴이)에 러버(3판 승부에서 2승을 했다는 뜻 — 옮긴이)입니다."

레이스 대령이 선언했다.

"운이 좋았군요, 파트너."

그는 푸아로를 보며 덧붙였다.

"이길 수 있을 거라고 기대하지 않았거든요. 상대가 스페이드로 리드하지 않아 다행이었습니다."

"그래도 큰 차이는 없었을 겁니다."

배틀 총경이 부드럽게 아량을 보였다.

사실 배틀 총경은 스페이드를 비딩 했다. 그런데 파트너인 올리버 부인이 스페이드 한 장을 가지고 있으면서도 '뭔가에 이끌려' 클럽을 내놓았던 것이다. 결과는 완패였다.

레이스 대령이 손목시계를 흘끔 보더니 말했다.

"12시 10분이군. 한 판 더 할 겁니까?"

"나는 이만 실례해야겠습니다. 잠자리에 일찍 드는 습관이 있어서요."

배틀 총경이 대답했다.

"저도 그렇습니다."

에르퀼 푸아로가 거들었다.

"그럼 어서 점수를 내야겠군요."

레이스 대령이 말했다.

3판 승부를 총 다섯 번 치른 결과 남자들이 완승했다. 올리버 부인은 다른 세 명에게 3파운드 7실링이나 잃었다. 가장 많이 딴 사람은 레이스 대령이었다.

올리버 부인은 브리지 실력은 형편없었지만 쩨쩨한 패자는 아니어서 판돈을 흔쾌히 지불했다.

"오늘 밤은 모든 게 잘 안 풀렸어요. 가끔 이럴 때가 있지요. 어제는 진짜 환상적인 패를 쥐어 봤지요. 세 번 연속 높은 패가 들어오는 바람에 각각 150점이나 땄다고요."

부인은 일어나 자잘한 구슬이 박힌 핸드백을 챙기고는, 또 앞머리를 이마 뒤로 쓸어 넘기려다 간신히 참았다.

"파티를 주최한 양반은 옆방에 있는 모양이네요."

부인이 옆방으로 연결된 문으로 들어가자 다른 사람들도 줄줄이 따라 들어갔다.

셰이터나는 여전히 벽난로 옆 의자에 앉아 있었고 브리지 참가자들은 모두 게임에 열중해 있었다.

"5클럽 더블."

로리머 부인이 냉정하고 단호한 목소리로 말했다.

"5노 트럼프."

"5노 트럼프 더블."

올리버 부인이 브리지 테이블 가까이 다가갔다. 게임이 점점 더 달아오르는 것 같았다.

배틀 총경도 부인을 따라 테이블로 갔다.

레이스 대령과 푸아로는 셰이터나에게 다가갔다.

"슬슬 가 봐야겠습니다, 셰이터나 씨."

레이스 대령이 말했다.

그런데 셰이터나는 아무런 대답을 하지 않았다. 고개를 푹 숙이고 있는 것이 얼핏 잠든 것처럼 보였다. 레이스 대령은 푸아로에게 장난스러운 눈길을 슬쩍 보내고는 셰이터나에게 더 가까이 다가갔다. 대령이 갑자기 나직하게 욕을 내뱉으며 몸을 앞으로 숙였다. 푸아로는 즉시 다가가 레이스 대령이 가리키는 쪽을 들여다보았다. 유난히 화려한 와이셔츠 장식 단추처럼 보이는데, 아닌 것 같기도 했다……

푸아로는 몸을 숙여 셰이터나의 한 손을 들었다가 툭 떨어뜨려 보았다. 그리고 고개를 들어 말없이 묻고 있는 레이스 대령을 보며 끄덕였다.

"배틀 총경, 잠시 와 보시겠습니까."

대령이 목소리를 조금 높여 총경을 불렀다.

총경은 그들 쪽으로 갔고, 올리버 부인은 5노 트럼프에 누군가 더블을 부른 판이 계속해서 어떻게 진행될지 흥미롭게 지켜봤다.

겉모습은 둔해 보였지만 배틀 총경은 실제로 행동이 굉장히 기민한 사람이었다. 그는 눈썹을 치켜뜨며 낮은 목소리로 물었다.

"무슨 일입니까?"

레이스 대령이 숨소리도 내지 않고 의자에 앉아 있는 사람을 고갯짓으로 가리켰다.

배틀 총경이 고개를 숙이고 살펴보는 동안 푸아로는 셰이터나의 얼굴을 바라보았다. 입이 헤벌어진 표정이 조금 바보스러워 보이기까지 했다. 게다가 그 얼굴에는 예의 그 악마적인 웃음이 거짓말처럼 사라져 있었다…….

푸아로는 고개를 저었다.

총경은 몸을 일으켰다. 그는 셰이터나의 셔츠에 쓸데없이 하나 더 붙은 장식 단추처럼 보이는 것을 손대지 않고 눈으로만 살펴보았다. 그것은 장식이 아니었다. 그리고 축 늘어진 손을 들어 올렸다 툭 떨어뜨려 보기도 했다.

이제 총경은 무표정하고 단호한 얼굴로 허리를 꼿꼿이 펴고 섰다. 상황을 효과적으로 장악할 준비가 된 것이다.

"잠시 주목해 주십시오."

총경이 공무를 수행하는 듯한 목소리로 소리치자 브리지 테이블에 둘러앉아 카드 게임에 열중하고 있던 네 사람이 일제히 고개를 휙 돌렸다. 앤 메러디스의 손은 더미(계약한 팀의 두 사람 중 최종 계약된 슈트를 처음 낸, 즉 오프닝 비드 한 사람을 디클레어러라고 하고, 디클레어러의 파트너는 자동으로 더미가 된다. 더미는 자신의 패를 테이블에 펼쳐 놓아야 하며, 더미 차례가 되면 디클레어러가 대신 더미의 카드를 낸다—옮긴이)의 패 중에 섞여 있는 스페이드 에이스 위에서 그대로 멈췄다.

총경이 입을 열었다.

"나쁜 소식을 전하게 돼서 유감입니다만. 파티 주최자인 셰이터나 씨가 사망했습니다."

로리머 부인과 로버츠 선생은 벌떡 일어섰고, 데스파드 소령은 일그러진 얼굴로 멍하니 쳐다보았다. 앤 메러디스는 놀라 숨을 헉 내뱉었다.

"죽은 게 확실합니까?"

의사인 로버츠 선생은 '환자의 사망을 확인하러 갈 때'의 걸음걸이로 힘 있게 방을 가로질러 갔다.

그런데 언제 움직였나 싶게 배틀 총경의 듬직한 몸집이 선생을 가로막았다.

"잠깐만요, 로버츠 선생님. 먼저 오늘 밤에 이 방에서 누가 나갔다가 들어왔는지 말씀해 주시겠습니까?"

로버츠 선생은 멍한 얼굴로 총경을 쳐다보았다.

"나갔다 들어오다니요? 무슨 말씀이신지…… 아무도 나가지 않았습니다."

총경은 시선을 다른 사람에게 돌렸다.

"사실입니까, 로리머 부인?"

"사실이에요."

"집사나 하인들도 드나들지 않았습니까?"

"아니에요. 브리지 테이블에 둘러앉을 때 집사가 음료 쟁반을 들고 들어오긴 했지만, 그 후론 들어오지 않았어요."

배틀 총경은 데스파드 소령을 바라보았다.

데스파드는 그렇다는 뜻으로 고개를 끄덕였다.

앤이 숨을 약간 가쁘게 쉬며 거들었다.

"네, 맞아요. 그랬어요."

"어떻게 된 겁니까? 가서 좀 봐야겠습니다. 그냥 정신을 잃은 걸 수도 있잖습니까."

로버츠가 짜증을 내며 말했다.

"유감스럽게도 기절한 게 아닙니다. 지역 경찰 공의가 오기 전에 어느 누구도 시신에 손을 대선 안 됩니다. 여러분, 셰이터나 씨는 살해당했습니다."

"살해라고요?"

앤이 겁에 질린 목소리로 내뱉었다.

데스파드 소령은 멍한 표정으로 총경을 응시할 뿐이었다.

"이럴 수가!"

로버츠 선생이 자기도 모르게 외쳤다.

배틀 총경이 천천히 고개를 끄덕였다. 아무런 표정 없이 고개만 끄덕이는 그는 마치 도자기로 만든 중국 만다린 인형 같았다.

"뾰족한 것에 찔려 죽었습니다. 살해 방법은 그것입니다."

그러더니 총경은 갑자기 질문을 던졌다.

"여러분 중 한 번이라도 브리지 테이블을 뜬 사람이 있습니까?"

네 사람의 표정이 각각 흔들리기 시작했다. 공포, 사태 파악, 모욕감, 불쾌감, 끔찍함…… 여러 가지 감정이 떠올랐지만 당장 수사에 도움될 만한 미심쩍은 표정은 보이지 않았다.

"그런 사람이 있었습니까?"

잠시 침묵이 흐르더니, 데스파드 소령이 조용히 입을 열었다. 그는 자리에서 일어나 행군하는 병사처럼 꼿꼿이 서서, 갸름하고 지적인 얼굴을 배틀 총경 쪽으로 돌렸다.

"내 기억에 우리 모두 각각 한 번 이상은 테이블을 뜬 적이 있습니다. 음료를 가지러 가거나 벽난로에 장작을 넣으려고 말입니다. 나는 두 가지 다 했고요. 내가 벽난로로 갔을 때 셰이터나 씨는 의자에 앉아 잠들어 있었습니다."

"잠들어 있었다고요?"

"나는 잠든 줄 알았습니다."

"정말 자고 있었을 수도 있지요. 아니면 벌써 죽어 있었거나. 그 얘긴 나중에 자세히 하기로 하고, 이제 모두 옆방으로 가 주셔야겠습니다."

배틀 총경이 말했다.

그러고는 옆에 조용히 서 있는 사람을 향해 돌아섰다.

"레이스 대령님, 저분들과 같이 가 주시겠습니까?"

레이스는 무슨 뜻인지 안다는 듯 재빨리 고개를 끄덕였다.

"물론입니다, 총경."

네 명은 천천히 옆방으로 갔다.

올리버 부인이 방 구석에 있는 의자에 털썩 주저앉더니 조용히 흐느끼기 시작했다.

배틀은 수화기를 집어 들고 잠시 통화하더니, 남아 있는 사람들에게 말했다.

"지역 경찰이 출동했습니다. 본부에서 내게 이 사건을 맡으라고 지시했습니다. 경찰 공의가 곧 도착할 겁니다. 죽은 지 얼마나 된 것 같습니까, 무슈 푸아로? 내가 보기엔 족히 한 시간은 된 것 같은데요."

"제 생각도 같습니다. 하지만 정확히 알 수는 없겠지요. '이 사람은 죽은 지 1시간 25분 40초 됐어.'라고 말할 수는 없잖습니까."

배틀은 무심히 고개를 끄덕였다.

"벽난로 바로 앞에 앉아 있었으니, 그게 변수가 될 수 있지요. 한 시간 남짓이거나 적어도 두 시간 30분은 안 되었을 겁니다. 내 생각에 지역 경찰 공의는 아마 그렇게 말할 겁니다. 그런데 아무도 듣거나 본 게 없다니, 놀랍군요! 절묘한 범행이에요. 셰이터나 씨가 소리를 지를 수도 있었으니까요."

"하지만 소리를 지르지 않았습니다. 살인범에게 운이 따랐어요. 당신이 말했듯이 몬 아미(친구), 참으로 절묘한 범행입니다."

"동기가 뭔지 짐작이라도 가십니까, 무슈 푸아로? 다른 생각이라도 있으면 말씀해 보십시오."

푸아로는 천천히 말했다.

"그 점에 관해 할 말이 있습니다. 혹시 셰이터나 씨가 오늘 밤 모임이 어떤 성격의 파티라고 언질을 주지 않았습니까?"

배틀 총경이 호기심 어린 표정으로 대답했다.

"아닙니다, 무슈 푸아로. 아무런 설명도 하지 않았습니다. 왜 그러시죠?"

그때 멀리서 초인종 소리가 나더니 이어서 문 두드리는 소리가 들려왔다.

"경찰에서 보낸 사람들입니다."

총경이 말했다.

"가서 문을 열어 줘야겠습니다. 하시던 말씀은 나중에 계속하지요. 먼저 절차에 따라 수사를 진행해야 하니까요."

푸아로는 고개를 끄덕였다.

총경이 방을 나갔다.

올리버 부인은 아직도 구석에서 흐느끼고 있었다.

푸아로는 브리지 테이블로 다가가 손은 대지 않고 점수표를 살펴보았다. 그렇게 한참을 보다가 고개를 두어 번 저었다.

"어리석은 인간 같으니! 이 어리석은 양반아. 악마처럼 치장하고 사람들을 겁주려 하다니. 켈 앙팡티야주(이 얼마나 유치한 짓인가)!"

푸아로가 중얼거렸다.

잠시 후 문이 열리더니 지역 경찰 공의가 가방을 들고 들어왔다. 뒤이어 곧바로 런던 경시청 경위가 배틀 총경과 이야기하며 따라 들어왔고, 사진사가 뒤를 이었다. 그리고 하급 경관 한 명이 복도 한쪽에 자리 잡고 보초를 서기 시작했다.

본격적인 수사가 시작된 것이다.

첫 번째 살인자?

　에르퀼 푸아로와 올리버 부인, 레이스 대령 그리고 배틀 총경은 셰이터나의 집 식당 테이블에 둘러앉았다.
　사건이 일어난 지 벌써 한 시간이 지난 시각이라, 현장 검시와 사진 기록이 끝난 뒤 시신은 이미 이송되었고 지문 감식가도 다녀간 후였다.
　배틀 총경이 푸아로에게 말했다.
　"저 방에 있는 네 사람을 불러들이기 전에 아까 하시려던 말씀을 마저 듣고 싶습니다. 오늘 밤 파티의 배후에 뭔가 있었다고요?"
　아주 천천히 그리고 신중하게 푸아로는 웨식스 하우스에서 셰이터나와 나눈 대화를 그대로 이야기해 주었다.
　배틀 총경은 입술을 오므렸다. 휘파람이라도 불 것 같은 표정이었다.

"전시라고요? 허허. 잡히지 않고 살아남은 살인자들이라! 그 얘기를 믿으셨습니까? 무슈 푸아로를 가지고 논 건 아닐까요?"

푸아로는 고개를 저었다.

"아니, 절대 아닙니다. 진심이었어요. 셰이터나 씨는 메피스토펠레스 같은 태도로 삶을 관조하는 것에 대단한 자부심을 가졌던 사람입니다. 자만심이 굉장했지요. 하지만 동시에 어리석은 사람이었습니다. 그래서 죽은 겁니다."

"이해됩니다. 초대 손님 여덟 명과 자신이 참석한 파티. 이를테면 네 명의 '탐정' 대 네 명의 살인범!"

배틀 총경이 머릿속으로 생각하며 말했다.

"말도 안 돼요! 있을 수 없는 일이에요. 그 사람들 중 누구도 범죄자라고 상상할 수 없어요."

올리버 부인이 큰 소리로 끼어들었다.

배틀 총경이 생각에 잠긴 채 고개를 흔들었다.

"그렇게 확신할 수 없습니다, 올리버 부인. 대개 살인범들의 생김새나 행동은 보통 사람들과 다르지 않거든요. 겉으로 보기에는 모두 친절하고 조용하고 예의 바르고 이성적인 사람들이지요."

"그렇다면 범인은 로버츠 선생이에요. 처음 봤을 때부터 뭔가 이상하다고 느꼈어요. 내 직감은 틀린 적이 없어요."

올리버 부인이 단호하게 말했다.

배틀 총경은 레이스 대령을 보았다.

레이스 대령은 어깨를 으쓱하고는, 총경이 올리버 부인의 추측이 아니라 푸아로가 한 말에 대해 의견을 묻는 것으로 받아들였다.

"그럴 수도 있습니다. 충분히 그럴 수 있어요. 적어도 한 가지 면에서는 셰이터나 씨가 옳았다는 것을 말해 주지 않습니까! 어찌 됐건 그도 저 네 사람이 살인자들이라고 '확신'까지는 못 하고 '의심'만 하는 정도였을 겁니다. 네 명의 혐의가 다 들어맞았을 수도 있고, 아니면 한 명만 진짜 살인범이었을 수도 있지요. 그러나 어쨌든 한 사람은 진짜 살인범이었던 겁니다. 본인이 살해됨으로써 그걸 증명하지 않았습니까."

"넷 중 하나가 겁을 집어먹은 거군요. 무슈 푸아로 생각에도 그런 것 같습니까?"

푸아로는 고개를 끄덕였다.

"죽은 셰이터나 씨는 명성이 자자한 사람이었습니다. 위험하다고 볼 수 있는 유머 감각과 무자비함 때문이었죠. 피해자, 그러니까 범인은 셰이터나가 하룻밤 오락거리로 자기를 놀려 먹다가 어느 순간 경찰에 넘길 거라고 생각한 겁니다. 총경 바로 당신에게 말입니다! 그 사람은 분명 셰이터나가 결정적인 증거를 가지고 있다고 생각했던 겁니다."

"실제로 증거를 가지고 있었나요?"

푸아로는 어깨를 으쓱하며 대답했다.

"그것은 영영 알 수 없게 돼 버렸습니다."

올리버 부인이 다시 한번 단호하게 말했다.

"로버츠 선생이라니까요! 따뜻하고 친절한 사람이긴 해요. 하지만 살인범들은 보통 친절하지요. 위장한 거라고요! 배틀 총경님, 내가 총경이라면 지금 당장 그 사람을 체포할 겁니다."

그 순간 배틀 총경의 차가운 눈동자가 살짝 빛났다.

"런던 경시청에 여성 지휘관이 있었다면 그랬을지도 모르죠. 하지만 부인도 아시다시피 지휘관들이 전부 미천한 남자들이라 조심스럽게 움직일 수밖에 없습니다. 천천히 신중하게 수사해 나가야지요."

"아, 남자들, 남자들이란."

올리버 부인은 한숨을 내쉬고는, 곧 머릿속으로 이번 사건에 대한 신문 기사를 작성하기 시작했다.

"이제 네 사람과 면담해야겠습니다. 너무 오래 기다리게 해도 안 좋을 것 같군요."

배틀 총경이 말했다.

레이스 대령이 자리에서 반쯤 일어났다.

"우리는 자리를 비켜 드릴까요?"

배틀 총경은 호소하는 듯한 올리버 부인의 눈빛을 보고 잠시 주저했다. 레이스 대령은 공적인 신분 때문에 신중하게 행동할 것이고, 푸아로는 이미 경찰과 협조해 수사한 경험이 여러 번 있으니 믿을 수 있었다. 하지만 올리버 부인은 조금 불안했다. 그러나 배틀은 아량이 넓은 사람이었다. 그는 올리버 부인이 브리지에서 3파운드 7실링이나 잃고도 기분 좋게 돈을 내주던 것을 떠올리고는 기꺼이 허락했다.

"지금은 모두 남아 계셔도 좋습니다. 하지만 끼어드는 건 자제해 주십시오."

총경은 이 말을 하면서 올리버 부인을 쳐다보았다.

"그리고 무슈 푸아로가 한 얘기는 입 밖에 내선 안 됩니다. 처음부터 셰이터나 씨 혼자만 알고 있던 비밀이었으니, 그와 함께 비밀도 묻혀 버린 걸로 합시다. 아시겠습니까?"

"잘 알겠어요."

올리버 부인이 대답했다.

배틀 총경은 문으로 성큼성큼 걸어가 복도에서 보초를 서고 있는 경관을 불렀다.

"작은 흡연실로 가면 앤더슨과 손님 네 분이 있을 걸세. 그중 로버츠 선생에게 이리로 좀 와 달라고 전하게."

"그 사람이 범인이라는 걸 끝까지 숨겼어야 했어."

올리버 부인이 중얼거리더니, 혼잣말을 들키자 겸연쩍은 표정으로 덧붙였다.

"소설에서라면 말이에요."

"현실은 좀 다르지요."

배틀 총경이 말했다.

"그렇고말고요. 현실은 구성이 엉성하거든요."

올리버 부인이 대꾸했다.

그때 로버츠 선생이 예의 그 경쾌한 걸음걸이를 조금 누그러뜨리며 들어왔다.

"이거야 원, 배틀 총경님. 이런 흉악한 일이 어디 있습니까? 흥분해서 죄송합니다, 올리버 부인. 하지만 정말 충격적이네요. 전문가의 입장에서 판단해 보건대 정말 믿을 수 없는 일입니다. 몇 미터 떨어진 곳에 사람이 셋이나 있는데 사람을 찔러 죽이다니요. 휴! 나 같으면 절대 못 할 짓이에요!"

선생은 고개를 설레설레 젓더니 입술 꼬리가 슬쩍 올라갔다.

"어떻게 얘기해야, 아니 무슨 짓을 해야 내가 죽이지 않았다는 걸 믿어 줄 겁니까?"

"글쎄요. 우선 동기라는 게 있지요, 로버츠 선생님."

선생은 자신 있게 고개를 끄덕이며 말했다.

"그건 생각할 것도 없습니다. 나는 불쌍한 셰이터나 씨를 죽일 이유가 티끌만큼도 없습니다. 게다가 잘 아는 사이도 아니었고요. 가끔 만나 담소를 나누는 정도였지요. 정말 멋진 친구였어요. 약간 기묘한 구석이 있긴 했지만. 물론 나와 셰이터나 씨의 관계를 철저하게 조사하겠지요. 예상하고 있습니다. 당연한 절차죠. 하지만 아무리 조사해 봤자 수상한 점은 나오지 않을 겁니다. 나는 셰이터나 씨를 죽일 이유도 없고 죽이지도 않았으니까요."

배틀 총경은 굳은 표정으로 고개를 끄덕였다.

"맞습니다, 로버츠 선생님. 알고 계시듯이 사건은 철저히 조사해야 합니다. 지각 있는 분이니 이해하시겠죠. 자, 이제 나머지 세 사람에 대해 얘기해 주시겠습니까?"

"죄송하지만 별로 아는 것이 없습니다. 데스파드 소령과 메러디스 양은 오늘 처음 만났고요. 데스파드 소령에 대해서는 조금 알고 있습니다. 그 사람이 쓴 여행기를 읽어 봤는데, 참 유쾌한 모험담이 더군요."

"소령과 셰이터나 씨가 서로 아는 사이라는 걸 알고 계셨습니까?"

"아니요. 셰이터나 씨는 저한테 데스파드 소령 얘기를 한 적이 없습니다. 아까도 말했듯이 소령은 소문만 들었지 만난 적이 없습니다. 메러디스 양도 초면이었고요. 로리머 부인은 조금 알고 지내는 정도죠."

"부인에 대해서는 얼마나 알고 계십니까?"

로버츠 선생은 어깨를 으쓱하며 대답했다.

"미망인이시죠. 비교적 풍족하게 사는 편이고요. 박식하고 교양도 풍부한 분입니다. 더불어 일류 브리지 플레이어죠. 사실 부인을 알게 된 것도 브리지 때문이었습니다."

"셰이터나 씨가 로리머 부인 얘기도 전혀 안 했나요?"

"그렇습니다."

"흠, 별로 도움이 안 되는군요. 그럼 로버츠 선생님, 이제 기억을 잘 더듬어서 브리지 테이블을 몇 번이나 떴는지 말씀해 주시겠습니까? 다른 사람들이 몇 번이나 일어섰는지도요."

로버츠는 몇 분간 골똘히 생각하더니 솔직하게 털어놓았다.

"대답하기 어려운 질문이군요. 제가 몇 번이나 자리를 떴는지는 대충 기억할 수 있습니다. 테이블을 세 번 떠났는데, 세 번 모두 제가 더미가 되는 바람에 가만히 앉아 있으니 도움될 일이라도 하자 싶어서였습니다. 한 번은 벽난로에 장작을 집어넣었고, 또 한 번은 숙녀 두 분께 음료를 갖다 주었습니다. 그리고 마지막 한 번은 제가 마실 위스키소다를 가져왔고요."

"시간도 기억나십니까?"

"대충이요. 내 기억에 브리지 게임을 시작한 게 9시 30분쯤이었어요. 장작을 집어넣은 게 그로부터 한 시간쯤 뒤였고, 조금 있다가 음료를 가져왔지요. 마지막 한 판을 남겨 두고 그 전 판이 벌어지고 있었을 거예요, 아마. 그리고 11시 30분쯤에 위스키소다를 가져왔어요. 그런데 전부 다 추정일 뿐입니다. 정확한 시각이 아니에요."

"음료가 준비돼 있던 테이블은 셰이터나 씨가 앉은 의자를 지나쳐서 있었습니까?"

"그래요. 그게, 세 번이나 아주 가까이에서 지나쳤거든요."

"그럼 지나갈 때마다 선생님이 생각하시기에 셰이터나 씨가 잠든 것처럼 보였나요?"

"처음에는 확실히 그렇게 생각했습니다. 두 번째는 쳐다보지 않았고요. 세 번째는 이렇게 생각했지요. '길거리 거지가 자는 모양새 같구먼.' 그래도 가까이에서 들여다보진 않았습니다."

"좋습니다. 그럼 다른 사람들은 언제 자리를 떴습니까?"

로버츠 선생은 미간을 찌푸렸다.

"어렵군요. 아주 어려워요. 데스파드가 일어나서 재떨이를 하나 더 가져온 기억이 나네요. 그리고 술을 한 잔 가지러 갔고요. 내가 일어나기 전이었어요. 왜 기억하냐면 나한테 한 잔 마시겠냐고 물었는데 아직은 생각 없다고 대답했거든요."

"숙녀분들은 어땠습니까?"

"로리머 부인이 한 번 난롯가로 갔죠. 불쏘시개로 쑤셨던가 그래요. 셰이터너 씨한테 말을 걸었던 것도 같지만 잘 모르겠습니다. 그때 노 트럼프로 비딩 한 아주 까다로운 판이 진행되고 있었거든요."

"메러디스 양은요?"

"분명히 테이블을 한 번 떴습니다. 빙 돌아서 내가 들고 있는 패를 살피더라고요. 그때 나랑 파트너였거든요. 그런 다음 다른 사람들이 내놓은 패를 살피더니 방 안을 돌아다니더군요. 정확히 뭘 했는지는 모르겠습니다. 신경을 안 썼으니까요."

배틀 총경이 생각에 잠겨 물었다.

"브리지 테이블에서 벽난로를 마주 보고 앉은 사람은 없었습니까?"

"네, 모두, 이를테면 대각선 방향으로 앉았거든요. 게다가 중간에 큰 장식장 하나가 가로막고 있습니다. 중국제였는데 아주 근사한 장이죠. 지금 생각해 보니, 그런 장식장 건너편에서 누굴 찔러 죽이는 것도 불가능한 일은 아닌 것 같습니다. 어쨌든 브리지를 할 때 사람들은 브리지에만 정신이 팔려 있으니까요. 고개를 들고 주위를 둘러보거나 하지는 않지요. 그럴 만한 사람은 더미를 맡은 사람밖에 없지요. 그렇다면 이 경우……."

"이 경우 의심할 것도 없이 더미가 살인범이겠군요."

배틀 총경이 거들었다.

로버츠 선생이 진술을 이어 나갔다.

"그렇다 해도 담력이 필요하지요. 결정적인 순간에 아무도 돌아

보지 않으리라고 누가 장담하겠습니까?"

"그렇죠. 위험 부담이 크지요. 그럴 정도로 살해 동기가 강했나 봅니다. 그게 뭔지 알면 좋으련만."

총경은 눈 하나 깜짝하지 않고 능청스럽게 말했다.

"잘 밝혀내시겠죠. 셰이타나 씨가 가지고 있는 문서를 샅샅이 조사하면서 말입니다. 그러다 보면 단서가 나오겠죠."

로버츠가 응수했다.

"그래야죠."

배틀 총경이 어두운 표정으로 말하고는 로버츠 선생을 날카롭게 응시하며 물었다.

"혹시 개인적인 생각을 물어봐도 되겠습니까? 솔직한 의견 말입니다."

"물론입니다."

"세 사람 중 누가 범인인 것 같습니까?"

로버츠 선생은 어깨를 으쓱하며 대답했다.

"그거야 뻔하지요. 이 자리에서 즉시 말하라면 데스파드라고 하겠습니다. 담력이 대단한 사람이에요. 빠릿빠릿해야 살아남을 수 있는 생활에 익숙하니까요. 어떤 위험도 감수할 수 있는 사람입니다. 내 생각에 여자분들은 아닌 것 같습니다. 힘이 세야 할 테니까요."

"그렇지도 않습니다. 이걸 좀 보십시오."

배틀 총경은 마치 마술사 같은 손놀림으로 반짝거리는 금속 머리 부분에 조그맣고 동그란 보석이 장식돼 있는 가늘고 긴 도구를 보여 주었다.

로버츠 선생은 몸을 앞으로 숙여 그것을 집어 들고는 마치 전문가라도 되는 양 유심히 관찰했다. 그는 뾰족한 끝 부분을 손끝으로 만져 보며 휘파람을 불었다.

"굉장한 무기로군! 굉장한 무기야! 확실히 살인을 염두에 두고 만든 것이군요. 아주 부드럽게 박히겠어요. 범인이 가져온 거겠죠?"

"아닙니다. 이건 셰이터나 씨의 물건입니다. 문 옆 테이블에 다른 자질구레한 장식품들과 함께 놓여 있었어요."

"그럼 범인이 잠시 빌렸다는 얘기군요. 이런 무기를 발견하다니, 운이 따른 게로군요."

"글쎄, 그렇게 볼 수도 있겠군요."

배틀 총경이 천천히 대꾸했다.

"아 물론, 셰이터나 씨는 운이 없었다고 해야겠죠."

"그런 뜻이 아닙니다, 로버츠 선생님. 범행을 그런 관점에서 볼 수도 있겠다는 겁니다. 이것을 보고 범행을 저지를 생각을 했을 수도 있다는 거죠."

"충동적으로 저질렀다는 겁니까? 미리 계획한 게 아니라고요? 범인이 여기 와서 살인할 마음을 먹었다고요? 뭘 보고 그런 생각을 하셨습니까?"

선생은 뭔가 캐내려는 듯한 눈빛으로 총경을 흘끔 보았다.

"그냥 그런 생각이 떠올랐습니다."

배틀 총경이 무심히 대꾸했다.

"아, 물론 그렇겠지요."

로버츠 선생이 천천히 말했다.

갑자기 배틀 총경이 목을 가다듬으며 말했다.

"자, 그럼 더 이상 붙잡아 두지 않아도 되겠군요. 선생님, 도움 주셔서 감사합니다. 주소를 남겨 주시면 좋겠는데요."

"물론입니다. 런던 서2구 글로스터 테라스 200번지. 전화번호는 베이스워터 23896입니다."

"감사합니다. 머잖아 연락할지도 모르겠습니다."

"언제라도 좋습니다. 신문에 자세한 기사가 나지 않으면 좋겠네요. 내 환자들이 불안해하면 곤란하니까요."

배틀 총경은 고개를 돌려 푸아로를 쳐다보았다.

"잠깐만요, 무슈 푸아로. 혹시 물어볼 게 있으시면 선생님도 기꺼이 대답해 주실 것 같은데요."

"물론입니다. 괜찮고말고요. 평소 존경해 왔습니다, 무슈 푸아로. 회색 뇌세포를 가동해라, 체계적인 순서와 방법을 확립하라. 나도 다 알고 있습니다. 나한테도 뭔가 흥미진진한 질문을 던지시겠지요."

푸아로는 꽤 이국적인 몸짓으로 양손을 펴 보이며 말했다.

"아, 아닙니다. 그저 사소한 것들을 명확하게 알고 싶은 것뿐입니다. 예를 들어 러버(여기서는 3판 승부라는 뜻 — 옮긴이)를 몇 번이나 하셨습니까?"

로버츠가 곧바로 대답했다.

"세 번 했습니다. 무슈 푸아로가 들어왔을 때, 네 번째 러버의 첫 판을 하던 중이었거든요."

"누가 누구와 한편이었습니까?"

"첫 번째 러버에서는 데스파드 소령과 내가 한편이 되어 숙녀들과 대결했습니다. 숙녀들이 크게 이겼지요. 상대편이 계속 이기는 터라 우리는 카드 한 장 제대로 못 만져 봤습니다. 두 번째 러버에서는 메러디스 양과 제가 데스파드 소령과 로리머 부인을 상대로 게임했습니다. 세 번째는 로리머 부인과 내가 한편이 되었고 메러디스 양과 데스파드 소령이 한편이었죠. 매번 카드를 뽑아 파트너를 정했는데, 결국에는 돌아가며 같은 편이 되더군요. 네 번째 러버에서는 다시 메러디스 양과 내가 한편이 됐습니다."

"누가 이겼습니까?"

"로리머 부인은 한 번도 놓치지 않고 모두 이겼습니다. 메러디스 양은 첫 러버에서 이기고 나머지는 졌지요. 나는 처음엔 지다가 상승세를 탔고, 메러디스 양과 데스파드는 운이 점점 다했던 모양입니다."

푸아로는 미소 지으며 말했다.

"총경은 누가 범인인 것 같으냐고 물었는데, 저는 브리지 플레이어로서 세 사람을 어떻게 생각하는지 듣고 싶습니다."

로버츠 선생이 지체 없이 대답했다.

"로리머 부인은 일급 선수입니다. 한 해에 브리지로 벌어들이는 수입만도 꽤 될 겁니다. 네스파드 소령도 꽤 실력 있죠. 제가 보기엔 신중한 플레이어입니다. 똑똑한 친구예요. 메러디스 양은 모험을 하지 않는다고 볼 수 있어요. 실수를 거의 하지 않지만, 그리 똑똑한 편은 아닙니다."

"선생님은요?"

로버츠가 눈을 빛내며 대답했다.

"가진 패보다 올려 부르는 경향이 있지요. 하여튼 남들이 그러더군요. 하지만 결국에는 그만큼 좋은 결과를 얻지요."

푸아로가 미소 지었다.

로버츠는 자리에서 일어섰다.

"그럼, 안녕히 계십시오. 좋은 밤 되십시오, 올리버 부인. 이번 사건을 모방해서 이야기 한 편 쓰시겠네요. 아까 말씀하신 추적 불가능한 독약보다 훨씬 낫지요?"

로버츠가 다시금 기운찬 걸음걸이로 방을 나가자, 올리버 부인은 닫힌 문에 대고 불쾌하다는 듯 중얼거렸다.

"모방! 모방이라니! 사람들은 참 뭘 모른다니까! 내가 언제라도 실제보다 백배는 더 재미있는 살인 사건을 지어낼 수 있다는 걸 말이야. 내 머릿속에서는 이야기가 마른 적이 없건만. 그리고 내 독자들이 추적 불가능한 독약을 얼마나 좋아하는데!"

두 번째 살인자?

로리머 부인은 상류층 여성답게 우아한 모습으로 식당에 들어왔다. 안색이 조금 좋지 않았지만 표정은 부드러웠다.
"귀찮게 해 드려 죄송합니다."
배틀 총경이 운을 뗐다.
"할 일을 하시는 것뿐인데요, 뭐."
로리머 부인은 조용히 대꾸했다.
"물론 이런 불쾌한 일을 당하게 되어 기분이 좋지는 않습니다만, 피해서 좋을 것도 없지요. 저 방에 있던 네 사람 중 한 명이 범인이라는 건 잘 알고 있습니다. 제가 범인이 아니라고 해 봤자 믿지 않으시겠지요. 당연합니다."
부인은 레이스 대령이 권하는 대로 총경의 맞은편 의자에 앉았다. 그녀는 지적인 회색 눈동자로 그를 보며 가만히 기다렸다.

"셰이터나 씨와 잘 아는 사이였습니까?"

총경이 신문을 시작했다.

"그리 잘 알지는 못했어요. 몇 년 동안 알고 지내 왔지만, 절친한 사이는 아니었죠."

"처음 어디에서 만났습니까?"

"이집트에 있는 호텔에서 만났어요. 룩소르에 있는 윈터 팰리스라는 곳이었던 걸로 기억해요."

"첫인상이 어땠습니까?"

로리머 부인이 어깨를 살짝 올리며 대답했다.

"이렇게 표현해도 좋을지 모르겠지만 협잡꾼 같다고 생각했어요."

"이런 질문을 드려 죄송하지만, 부인은 셰이터나 씨를 처치해 버릴 동기가 있습니까?"

부인은 조금 재미있어하는 것처럼 보였다.

"배틀 총경님, 제게 동기가 있다면 그걸 말하겠어요?"

"말하는 게 좋을지도 모르죠. 진정 현명한 분이시라면 그것이 무엇인지 언젠가는 밝혀지고 만다는 것쯤은 아실 테니까요."

로리머 부인은 생각에 잠긴 듯 머리를 조금 숙였다.

"물론 그렇기도 하지요. 하지만 저는 셰이터나 씨를 죽일 만한 동기가 없습니다. 셰이터나 씨가 죽든 말든 저와는 아무런 상관이 없다는 쪽이 맞을 거예요. 저는 그 사람이 과장스럽고 항상 젠체한다고 생각했고, 그래서 때로는 짜증이 나기도 했죠. 그 사람에 대한 제 생각은 그렇습니다. 아니, 그랬습니다."

"그럼, 그 얘기는 이 정도로 하지요. 로리머 부인, 이제 다른 세 명에 대해 말씀해 주시겠습니까?"

"아무래도 어렵겠군요. 데스파드 소령과 메러디스 양은 오늘 밤에 처음 만났어요. 둘 다 매력적인 젊은이더군요. 로버츠 선생은 좀 알아요. 제가 알기로 아주 인기 있는 의사죠."

"부인의 주치의는 아닌가요?"

"오, 아니에요."

"그럼 로리머 부인, 오늘 밤 브리지 테이블을 몇 번이나 뜨셨는지 그리고 다른 사람들은 어땠는지 말씀해 주시겠습니까?"

로리머 부인은 생각해 보지도 않고 곧바로 대답했다.

"그 질문 하실 줄 알았어요. 그래서 줄곧 기억해 내려고 애쓰고 있었죠. 저는 더미를 맡았을 때 한 번 일어났어요. 벽난로로 갔지요. 그때는 셰이터나 씨가 살아 있었어요. 제가 장작불을 바라보고 있으면 얼마나 기분 좋은지 모르겠다고 말을 걸었거든요."

"셰이터나 씨가 대꾸했습니까?"

"자기는 방열기를 싫어한다고 했어요."

"두 분의 대화를 누가 들었습니까?"

"못 들었을 거예요. 브리지 게임에 방해되지 않으려고 목소리를 낮췄으니까요."

부인은 냉담하게 덧붙였다.

"그러고 보니 제가 말한 것 말고는 셰이터나 씨가 살아 있을 때 저하고 대화를 나눴다는 걸 증명해 줄 사람이 없군요."

배틀 총경은 거기에 이의를 달지 않았다. 그는 차분하고 찬찬히 신문을 계속했다.

"그게 몇 시였습니까?"

"브리지를 시작한 지 한 시간하고 조금 더 지났을 거예요."

"다른 사람들은 몇 번이나 일어났습니까?"

"로버츠 선생이 저한테 술을 한 잔 가져다줬어요. 그리고 나중에 자기 것도 한 잔 가져왔고요. 데스파드 소령이 한 11시 15분쯤 자기가 마실 술을 한 잔 가져오더군요."

"한 번 일어났습니까?"

"아니에요. 두 번이었던 것 같아요. 남자 두 분은 여러 번 왔다 갔다 했어요. 하지만 뭘 했는지는 신경 쓰지 않아 모르겠네요. 메러디스 양은 한 번 자리를 떴던 것 같아요. 테이블을 빙 돌아서 파트너의 패를 보더라고요."

"그러고는 테이블 가까이에 계속 있었습니까?"

"그것까진 잘 모르겠네요. 멀리 갔던 것 같기도 하고."

배틀 총경은 고개를 끄덕이며 불만스러운 투로 말했다.

"명확한 건 하나도 없군요."

"미안합니다."

이번에도 총경은 마술사 같은 몸짓으로 길고 뾰족한 단검을 내보였다.

"이것 좀 봐 주시겠습니까, 로리머 부인?"

로리머 부인은 아무런 반응을 보이지 않고 단검을 건네받았다.

"본 적 있는 물건인가요?"

"아니요."

"응접실 테이블에 계속 놓여 있었는데도 말이죠?"

"있는 줄도 몰랐어요."

"보셨으니 잘 아시겠지만, 로리머 부인, 이런 무기라면 여자도 남자만큼 쉽게 사람을 죽일 수 있지 않겠습니까?"

"그렇겠네요."

부인이 조용히 대꾸했다. 그러더니 몸을 앞으로 숙여 그 날카롭고 작은 물건을 총경에게 도로 건넸다.

배틀 총경이 계속했다.

"하지만 그렇다 해도 그 여자는 상당히 절박한 심정이었겠죠. 성공할 가능성이 크지 않았을 테니까요."

총경은 잠시 기다렸지만, 로리머 부인은 아무 대꾸도 하지 않았다.

"다른 세 사람과 셰이터나 씨가 어떤 관계였는지 알고 계십니까?"

부인은 고개를 저으며 대답했다.

"전혀 모릅니다."

"가장 범인일 것 같은 사람이 누구라고 생각하는지 여쭤봐도 되겠습니까?"

그 말에 로리머 부인은 등을 꼿꼿이 세웠다.

"그런 짓은 절대 못 합니다. 그건 정말 가장 옳지 못한 질문이에요."

그 순간 총경은 마치 할머니에게 꾸지람을 듣고 당황한 어린아이처럼 보였다.

"주소를 알려 주십시오."

총경은 수첩을 가까이 끌어당기며 중얼거리듯 말했다.

"첼시, 체인 레인 111번지예요."

"전화번호는요?"

"첼시 45632."

로리머 부인은 자리에서 일어섰다.

"물어볼 것이 있습니까, 무슈 푸아로?"

배틀 총경이 서둘러 말하자, 부인은 걸음을 멈추고 고개를 살짝 기울였다.

"다른 세 사람을 살인 용의자가 아니라 브리지 플레이어로서 어떻게 생각하시는지 물으면 옳지 못한 질문이 안 되겠습니까?"

로리머 부인이 차갑게 대꾸했다.

"그 질문은 거부할 이유가 없어요. 어떻게든 문제를 해결하는 데 도움이 된다면 말이에요. 실제로 도움이 될지는 의문이지만."

"그건 제가 판단하겠습니다. 말씀해 주시겠습니까, 부인?"

두뇌 회전이 느린 아이에게 어른이 참을성 있게 설명하는 말투로 로리머 부인이 대답했다.

"데스파드 소령은 신중하고 실력 있는 플레이어예요. 로버츠 선생은 패를 올려 부르는 버릇이 있지만 재치 있게 잘 해결하고요. 메러디스 양은 꽤 괜찮은 편이지만 지나치게 조심하는 편이죠. 또 물어볼 것이 있으세요?"

총경처럼 마술사 같은 손놀림으로, 푸아로가 구겨진 브리지 점수표 네 장을 꺼내 펼쳤다.

"이 점수표들을 보십시오. 부인의 점수표가 있습니까?"

"이건 제 필체예요. 세 번째 러버의 점수 기록이죠."

"이건요?"

"데스파드 소령의 점수표 같네요. 지워 가면서 기록한 걸 보니."

"그리고 이건요?"

"메러디스 양의 표예요. 첫 번째 러버였죠."

"그럼 완성되지 않은 이것이 로버츠 선생이 기록한 거로군요."

"네."

"감사합니다, 부인. 더 이상 물어볼 것이 없군요."

로리머 부인은 올리버 부인에게 인사했다.

"안녕히 계세요, 올리버 부인. 레이스 대령님도요."

방 안에 있는 네 사람과 차례로 악수한 뒤 부인은 방을 나갔다.

세 번째 살인자?

"로리머 부인한테서는 아무것도 알아내지 못했군요. 게다가 정신이 번쩍 드는데요. 로리머 부인은 옛날 사고방식을 가지고 있어서 다른 사람을 먼저 배려하지요. 반면에 하늘 높은 줄 모르고 오만하기도 하고요. 부인이 살인범이라고 상상할 수는 없지만, 사람 일은 아무도 모르는 겁니다. 살인을 저지를 만한 결단력은 충분하니까요. 브리지 점수표는 왜 물어본 겁니까, 무슈 푸아로?"

배틀 총경이 말했다.

푸아로는 점수표를 테이블에 펼쳐 놓았다.

"많은 것을 알게 해 주거든요, 안 그렇습니까? 이 사건을 해결하는 데 필요한 게 무엇입니까? 성격을 파악할 만한 단서지요. 그것도 한 사람이 아니라 네 사람의 성격을 파악할 단서가 필요합니다. 그것을 알게 해 줄 가능성이 가장 큰 것이 바로 이 점수표입니다. 그

적거린 숫자들 말입니다. 이 첫 번째 러버의 점수표를 보십시오. 시시한 판이었고, 금방 끝났습니다. 작고 깔끔한 필체의 숫자들, 신중하게 덧셈과 뺄셈을 한 이건 메러디스 양이 기록한 점수표입니다. 로리머 부인과 파트너였지요. 두 사람은 좋은 패를 손에 쥐었고 금세 이겼습니다.

다음 장은 게임이 어떻게 진행됐는지 추측하기가 쉽지 않습니다. 줄을 그어 가면서 기록했기 때문이죠. 그래도 데스파드 소령에 대해 뭔가를 말해 줍니다. 언제든 자신이 어떤 위치에 있는지 즉시 알아야만 직성이 풀리는 사람이에요. 필체가 작고 매우 특징적이죠.

다음 점수표는 로리머 부인이 기록한 겁니다. 부인과 로버츠 선생이 한편이었군요. 호머의 시처럼 위풍당당하고 호전적인 필체의 숫자들이 나란히 줄을 따라 기록돼 있습니다. 의사가 가진 패보다 높게 비딩 하는 바람에 점수가 내려가고 있어요. 하지만 두 사람 다 일급 플레이어여서 점수가 바닥을 치진 않았습니다. 의사의 허세가 상대편을 자극하는 데 성공하면 더블이 될 기회가 생기거든요. 보십시오. 여기 이 숫자들은 더블 당했다가 다운 된 걸 뜻합니다. 부인의 성격을 그대로 나타내 주는 필체입니다. 우아하고, 알아보기 쉽고, 단호하지 않습니까.

이건 마지막 점수표입니다. 완성되지 않은 러버 기록표지요. 눈치 채셨겠지만, 저는 각각의 필체가 담긴 점수표를 한 장씩 모았습니다. 이건 필체가 조금 화려하군요. 앞에 것에 비해 점수가 그다지 높지 않고요. 그건 아마 의사가 메러디스 양과 한편이 됐기 때문일 겁니다. 메러디스 양은 소심한 플레이어입니다. 의사 선생의 허세는 메러디스 양을 더 움츠러들게 했을 겁니다.

혹시 이게 다 바보짓이라고 생각하시는 겁니까? 제가 한 질문 말입니다. 그렇지 않습니다. 저는 네 명의 성격이 어떤지 알고 싶었고, 살인이 아닌 브리지에 대해서만 물어보자 모두 주저하지 않고 기꺼이 대답해 줬습니다."

배틀이 조용히 말했다.

"그 질문들이 쓸데없다고 생각한 적 없습니다, 무슈 푸아로. 무슈 푸아로가 일하는 것을 많이 지켜봐 왔으니까요. 모두 자기 나름의 방식이 있죠. 나도 잘 압니다. 그렇기 때문에 내 밑에 있는 경위들에게도 운신의 폭을 넓혀 주려는 거고요. 각자 자기에게 가장 잘 맞는 방법이 뭔지 스스로 깨달아야 하니까요. 하지만 이 얘기는 다음에 하기로 하죠. 이제 아가씨를 면담해야겠습니다."

앤 메러디스가 당황하고 있는 것을 한눈에 알 수 있었다. 문간에 멈춰 서서 숨조차 고르게 쉬지 못하고 있었다.

배틀 총경은 즉시 자상하게 의자를 권했는데, 로리머 부인 때와는 살짝 다른 각도로 의자를 배치했다.

"앉으세요, 메러디스 양, 어서 앉아요. 자, 너무 겁먹지 말아요. 사실 그렇게 불쾌해하거나 무서워할 필요 없습니다."

"이보다 더 끔찍한 일이 어딨겠어요. 너무너무 끔찍해요. 우리 중, 우리 중 한 명이······."

메러디스 양이 꽉 잠긴 목소리로 말했다.

우리 편	상대 편
로베즈 선생 메러디스 양	데스파드 소령 로베즈 부인
	100 50 100 50
50 100 50 200 50 50	

보너스 점수	
계약 점수	70
30	

네 번째 러버
 (미 완)
—로베즈 선생이 기록

우리 편	상대 편
로베즈 선생 로베즈 부인	데스파드 소령 메러디스 양
	200 100 200 100 100 60 50 50
510 1500 100 300 510 200 30	

보너스 점수	30
	120
계약 점수	100
	1000
	220
	3170

㉘

세 번째 러버
—로베즈 부인이 기록

우리 편	상대 편
데스파드 소령 로베즈 부인	로베즈 선생 메러디스 양
⑪ 1060 450 410 440 540 440 660 500 50	

보너스 점수	120 30
계약 점수	60 100 70 50

두 번째 러버
—데스파드 소령이 기록

우리 편	상대 편
로베즈 부인 메러디스 양	데스파드 소령 로베즈 선생
700 300 50 50 30	

보너스 점수	
계약 점수	120
	120
	1570

첫 번째 러버
—메러디스 양이 기록

세 번째 살인자? 71

"그 걱정은 내가 할 테니 그만 생각해요. 그럼 이제 메러디스 양, 주소를 불러 주시죠."

총경이 따뜻한 말투로 달랬다.

"월링포드, 웬던 코티지."

"런던 시내에 살지 않나요?"

"네, 런던에 있는 클럽에서 하루 이틀 묵고 있을 뿐이에요."

"클럽 이름이 뭐죠?"

"레이디스 네이벌 앤드 밀리터리(처음에는 육해군 장교만 회원으로 받다가 나중에 여성들에게까지 확대했다 — 옮긴이)예요."

"좋습니다. 그럼 메러디스 양, 셰이터나 씨와는 얼마나 잘 아는 사이였습니까?"

"그렇게 친한 사이는 아니었어요. 평소에 굉장히 무서운 사람이라고 생각했거든요."

"왜 그렇게 생각했죠?"

"그거야, 그 사람이 무섭게 하니까요! 그 음산한 미소하며! 게다가 말할 때마다 가까이 다가와서 물어뜯을 것처럼 얼굴을 들이대잖아요."

"셰이터나 씨를 안 지는 오래됐습니까?"

"9개월쯤 됐어요. 스위스에 겨울 스포츠를 즐기러 갔다가 만났죠."

"셰이터나 씨가 겨울 스포츠에 취미가 있는 줄은 몰랐군요."

배틀 총경이 놀란 표정으로 물었다:

"셰이터나 씨는 스케이트밖에 안 탔어요. 실력이 굉장하더라고요.

빙글빙글 돌거나 재주까지 부리면서 어찌나 능숙하게 잘 타던지."

"아, 그렇게 얘기하니 제가 아는 셰이터나 씨가 맞는 것 같군요. 그 후로 자주 만났나요?"

"글쎄요. 종종 봤다고 해야겠죠. 파티나 모임에 자주 저를 초대했거든요. 재미있는 파티들이었어요."

"하지만 셰이터나 씨는 별로 좋아하지 않았다?"

"그래요. 약간 오싹한 데가 있는 사람이었어요."

배틀 총경은 부드럽게 물었다.

"그 사람을 무서워한 특별한 이유라도 있었습니까?"

앤 메러디스는 커다랗고 맑은 눈망울로 총경을 바라보았다.

"특별한 이유라고요? 세상에, 그런 건 없었어요."

"좋습니다. 그럼 이제 오늘 밤 얘긴데, 한 번이라도 자리를 뜬 적이 있습니까?"

"없었을 거예요. 아, 있었어요. 한 번 자리에서 일어났어요. 반대편으로 돌아가 파트너의 패를 봤으니까요."

"하지만 브리지 테이블을 떠나진 않았다는 겁니까?"

"네."

"확실합니까, 메러디스 양?"

메러디스의 양 볼이 갑자기 확 달아올랐다.

"아뇨, 아니에요. 조금 걸어 다녔던 것 같아요."

"그렇군요. 내 말 고깝게 듣지 말아요, 메러디스 양. 하지만 진실을 말해 줘야 합니다. 지금 몹시 불안해한다는 거 알아요. 사람들은 마음이 불안하면 대개 자기가 원하는 쪽으로 말하는 경향이 있어요. 하지만 그래 봤자 결과적으로 좋을 게 없습니다. 방 안을 걸어 다녔다고 했지요? 셰이터나 씨가 있는 쪽으로 걸어갔습니까?"

메러디스는 잠시 아무 말이 없더니 대답했다.

"솔직히, 정말 솔직히 말하면 기억이 안 나요."

"흠, 그럼 그랬을지도 모른다고 해 둡시다. 다른 세 사람에 대해서는 아는 게 좀 있나요?"

메러디스는 고개를 저었다.

"한 번도 만난 적 없는 사람들이에요."

"어떤 사람들인 것 같나요? 살인범인 것 같다고 생각할 사람이 있습니까?"

"믿을 수 없어요. 저들 중에 누군가 살인을 저질렀다고는. 데스파드 소령일 리는 없어요. 로버츠 선생님도 아닐 거고요. 어쨌든 의사인데 더 쉽게 사람을 죽이는 방법을 알고 있을 것 같아요. 약물이라든가, 뭐 그런 걸로요."

"그럼 로리머 부인이라는 얘기군요."

"어머, 그런 게 아니에요. 부인이 그랬을 리 없어요. 그렇게 재미있는 분이…… 게다가 브리지를 할 때도 얼마나 친절하신데요. 실력도 좋으시지만 상대방을 다그치지 않고 또 실수를 지적하지도 않으신다고요."

"그런데도 부인을 마지막에 언급하셨군요."

배틀 총경이 넌지시 말했다.

"찔러 죽이는 건 여자들이 택할 법한 방식이어서 그랬어요."

배틀이 이번에도 마술사와 같은 재주를 선보이자, 앤 메러디스는 놀란 듯 뒤로 주춤했다.

"어머나, 끔찍해라. 제가 꼭 만져 봐야 하나요?"

"그랬으면 합니다."

총경은 메러디스가 단검을 조심스럽게 받아 들고는 소름이 끼치는 듯 얼굴을 잔뜩 일그러뜨리고 관찰하는 모습을 유심히 지켜보았다.

"이렇게 작고 날카로운 무기라면…… 이거라면…….”

"아주 부드럽게 파고들겠지요? 어린아이라도 할 수 있을 겁니다."

총경이 기다렸다는 듯 거들었다.

"그 말씀은…… 그 얘기는 그러니까…… 제가 그랬을 수도 있다는 건가요? 하지만 전 아니에요. 제가 왜 그러겠어요?"

겁에 질린 커다란 두 눈이 총경의 얼굴을 응시했다.

배틀이 대꾸했다.

"그게 바로 우리가 알고 싶은 점입니다. 동기가 뭘까요? 범인이 누구든 왜 셰이터나를 죽이고 싶어 했을까요? 좀 유별나긴 해도 내가 아는 한 위험한 사람은 아니었는데 말이에요."

가늘게 숨을 들이마신 건가? 그녀의 가슴이 갑자기 들썩인 것 같았다.

배틀은 계속했다.

"협박을 했다든가, 뭐 그런 짓을 한 게 아닐까요? 그렇다 해도 메러디스 양은 숨겨야 할 비밀이 별로 없어 보이는군요."

총경이 상냥하게 말하자 안심이 되었는지 메러디스가 처음으로 미소 지었다.

"맞아요, 저는 정말 비밀이 하나도 없어요."

"그럼 걱정할 것 없습니다, 메러디스 양. 며칠 후에 찾아가서 몇 가지 더 물어보겠지만, 으레 하는 절차이니 신경 쓰지 마십시오."

그렇게 말하고 총경은 일어섰다.

"이제 가도 좋습니다. 밖에 있는 경관이 택시를 잡아 줄 겁니다. 돌아가서 걱정하며 뜬눈으로 밤새우지 말아요. 아스피린 두어 알 먹고 쉬도록 해요."

총경이 메러디스를 배웅하고 돌아오자, 레이스 대령이 낮은 목소리로 재미있다는 듯 말했다.

"총경, 교묘한 사기꾼 같으니! 자상한 아버지처럼 연기하는 데는 아무도 못 따라갈 거요."

"저 아가씨 데리고 시간 끌어 봤자 득 될 것 하나 없습니다, 레이스 대령님. 저 가여운 아가씨가 정말 겁을 잔뜩 집어먹었다면 시간을 끄는 건 참 잔인한 짓이 될 텐데, 난 그렇게 인정머리 없는 사람이 아닙니다. 아니면 그녀가 굉장히 능수능란한 배우라는 얘긴데, 그렇다면 밤새 여기 붙들고 있어 봤자 알아낼 게 별로 없을 거고요."

올리버 부인이 한숨을 푹 내쉬고는 머리가 어떻게 되든 신경 쓰지 않고 앞머리를 쓸어 올렸다. 머리가 비죽비죽 솟아 마치 술 취한 여자처럼 보였다.

"나는 이제 저 아가씨가 범인이라는 쪽으로 기울고 있어요. 이게 추리 소설이 아닌 게 다행이지. 독자들은 예쁘고 어린 아가씨가 살인을 저지르는 걸 달가워하지 않는다고요. 그렇더라도 나는 저 아가씨가 범인인 것 같아요. 무슈 푸아로는 어떻게 생각하세요?"

"나로 말할 것 같으면, 방금 한 가지 발견한 게 있습니다."

"또 브리지 점수표를 보고요?"

"그렇습니다. 앤 메러디스 양은 점수표를 뒤집어서 뒷장에 줄을 긋고 기록했어요."

"그게 무슨 뜻이죠?"

"가난하게 살아왔거나, 절약하는 성품을 타고난 사람이라는 뜻입니다."

"하지만 비싼 옷을 입었던데요."

올리버 부인이 말했다.

"데스파드 소령을 들여보내게."

배틀 총경이 말했다.

네 번째 살인자?

데스파드는 빠르고 쾌활한 걸음걸이로 들어왔다. 그것을 지켜보는 푸아로의 머릿속에 무언가, 혹은 누군가가 어렴풋이 떠올랐다.

"마지막까지 남아 있게 해서 미안합니다, 데스파드 소령님. 숙녀분들을 가능한 빨리 보내 드리고 싶었거든요."

배틀 총경이 말했다.

"사과하실 필요 없습니다. 다 이해합니다."

소령은 자리에 앉아 호기심 어린 눈으로 총경을 쳐다보았다.

"셰이터나 씨와 얼마나 잘 아는 사이였습니까?"

총경은 신문을 시작했다.

"두 번 만난 적이 있습니다."

데스파드가 시원스럽게 대답했다.

"두 번밖에 안 만났다고요?"

"그렇습니다."

"무슨 일로 만났습니까?"

"한 달 전쯤 어느 집에서 함께 식사를 한 적이 있습니다. 그러고 나서 일주일 뒤 셰이터나 씨가 나를 칵테일 파티에 초대했지요."

"이 집에서 열린 파티였습니까?"

"네."

"이 집 어디에서 열렸습니까? 이 식당이었나요, 아니면 응접실이었습니까?"

"집 전체를 다 썼습니다."

"그때 방에서 이 물건을 보셨습니까?"

배틀이 또 한 번 과장된 손놀림으로 단검을 내보였다.

데스파드 소령의 입술이 슬쩍 비틀렸다.

"아니요. 그날 이 물건을 봐 두었다가 나중에 써먹겠다는 계획을 세우진 않았습니다."

"내가 한 말을 가지고 그렇게 앞서 나가실 필요 없습니다, 데스파드 소령님."

"죄송하지만 무슨 의미로 그런 말을 했는지 뻔하니까요."

잠시 침묵이 흐르고 배틀 총경이 질문을 계속했다.

"셰이터나 씨를 싫어할 만한 이유가 있습니까?"

"아주 많습니다."

"네?"

총경은 깜짝 놀라 큰 소리를 냈다.

"싫어할 이유가 많다고 했습니다. 죽일 이유가 아니라. 그 사람을 죽이고 싶은 마음은 손톱만큼도 없었습니다. 하지만 몇 방 먹이는 거라면 기꺼이 했을 겁니다. 아쉽군요. 그러기엔 너무 늦었으니 말입니다."

"무엇 때문에 그런 마음이 들었습니까, 소령님?"

"왜냐하면 몇 대 맞아도 싼 망할 놈의 자식이었으니까요. 그 인간을 볼 때마다 주먹이 근질거렸습니다."

"그에 대해 알고 있는 것이 있나요? 불명예스러운 짓을 했다든가, 뭐 그런 것 말입니다."

"남자치고 옷에 신경을 너무 많이 쓰더군요. 머리는 너무 길고. 게다가 향수까지 뿌리고 다니던데요."

"그런데도 저녁 식사 초대를 받아들였군요."

배틀 총경이 꼬집었다.

"마음에 드는 사람의 초대만 받아들인다면 나는 만날 집에 틀어박혀 혼자 식사해야 할 겁니다, 배틀 총경님."

데스파드는 냉담하게 대꾸했다.

"사교 모임을 즐기긴 하지만 좋게 봐줄 순 없다 이건가요?"

총경이 넌지시 물었다.

"잠깐 동안은 즐길 수 있습니다. 오지에서 머물다가 밝은 조명 아래에서 예쁜 드레스를 입은 여성과 춤도 추고 맛있는 음식을 맛보고 마음껏 웃는 것은, 예, 충분히 즐길 만합니다. 하지만 아주 잠시 동안이에요. 그러다 갑자기 그 모든 가식적인 것에 염증이 나면 다시 벗어나고 싶어지죠."

"무척 위험한 삶을 살고 계신 걸로 아는데요, 데스파드 소령님. 오지를 계속 돌아다녀야 하니까요."

데스파드는 어깨를 으쓱하더니 희미하게 미소 지었다.

"셰이터나 씨는 위험한 삶을 살지 않았습니다. 그런데 오히려 그는 죽고 나는 살아 있지 않습니까!"

"셰이터나 씨도 생각하는 것보다 더 위험한 삶을 살았을지도 모릅니다."

총경이 의미심장한 어조로 말했다.

"무슨 뜻입니까?"

"죽은 셰이터나 씨가 참견을 잘하는 사람이었을지도 모른다는 얘깁니다."

그러자 소령은 몸을 앞으로 숙이며 말했다.

"다른 사람들 일에 쓸데없이 간섭하고 다녔다는 얘깁니까? 그래서 뭔가 비밀을 알아냈군요. 그게 뭡니까?"

"내 말은 그 사람이 여자들 일에 많이 관여했을 거라는 겁니다."

데스파드 소령은 의자 등받이에 몸을 기대며 차가운 웃음을 터뜨렸다.

"내 생각인데, 여자들이 그런 협잡꾼을 정말로 믿지는 않았을 겁니다."

"누가 죽였는지 짐작 가는 사람 있습니까, 데스파드 소령님?"

"글쎄요. 나는 아니고, 심약한 메러디스 양도 아닐 거고, 로리머 부인이 그랬다고는 상상하기 힘들군요. 내 숙모 중에 신을 두려워하며 독실하게 살아가는 분이 계신데, 로리머 부인이 딱 그분 같거든요. 그렇다면 의사 선생이 남는군요."

"오늘 밤 소령과 다른 사람들이 언제 자리를 뜨고 어디로 갔는지 얘기해 줄 수 있겠습니까?"

"나는 두 번 일어났습니다. 한 번은 재떨이를 가지러 갔는데, 일어난 김에 벽난로로 가서 불쏘시개로 들쑤셔 줬죠. 그리고 또 한 번은 술을 가지러 갔습니다."

"그게 언제였습니까?"

"정확히는 모르겠습니다. 처음 일어난 건 10시 30분쯤이었던 것 같고, 두 번째는 11시쯤이었던 것 같은데, 둘 다 어림짐작일 뿐입니다. 로리머 부인이 한 번 벽난로 쪽으로 가서 셰이터나 씨에게 말을 걸었는데, 대답하는 것은 못 들었습니다. 하지만 내가 그쪽에 신경 쓰지 않았으니, 대답을 안 했다고 장담할 순 없지요. 메러디스 양이 방 안을 조금 돌아다녔는데, 벽난로 쪽으로 가진 않았던 것 같습니다. 로버츠 선생이 여러 번 자리에서 일어났는데, 적어도 서너 번은 될 겁니다."

"그럼 이제 무슈 푸아로의 질문을 내가 대신 묻겠습니다. 세 사람이 브리지 플레이어로서는 어떤 것 같습니까?"

배틀이 미소 지으며 말했다.

"메러디스 양은 보기보다 실력이 좋습니다. 로버츠 선생은 경박하게 허세를 부리는 버릇이 있고요. 그 양반은 돈을 더 잃었어야 마땅합니다. 로리머 부인의 실력은 수준급이고요."

배틀이 푸아로를 돌아보며 물었다.

"다른 질문 있습니까, 무슈 푸아로?"

푸아로는 고개를 저었다.

데스파드는 주소를 런던 올버니(런던 피카딜리의 고급 아파트 단지―옮긴이)라고 알려 준 뒤, 인사를 하고 방을 나갔다.

소령이 문을 닫은 순간, 푸아로가 뭔가 생각난 듯 몸을 움찔했다.

"왜 그러십니까?"

배틀이 물었다.

"아무것도 아닙니다. 소령이 걷는 모습이 마치 호랑이 같다는 생각이 들어서요. 맞아, 바로 그거야. 호랑이의 움직임처럼 나긋나긋하고 부드러워."

"흠!"

배틀이 헛기침을 했다.

"자, 그럼."

잠시 말을 멈추고 세 사람을 둘러보았다.

"저들 중 누가 범인일까요?"

넷 중에 범인은 누구?

배틀은 한 사람 한 사람의 얼굴을 차례로 바라보았다. 질문에 답한 사람은 한 사람뿐이었다. 늘 주저하지 않고 자신의 의견을 말하는 올리버 부인이 대뜸 말했다.

"젊은 아가씨 아니면 의사 선생이에요."

배틀이 의견을 묻는 표정으로 다른 두 사람을 쳐다봤지만, 둘은 선뜻 누구라고 말하기를 꺼리는 듯했다. 레이스 대령은 고개를 저었고, 푸아로는 구겨진 브리지 점수표를 조심스럽게 폈다.

"저들 중 한 명이 죽였어요. 저들 중 한 명은 입술에 침도 안 바르고 거짓말하고 있는 거예요. 그런데 대체 누구지? 쉽지 않군. 쉽지 않아."

배틀이 생각에 잠겨 중얼거렸다.

그러고는 잠시 말없이 있다가 불쑥 말했다.

"의사 선생은 데스파드가 한 것 같다고 하고, 데스파드는 의사 선생이 죽인 것 같다고 하고, 아가씨는 로리머 부인이 죽였을지도 모른다고 말했어요. 그리고 로리머 부인은 아예 말을 안 하려 들고! 별 도움될 게 없어요."

"그렇지 않을 수도 있습니다."

푸아로가 말했다.

배틀이 날카로운 시선으로 푸아로를 바라보았다.

"뭔가 단서가 있다는 얘깁니까?"

푸아로는 무심하게 한 손을 휘저으며 대답했다.

"뉘앙스일 뿐입니다. 그 이상은 아니에요. 결정적인 단서로 삼을 수는 없는 것입니다."

배틀이 말을 이었다.

"두 분이 아무런 의견도 안 내놓겠다면……."

"증거가 없어서 그러는 거요."

레이스 대령이 말을 자르고 대답했다.

"아, 남자들이란!"

올리버 부인은 할 말이 많지만 참는다는 듯 한숨을 내쉬었다.

"우선 범인일 가능성을 대충이라도 따져 봅시다."

배틀은 잠시 생각하고 나서 말을 이었다.

"나는 먼저 의사 선생을 꼽고 싶습니다. 가장 그럴 법한 후보니까요. 신체의 어느 부위를 찔러야 가장 치명적인지도 잘 알겠지요. 하지만 그것 말고는 별다른 근거가 없습니다. 다음은 데스파드 소령입니다. 대담함으로 치면 따를 자가 없겠지요. 순간적인 결단을 내리는 데도 익숙하고, 또 위험에도 상당히 익숙한 사람입니다. 로리머 부인은 어떨까요? 부인도 누구 못지 않게 강심장이지요. 더불어 뭔가 비밀이 있는 것 같기도 하고요. 험한 일을 겪어 본 사람 같아요. 그런가 하면 고결한 사람으로 보이기도 합니다. 여학교 교장 같은 분위기가 있거든요. 로리머 부인이 누군가를 칼로 찔러 죽인다는 건 상상하기 어렵습니다. 솔직히 말해 로리머 부인은 아니라고 생각합니다. 마지막으로 메러디스 양이 있지요. 그 아가씨에 대해서는 아는 게 없습니다. 겉보기엔 평범하고 예쁘장하면서 부끄러움을 조금 타는 아가씨 같습니다. 하지만 사람은 겉만 봐서는 알 수 없는 거죠."

"하지만 셰이터나 씨는 과거에 그 아가씨가 살인을 한 적이 있다고 믿지 않았습니까?"

푸아로가 말했다.

"천사의 가면 뒤에 숨겨진 악마의 얼굴이라……."

올리버 부인이 중얼거렸다.

"이런다고 뭐 얻는 게 있겠습니까, 배틀 총경?"

레이스 대령이 불쑥 물었다.

"쓸데없는 억측이라는 겁니까, 대령님? 하지만 이런 사건에는 억측이 있게 마련입니다."

"이러느니 용의자들을 한 명 한 명 조사하는 게 더 낫지 않겠습니까?"

레이스 대령의 제안에 배틀은 씩 웃으며 대꾸했다.

"아, 물론 그 부분도 철저히 조사할 겁니다. 대령님의 도움이 필요할 것 같습니다만."

"물론 도와 드리겠습니다. 어떻게 하면 되겠습니까?"

"데스파드 소령에 관한 겁니다. 소령이 외지에 자주 파견 나가지 않았습니까? 남아메리카, 동아프리카, 남아프리카 할 것 없이 말입니다. 대령님이 그 지역에 아는 사람이 많으니, 소령에 대해 알아봐 주십시오."

레이스 대령은 고개를 끄덕이며 수락했다.

"문제없습니다. 쓸모 있는 자료는 모두 알아보지요."

"아!"

갑자기 올리버 부인이 외쳤다.

"좋은 생각이 있어요. 우리가 넷이지요. 네 명의 탐정이라고 하셨던가요. 그런데 용의자도 딱 넷이잖아요. 우리가 한 명씩 맡아 뒷조사를 하는 거예요. 각자의 추측을 뒷받침할 만한 근거를 찾는 거죠! 레이스 대령님이 데스파드 소령을 맡고, 배틀 총경님이 로버츠 선생을 맡는 거예요. 저는 앤 메러디스를 맡고, 무슈 푸아로는 로리머 부인을 맡으면 되겠네요. 그렇게 각자 맡은 사람을 조사하는 거예요!"

배틀 총경은 단호하게 고개를 저었다.

"그럴 수는 없습니다, 올리버 부인. 이건 엄연히 공식적인 수사이고, 책임자는 납니다. 나는 네 사람 모두 조사해야 합니다. 게다가 자기가 짐작하는 사람을 조사한다는 것도 말이 쉽지, 두 사람이 같은 사람을 지목할 수도 있지 않습니까. 레이스 대령님은 데스파드 소령을 의심한다고 하지 않았고, 무슈 푸아로 역시 로리머 부인을 의심하지 않을 수도 있지 않습니까."

올리버 부인은 한숨을 내쉬며 실망스러운 듯 중얼거렸다.

"정말 기발한 생각이었는데. 정말 멋진 계획이었는데 말이야."

그러더니 다시 기운을 내 말했다.

"그래도 내 나름대로 조사하는 것은 막지 않으시겠죠?"

"그럼요. 그건 반대하지 않겠습니다. 사실, 막을 권한도 없고요. 오늘 밤 파티에 함께하셨으니 호기심 가는 대로, 아니면 각자 흥미 있는 점을 조사하는 건 여러분 자유입니다. 하지만 조심하셔야 합니다, 올리버 부인."

배틀 총경이 천천히 대답했다.

"걱정 말아요. 나는 입이 무거우니까."

올리버 부인이 냉큼 대꾸하더니 조금 자신 없는 투로 덧붙였다.

"한마디도 발설하지 않겠어요. 단 한 마디도."

푸아로가 설명했다.

"배틀 총경의 말은 그런 뜻이 아닌 것 같습니다. 부인이 상대할 사람은 우리가 아는 한 적어도 이미 살인을 두 번이나 저지른 자입니다. 필요하다면 세 번도 마다하지 않을 겁니다."

올리버 부인은 생각에 잠겨 푸아로를 가만히 쳐다보다가, 얼굴 가득 어린아이처럼 거칠 것 없는 해맑은 미소를 띠었다.

"나는 경고했다."

그렇게 어디선가 인용한 구절을 읊고는 대답했다.

"고맙습니다, 무슈 푸아로. 조심하지요. 그래도 이 일에서 빠지지는 않을 거예요."

푸아로는 정중하게 고개 숙이며 말했다.

"이런 말씀드려도 실례가 안 될지 모르겠습니다만, 여장부이십니다, 부인."

올리버 부인은 꼿꼿이 등을 펴고 회의 진행자라도 된 것처럼 공식적으로 선언했다.

"수집한 모든 정보는 공유해야 한다고 생각합니다. 다시 말해 어떤 것도 혼자만 알고 있어서는 안 됩니다. 하지만 각자 추론한 것이나 생각한 것은 꼭 밝히지 않아도 좋겠지요."

배틀 총경이 한숨을 내뱉으며 끼어들었다.

"이건 추리 소설이 아닙니다, 올리버 부인."

레이스 대령도 가만히 있지 않았다.

"당연히 수집한 모든 정보는 경찰에 넘겨야 합니다."

그러더니 조금 전의 군대식 명령조를 거두고 장난기 어린 눈빛으로 덧붙였다.

"공정하게 행동하시겠죠, 올리버 부인? 피 묻은 장갑이라든가 양치 컵에 묻은 지문, 타다 만 종잇조각이든 뭐든 전부 여기 배틀 총경에게 넘기시겠죠?"

"마음껏 비웃으세요. 하지만 여자의 직감이란……."

올리버 부인은 맞받아치고 나서 뭔가 단단히 결심한 듯 고개를 끄덕였다.

레이스 대령이 자리에서 일어섰다.

"부탁하신 대로 데스파드 소령을 조사해 보겠습니다. 시간이 좀 걸릴 겁니다. 또 다른 부탁 있습니까?"

"지금으로선 없습니다. 감사합니다, 대령님. 그런데 뭔가 짚이는 것이 없습니까? 사소한 거라도 도움이 될 텐데요."

"흠, 글쎄요. 나라면 총기 사고라든가 독약, 사고사 같은 쪽에 중점을 두고 조사하겠습니다. 하지만 그쪽은 벌써 조사에 들어갔을 것 같은데요."

"지시를 내려 놓긴 했습니다."

"훌륭하군요, 배틀 총경. 거보시오. 내가 이래라저래라 할 필요 없지 않습니까. 그럼 안녕히 계십시오, 올리버 부인. 다음에 뵙지요, 무슈 푸아로."

마지막으로 배틀을 향해 고개를 한 번 끄덕이고, 레이스 대령은 그곳을 떠났다.

"저 사람 대체 누구예요?"

올리버 부인이 물었다.

"군에 관해 아는 것이 아주 많은 사람이지요. 여기저기 여행도 많이 다녔고요. 밟아 보지 않은 땅이 별로 없을 정도입니다."

배틀이 대답했다.

"정부 비밀 요원인가 보군요. 말해 줄 수 없다는 건 저도 알아요. 하지만 비밀 요원이 아니라면 이 자리에 초대받지도 않았겠죠. 살인범 넷과 탐정 넷. 런던 경시청, 영국 비밀 정보국, 사립 탐정, 추리 소설가. 재치 있는 발상이에요."

그러자 푸아로가 고개를 저었다.

"그렇지 않습니다, 부인. 어리석기 짝이 없는 발상이에요. 호랑이를 건드리다니, 당연히 호랑이가 달려들 수밖에요."

"호랑이라니요? 웬 호랑이요?"

"진짜 호랑이가 아니라 살인범을 말하는 겁니다."

푸아로가 설명했다.

가만히 듣고 있던 배틀 총경이 불쑥 물었다.

"무슈 푸아로는 어느 쪽으로 수사를 진행해야 한다고 생각하시는지요? 그리고 또 한 가지, 저 네 사람의 심리를 어떻게 분석하셨는지 알고 싶습니다. 심리 분석에 일가견이 있지 않습니까."

여전히 브리지 점수표를 만지작거리면서 푸아로가 대답했다.

"그렇습니다. 사람의 심리는 굉장히 중요한 겁니다. 우리는 이미 어떤 종류의 살인인지, 그리고 어떤 방식으로 저질러졌는지 알고 있습니다. 심리 분석을 통해 용의자가 그러한 살인을 저지를 수 없는 사람으로 판단되면, 용의 선상에서 제외할 수 있습니다. 우리는 그 사람들에 대해 벌써 뭔가를 알고 있습니다. 각각 나름의 인상을 받았고, 어떤 삶을 살아가고 있는지도 알고 있지요. 더불어 카드 플레이어로서 어떤 사람인지 알아낸 것과, 이 점수표의 필체와 기록하는 방식을 가지고 그들의 정신 상태라든가 성향을 어느 정도 파악할 수 있습니다. 그렇다 해도 이건 정말이지, 단정하기가 참으로 어렵습니다. 이런 살인을 저지르려면 대담함과 용기가 필요합니다.

위험을 무릅쓰고 감행할 수 있어야 한다는 겁니다. 그런 점에서 보면 먼저 로버츠 선생을 생각해 볼 수 있군요. 가진 패보다 높게 부르는 버릇이 있는 허풍쟁이에다 모험을 해서 성공할 수 있다는, 자기 실력에 대해 자신감이 넘치는 사람입니다. 선생의 심리는 범인의 심리와 딱 맞아떨어집니다.

그렇다면 메러디스 양은 용의 선상에서 제외할 수 있겠군요. 유약하고 소심해서 가진 패보다 높게 부르지도 못하며, 신중하고, 절약하는 습관이 몸에 배었고, 매사에 조심하며, 자신감이 부족한 편이니까요. 사람들이 많은 곳에서 대담하고 위험한 범행을 저지를 가능성이 가장 적다고 할 수 있겠죠. 하지만 소심한 사람도 너무 두려운 나머지 살인을 저지를 수 있습니다. 겁을 집어먹고 벌벌 떨던 사람이 더더욱 궁지에 몰리면, 막다른 길에 몰려 고양이에게 덤벼드는 쥐새끼처럼 절박한 심정으로 어떤 일이든 저지를 수 있는 겁니다. 만약 메러디스 양이 과거에 살인을 저지른 적이 있다면, 그리고 셰이터나 씨가 그 범행의 전말을 알고 자신을 경찰에 넘길 거라고 믿었다면, 단단히 겁에 질려 물불 안 가리고 빠져나가려 했겠죠. 대담함뿐 아니라 절박한 공포심에서도 살인이라는 똑같은 결과가 나올 수 있다는 겁니다.

이번에는 데스파드 소령을 봅시다. 냉철하고 수완이 좋으며, 성공할 확률이 낮더라도 필요하다고 생각되면 무슨 일이든 시도해 볼 사람입니다. 이것저것 가능성을 따져 보고 할 만하다고 판단했을지도 모릅니다. 게다가 소령은 결정을 내리면 즉시 실행에 옮기는 사람입니다. 또 성공할 가능성이 조금이라도 있으면 위험 앞에서도 결코 굴복하지 않을 사람이기도 하고요.

마지막으로 로리머 부인이 있습니다. 나이가 들긴 했지만 정신이나 신체 모두 건강합니다. 냉철한 여성이죠. 계산적인 두뇌가 굉장히 발달한 사람입니다. 아마 넷 중에 머리가 가장 좋을 겁니다. 만일 로리머 부인이 범죄를 저지르기로 마음먹었다면 미리 철저하게 계획을 세웠을 겁니다. 아주 천천히, 그리고 신중하게 한 치의 오차도 없게끔 검토하고 또 검토하는 거죠. 그런 점 때문에 나머지 셋에 비해 범인일 가능성이 희박해 보이긴 합니다. 하지만 부인은 셋 중 누구보다 강인한 성격을 가졌고, 일단 어떤 일을 하기로 마음먹으면 실수 없이 끝까지 해낼 사람입니다. 그럴 만한 능력이 있는 여성이에요."

푸아로는 잠시 말을 멈췄다.

"모두 아시다시피 여기까지는 도움될 만한 게 없습니다. 이번 사건을 해결하려면 한 가지 방법밖에 없습니다. 과거로 돌아가는 것이지요."

배틀은 깊은 한숨을 내쉬며 중얼거렸다.

"역시 그렇군요."

"셰이터나 씨의 의견대로라면 이 네 사람은 각각 살인을 저지른 적이 있습니다. 증거를 가지고 있었느냐? 아니면 추측일 뿐이었느냐? 그건 아무도 모릅니다. 셰이터나 씨가 네 사람에 대한 증거를 모두 확보했을 가능성은 적어 보입니다."

"그 점에서는 나도 생각이 같습니다. 굉장한 운이 따르지 않고서야 어렵다고 봅니다."

배틀이 고개를 끄덕이며 동의했다.

"제 생각에는 일이 이렇게 된 것 같습니다. 특정한 방식으로 저지른 살인 사건이 언급됐는데, 셰이터나 씨가 누군가의 얼굴에 동요하는 표정이 떠오르는 것을 귀신같이 포착한 겁니다. 그런 점에서 그 사람은 굉장히 재빠릅니다. 사람들의 표정에 민감하지요. 사람을 가지고 실험하는 걸 즐기는 사람입니다. 언뜻 보기엔 그저 편안하게 대화하면서 뭔가 위축되거나 숨기려 하고 이야기를 다른 쪽으로 돌린다 싶으면 유심히 살피죠. 아, 그게 그렇게 어렵지 않습니다. 일단 어떤 비밀을 의심하고 있다면, 그게 사실인지 확인하는 것만큼 쉬운 것도 없습니다. 어떤 말 한마디가 상대의 아픈 곳을 찌르면 곧 알아보게 돼 있습니다. 특히 어떤 반응을 할지 살피고 있을 때는 말이죠."

"고인이 된 우리의 친구가 즐겼을 만한 게임이군요."

배틀이 고개를 끄덕이며 말했다.

"그렇다면 우리는 그런 일이 한 번 이상 있었다고 가정할 수 있겠지요. 그러다가 우연히 진짜 증거를 손에 넣어 사건을 추적해 봤을지도 모릅니다. 하지만 아마 경찰을 찾아갈 만큼 충분히 알아내지는 못했을 겁니다."

배틀이 다른 의견을 냈다.

"아니면 전혀 다른 얘기일 수도 있습니다. 종종 있는 일이지요. 범행을 저지른 것으로 의심되지만 증거가 없는 경우 말입니다. 아무튼 앞으로 어떻게 해야 할지는 분명하군요. 우선 용의자들의 기록을 철저히 조사해야 합니다. 그러면서 의미심장한 살인 사건을 발견하면 더 파고들어야지요. 레이스 대령님은 벌써 셰이터나 씨가 저녁 식사 자리에서 한 말을 주목하고 계신 듯하더군요."

"그리고 검은 천사가 지나갔죠……."

올리버 부인이 중얼거렸다.

"독살, 사고를 위장한 살인, 의사라는 직업을 이용한 살인, 총기 사고를 가장한 살인을 줄줄 읊어 댔지요. 내가 보기엔 자신의 사형 집행서에 스스로 서명한 거나 다름없어요."

올리버 부인이 덧붙였다.

"그리고 나서 찾아온 침묵은 정말 소름 끼쳤어요."

"맞습니다. 적어도 한 사람은 그 말을 듣고 마음이 찔렸던 겁니다. 그 사람은 셰이터나 씨가 실제로는 훨씬 더 많은 것을 알고 있다고 넘겨짚었겠죠. 셰이터나 씨의 말을 들으면서 그것이 마지막 장의 서곡이라고 생각한 겁니다. 그 파티가 셰이터나 씨가 만들어 낸 드라마의 무대이고 곧 살인범 체포라는 클라이맥스에 다다를 거라고 말입니다. 맞습니다. 초대한 손님들을 그런 말로 자극한 것은 자신의 사형 집행서에 스스로 서명한 셈입니다."

푸아로가 말을 맺자 좌중에 잠시 침묵이 감돌았다.

배틀이 한숨 섞인 목소리로 입을 열었다.

"이 사건을 매듭짓기까지 아주 오랜 시간이 걸릴 것 같은 예감이

드는군요. 우리가 원하는 걸 단번에 알아내기는 어려울 것 같습니다. 신중하게 움직여야 합니다. 용의자 네 명이 우리가 뭘 하는지 눈치채지 못하게 해야 하거든요. 탐문 수사를 비롯한 모든 수사가 오늘 밤의 사건만을 염두에 둔 것처럼 보여야 합니다. 우리가 범행 동기를 어느 방향으로 잡고 있는지 눈치채게 해서는 안 됩니다. 가장 골치 아픈 건, 한 건도 아니고 과거에 일어났을지도 모르는 네 건의 살인 사건을 조사해야 한다는 겁니다."

푸아로가 다른 의견을 제시했다.

"셰이터나 씨도 완벽한 인간은 아니었습니다. 가능성일 뿐, 그 사람이 잘못 짚었을 수도 있어요."

"네 건 모두 말인가요?"

"아니, 그렇게 허술한 사람은 아니었습니다."

"그럼 반반이란 말입니까?"

"그 정도도 아니에요. 제 생각엔 넷 중 한 건 정도는 실수했을 것 같습니다."

"무죄 한 명과 살인범 세 명? 그 정도만으로도 끔찍하군요. 더 나쁜 건 우리가 진실을 알아낸다 해도 별 도움이 안 될지도 모른다는 겁니다. 누군가 1912년에 자기 대고모를 계단에서 밀어 살해했다는 걸 알아낸다 해도, 1937년의 사건에는 별 소용이 없다는 겁니다."

"아니, 그렇지 않습니다. 큰 도움이 될 겁니다. 잘 아시면서 그러시는군요. 저보다 더 잘 알고 계시지 않습니까."

푸아로의 반박에 배틀은 천천히 고개를 끄덕였다.

"네, 무슨 뜻인지 압니다. 똑같은 특징을 남겼을 거라는 얘기죠."
"그 말씀은 과거의 희생자도 찔려 죽었을 거란 뜻인가요?"
올리버 부인이 물었다.
"아니, 그렇게 노골적으로 드러내지는 않았을 겁니다, 부인."
배틀이 올리버 부인을 돌아보며 말했다.
"하지만 근본적으로 같은 '유형'일 거라고 생각됩니다. 사소한 점에서는 차이가 있겠지만 본질적으로는 같을 거라는 얘깁니다. 그렇지 않은 것 같지만, 사실 범인은 범행을 저지를 때마다 조금씩 자신을 드러내게 마련입니다."
"인간은 독창성이라곤 없는 동물이니까요."
푸아로가 말했다.
"그런가 하면 여자들은 무한히 변형할 수 있죠. 나라면 똑같은 방식으로는 절대 두 번 잇따라 살인을 저지르지는 않을 거예요."
올리버 부인이 의기양양하게 말했다.
"똑같은 구성을 두 번 연달아 쓰신 적이 없단 말씀입니까?"
배틀이 물었다.
"『연꽃 살인』.『촛농의 단서』."
푸아로가 중얼거렸다.
올리버 부인이 감탄하는 시선으로 푸아로를 바라보았다.
"머리가 굉장히 좋으시군요. 굉장해요. 그 두 작품의 구성이 똑같은데도 아직까지 아무도 그걸 눈치채지 못했거든요. 하나는 내각 각료들의 비공식 주말 모임에서 잃어버린 서류를 둘러싸고 벌어진 사건이고, 다른 하나는 보르네오 섬에서 고무를 재배하는 사람의 집에서 일어난 살인 사건이에요."

"하지만 이야기를 풀어 나가는 가장 중요한 핵심은 똑같지요. 부인의 소설 중에 독자들을 가장 감쪽같이 속인 작품들로 꼽고 있습니다. 고무 재배를 하는 사람은 자신의 죽음을 타살로 위장하죠. 정부 각료는 누군가를 시켜 자기 서류를 훔치게 하고요. 두 작품 모두 제삼자가 마지막 순간에 나서서 거짓을 폭로하지 않습니까."

푸아로가 설명했다.

"부인의 마지막 작품을 참 재미있게 읽었습니다. 각 지역의 경찰서장들이 동시에 총에 맞아 죽는 내용이었죠. 한두 번 공식적인 명칭을 잘못 표기하신 것 말고는 완벽했습니다. 부인이 얼마나 정확성에 치중하시는지 아니까 드리는 말씀인데 혹시……."

배틀 총경이 따뜻한 목소리로 다독이려는데 올리버 부인이 끼어들었다.

"사실 그 정도 틀린 건 별 신경 쓰지 않는답니다. 대체 100퍼센트 정확한 사람이 어딨겠어요? 요즘 세상에 그런 사람은 없다고요. 어떤 기자가, 바다를 한참 바라보다가 사랑하는 래브라도종 개 '밥'에게 입을 맞추며 작별 인사를 한 뒤 집 안에서 가스를 틀어 놓고 자살한 스물두 살짜리 예쁜 아가씨에 대해 기사를 쓴다고 합시다. 그런데 기사에 아가씨가 스물여섯 살이고 내다보던 창이 육지를 향해 나 있으며 개가 '보니'라는 실리엄 테리어라고 실린들 누가 신경이나 쓰겠어요? 기자라는 사람이 그러고도 넘어갈 수 있다면 나도 경찰의 직함 좀 틀리거나, 자동 권총이라고 해야 하는데 연발 권총이라고 썼다거나, 축음기 대신 도청기라고 썼다거나, 죽기 직전에 한마디 내뱉을 수 있는 말도 안 되는 독약을 만들어 내는 정도는 신경쓰지 않겠어요. 진짜 문제가 되는 건 시체를 무더기로 등장시키는 거라고요! 조금 시시해질 만하면, 피가 낭자한 장면을 끼워 넣죠. 뭔가 결정적인 말을 하기 직전에 살해당하는 것도 독자를 사로잡는 데 실패한 적이 없어요. 전부 내가 애용하는 장치들이에요. 작품마다 각각 다른 옷을 입고 있을 뿐이지요. 그리고 누누이 말하지만, 추적이 불가능한 독약이나 아둔한 경감, 몸이 묶인 채 하수도 가스나 물이 스며드는 지하 창고에 갇힌 예쁜 아가씨(등장인물을 죽이는 방법치고는 조금 끔찍하긴 하죠.), 악당이 몇 명이든 혼자 너끈히 해치우고 시체까지 깨끗이 처리하는 영웅을 독자들이 얼마나 좋아하는데요. 내가 지금까지 서른두 권을 썼는데, 물론 무슈 푸아로가 지적하셨듯이 기본적인 구성은 똑같아요. 그걸 왜 아무도 눈치 못 챘는지 모르겠어요. 후회하는 건 딱 하나뿐이에요. 주인공인 탐정을 핀란드인으로 설정한 거예요. 핀란드에 대해 아무것도 모르면서 말이에요. 핀란드 독자들로부터 이렇게 설정하면 안 된다는 등 핀란드인은 절대 그런 표현을 안 쓴다는 등 이것저것 지적하는 편지가 끊임없이 쏟아지고 있거든요. 핀란드인들은 추리 소설을 무척 즐겨 읽는 모양이에요. 해가 짧은 겨울이 길어서 그런가? 불가리아나 루마니아 사람들은 내 책을 거의 안 읽나 보던데. 불가리아인 탐정을 등장시켰으면 훨씬 편했을 뻔했어요."

부인은 말을 뚝 멈췄다.

"미안합니다. 혼자 너무 지껄였군요. 게다가 이건 소설이 아니라 진짜 살인 사건인데 말이에요."

그러더니 갑자기 부인의 얼굴이 밝아졌다.

"아무도 셰이터나 씨를 죽이지 않은 건 아닐까요? 그 사람들을 전부 초대해 놓고, 골탕 먹이려고 조용히 자살한 걸 수도 있잖아요."

푸아로가 그럴 수도 있겠다는 표정으로 고개를 끄덕였다.

"훌륭한 해석이군요. 딱 맞아떨어져요. 적당히 아이러니하기도 하고요. 그런데 안타깝게도 셰이터나 씨는 그럴 사람이 아닙니다. 삶을 사랑한 사람이었으니까요."

"성품이 그리 좋은 사람은 아니었잖아요."

올리버 부인이 천천히 말했다.

"성품을 보면 그렇지요. 하지만 그 사람은 분명 멀쩡히 살아 있다가 갑자기 죽었습니다. 제가 그 사람에게도 한 번 말한 적이 있는데, 저는 부르주아적인 시각으로 살인을 보는 사람이라 가만히 두고 보지 못하겠습니다."

푸아로가 대꾸하고는 조용히 덧붙였다.

"그러니 이제 저도 호랑이 우리로 들어갈 준비가 됐다 이겁니다……."

로버츠 선생

"좋은 아침입니다, 배틀 총경님."

로버츠 선생은 의자에서 일어나 고급 비누와 희미하게 석탄산 냄새가 섞인 오묘한 향을 풍기는 커다란 분홍빛 손을 내밀었다.

"수사는 어떻게 돼 가고 있습니까?"

배틀 총경은 대답하기에 앞서, 안락하게 꾸며 놓은 진찰실을 흘끗 둘러보았다.

"글쎄요, 로버츠 선생님. 사실대로 말하면 전혀 진전이 없습니다."

"저로서는 다행스럽게도 신문에 별다른 기사가 실리지 않았더군요."

"'저명한 사교계 인사 셰이터나 씨가 자신의 집에서 열린 저녁 파티에서 돌연사하다.' 일단은 이게 전부입니다. 부검을 마쳤는데, 혹시 관심 있으실까 해서 보고서를 가져왔습니다."

"이거 고맙습니다. 물론 관심 있고말고요. 흠, 그랬군. 아주 흥미로운걸."

선생은 보고서를 돌려주었다.

"그리고 셰이터나 씨의 변호사도 만나 봤습니다. 유언장 내용을 알아봤는데, 도움될 만한 게 별로 없었습니다. 시리아에 친척이 몇 명 있는 것 같더군요. 하지만 유언장 말고도 모든 개인 문서를 철저히 조사하고 있으니 앞으로 뭔가 나오겠지요."

저 깔끔하게 면도한 넓적한 얼굴이 갑자기 조금 경직돼 보이는 건 착각인가?

"그런데요?"

로버츠 선생이 물었다.

"그냥 그렇다는 겁니다."

배틀은 의사의 얼굴을 유심히 살펴보았다. 안심하는 표정은 아니었다. 그렇게 노골적으로 심경을 드러낼 사람이 아니었다. 그래도 의자에 앉아 있는 의사의 몸은 긴장이 약간 풀린 듯 보였다.

"그래서 여기 오셨군요?"

"맞습니다, 그래서 온 겁니다."

의사는 눈썹을 조금 치키며 날카로운 눈빛으로 배틀을 보았다.

"내 서류도 조사해야겠다는 말씀이로군요. 맞습니까?"

"바로 그겁니다."

"영장은 가져오셨습니까?"

"아닙니다."

"흠, 영장이야 금방 받아 낼 수 있겠지요. 괜히 일을 어렵게 만들어 뭐 하겠습니까. 살인 용의자 취급을 받는 게 결코 기분 좋은 일은 아니지만, 해야 할 일을 하는 것뿐인데 일부러 방해할 건 없지요."

"감사합니다. 이렇게 협조해 주시는 게 얼마나 큰 도움이 되는지 모릅니다. 다른 분들도 이렇게 이성적으로 협조해 주시기를 바랄 뿐입니다."

배틀이 진심으로 감사를 표했다.

"피할 수 없다면 참는 수밖에요."

선생은 기분 좋게 한마디 하고는 말을 이었다.

"진료는 끝났으니 이제 왕진을 가야겠습니다. 열쇠를 두고 비서에게 말해 놓을 테니 마음껏 뒤져 보십시오."

"그렇게 해 주신다니 일이 한결 편하겠군요. 그런데 나가시기 전에 몇 가지 여쭤볼 게 있습니다."

"그날 밤에 대해서 말인가요? 하지만 알고 있는 건 전부 말씀드렸는데요."

"아닙니다, 선생님에 대해서입니다."

"그럼 어서 물어보십시오. 뭐가 궁금하신지?"

"지금까지 어떻게 살아오셨는지 간략하게 얘기해 주십시오. 언제 태어났는지, 결혼은 어떻게 했는지 등등이요."

"그러죠. 나중에 『인명사전』에 오를지도 모르니 연습 삼아 얘기해 보죠."

의사가 무덤덤하게 말했다.

"난 별 굴곡 없이 살아온 편입니다. 슈롭셔(잉글랜드 중서부의 주 — 옮긴이) 출신이고 러들로에서 태어났죠. 아버지도 거기서 개업의를 하셨고요. 내가 열다섯 살 때 돌아가셨지요. 슈루즈베리에서 학교를 다녔고, 아버지의 뒤를 이어 의학을 공부했습니다. 세인트크리스토퍼를 나왔고요. 이 정도는 말 안 해도 이미 꿰고 계시겠죠."

"예상하신 대로 뒷조사를 하긴 했습니다. 외아들이십니까, 아니면 형제나 누이가 있습니까?"

"외아들입니다. 부모님 모두 돌아가셨고, 아직 결혼은 안 했습니다. 가족 사항은 이 정도로 넘어가도 되겠지요? 여기에서 에머리 선생과 함께 개업했지요. 에머리 선생은 15년쯤 전에 은퇴해서 지금은 아일랜드에 살고 있습니다. 원하신다면 주소를 적어 드리겠습니다. 여기서 요리사 한 명과 시중드는 하녀 한 명, 가정부 한 명을 두고 있고, 비서가 매일 방문합니다. 수입은 꽤 넉넉하고, 환자도 남들 죽이는 만큼만 죽이고 있습니다. 이 정도면 만족하시겠습니까?"

배틀 총경은 씩 웃으며 대꾸했다.

"그 정도면 충분합니다. 유머 감각이 누구 못지않으시군요. 하나만 더 여쭤보겠습니다."

"나는 한 점 부끄러움 없이 도덕적으로 살아온 사람입니다, 총경님."

"그걸 여쭤보려는 게 아닙니다. 친구 네 분의 이름을 알려 주셨으면 합니다. 선생님을 아주 잘 알거나 아니면 오랫동안 알고 지낸 분들이요. 신원 조회랄까, 뭐 그런 걸 하기 위해서입니다."

"그럴 거라고 생각했습니다. 어디 봅시다. 지금 런던에 살고 있는 사람들이 좋겠죠?"

"그러면 편하겠지요. 하지만 크게 상관없습니다."

선생은 잠시 고민하더니, 책상에 종이를 꺼내 놓고 만년필로 네 사람의 이름과 주소를 적은 다음 배틀 총경 쪽으로 밀었다.

"이 정도면 되겠습니까? 지금 당장은 그 정도밖에 생각이 안 나는군요."

배틀은 명단을 천천히 살펴본 뒤 만족스럽게 고개를 끄덕이며 종이를 안주머니에 넣었다.

"용의 선상에서 제외하려는 겁니다. 한 사람이라도 빨리 제외하면 그만큼 일이 수월해지니까요. 선생님이 셰이터나 씨와 껄끄러운 사이가 아니었다는 걸 확인해야 합니다. 개인적으로나 사업상 친분이 없고 또 셰이터나 씨에게 해코지할 이유가 없다는 걸 말입니다. 거의 모르는 사이였다는 걸 저야 곧이곧대로 믿겠지만, 이건 제가 믿고 말고의 문제가 아니거든요. 그게 사실이라는 것을 제가 직접 확인했다고 보고할 수 있어야 하니까요."

"이해합니다. 사실이라는 게 확인되기 전까지는 모두 거짓말로 간주해야 한다, 이 말씀이지요? 여기 열쇠 받으십시오, 총경님. 이건 책상 서랍 열쇠이고, 이건 저기 서랍장 열쇠, 그리고 그 조그만건 극약만 따로 넣어 둔 장의 열쇠입니다. 보신 뒤에 꼭 다시 잠그셔야 합니다. 제가 비서한테 말해 두는 게 낫겠네요."

의사는 책상에 붙어 있는 버튼을 눌렀다. 곧바로 문이 열리고 야무지게 생긴 젊은 여자가 들어왔다.

"부르셨습니까, 선생님?"

"이쪽은 버지스 양입니다. 이분은 런던 경시청에서 오신 배틀 총경님이오."

버지스는 차가운 눈빛으로 배틀을 바라보았다. 마치 '맙소사, 이건 또 어디서 굴러든 물건이야?'라고 말하는 듯한 눈빛이었다.

"총경님이 묻는 것에 성심성의껏 대답해 주면 고맙겠어요. 그리고 필요한 게 있으시다면 알아서 편의를 봐 드리고."

"알겠습니다, 선생님."

로버츠가 일어서며 말했다.

"자, 그럼. 나는 가 봐야겠습니다. 진료 가방에 모르핀 챙겼나? 록하트 씨 방문할 때 필요할지도 모르는데."

계속 중얼거리면서 의사가 방을 나가자, 버지스가 그 뒤를 따라 나가며 말했다.

"전 나가 있을 테니 필요한 게 있으면 버튼을 눌러 주세요. 그렇게 해도 되겠죠, 배틀 총경님?"

배틀은 고맙다고 말한 뒤, 일을 시작했다.

신중하고 철저하게 조사해 나갔지만, 사실 도움될 만한 단서를 찾을 거라고 기대하지 않았다. 로버츠 선생이 수색해도 좋다고 흔쾌히 허락하는 순간 희망은 사라진 것이나 다름없었다. 로버츠는 바보가 아니었다. 이런 일이 있으리라는 걸 진즉부터 알고 치워야 할 것은 미리 치워 두었을 터였다. 그래도 배틀이 어떤 것을 찾고 있는지 로버츠가 모르는 한 아주 작은 단서라도 발견할 가능성은 있었다.

배틀 총경은 서랍이란 서랍은 죄다 열었다 닫았고, 편지함도 샅샅이 뒤졌으며 수표책을 차르륵 훑었고, 아직 처리하지 않은 청구서들도 들춰 보았다. 어떤 청구서인지 일일이 확인했고, 예금 통장도 자세히 들여다보았으며, 진료 기록도 꼼꼼히 살폈다. 한마디로 글로 기록된 모든 문서는 한 장도 빼놓지 않고 전부 들춰 보았다. 결과는 실망스러웠다.

다음으로 극약을 보관해 둔 장을 열고 선생이 거래하는 약물 도매 회사 이름을 적고 약물 재고를 어떻게 관리하는지 확인한 다음 장을 다시 잠갔다. 다음은 서랍장이었다. 서랍장에 보관된 문서들은 좀 더 개인적인 것들이었지만 수사에 직접적으로 도움될 만한 것은 하나도 없었다. 총경은 고개를 저으며 의자에 털썩 주저앉아 책상의 버튼을 눌렀다.

버지스는 감탄할 만큼 신속하게 문간에 나타났다.

배틀 총경은 정중하게 앉으라고 권한 다음, 가만히 관찰하면서 상대를 어떤 식으로 구워삶을지 잠시 고민했다. 처음 본 순간 느꼈을 적대감을 더욱 자극해 흥분해서 실수로 한마디 뱉어 내게 해야 할지, 아니면 마음을 누그러뜨려 방심하게 해야 할지 확신이 서지 않았다.

"무슨 일로 이러는지 알고 있겠지요, 버지스 양?"

마침내 총경이 운을 뗐다.

"로버츠 선생님이 말씀해 주셨어요."

버지스는 쌀쌀맞게 대꾸했다.

"이거 참 다루기 어려운 상황입니다."

"그런가요?"

"아주 골치 아프게 됐거든요. 용의자가 네 명인데 그중 한 명은 틀림없이 범인입니다. 내가 궁금한 건, 버지스 양이 이 셰이터나라는 사람을 본 적이 있느냐는 겁니다."

"한 번도 없어요."

"로버츠 선생이 말한 적도 없습니까?"

"한 번도요. 잠깐, 아니에요. 한 일주일 전쯤 선생님이 저더러 스케줄에 저녁 식사 약속을 끼워 넣으라고 하셨어요. 18일 8시 15분, 셰이터나 씨라고요."

"그때 셰이터나 씨에 대해 처음 들었습니까?"

"네."

"신문에서 이름을 본 적도 없고요? 사교계 소식란에 자주 오르내리거든요."

"사교계 소식 같은 건 읽을 시간이 없어서요."

"아무렴, 그러시겠죠."

총경이 부드럽게 달래고는 설명을 이어 나갔다.

"그런데 말입니다. 용의자 네 명 모두 셰이터나 씨와 그리 잘 아는 사이가 아니라고 주장하고 있거든요. 하지만 그중 한 명은 살인까지 할 정도로 잘 아는 사이였단 말입니다. 그게 누군지 알아내는 게 내 일입니다."

별 의미 없이 침묵이 이어졌다. 버지스는 배틀 총경이 해야 할 일 같은 것에는 관심이 없는 것 같았다. 그녀에게는 나름의 해야 할 일이 있었다. 고용주가 시킨 대로 배틀 총경이 말하는 것을 듣고 있다가 질문에 대답하는 것이었다.

총경은 별 소득이 없을 것 같긴 했지만 포기하지 않고 밀어붙였다.

"버지스 양도 알겠지만 이 일이란 게 얼마나 골치 아픈지 모릅니다. 예를 들어 사람들이 이 말 저 말 아무렇게나 하는 것이 그렇지요. 그 말을 믿지 않더라도 조사를 해야 하거든요. 이런 사건은 특히 더합니다. 여자들을 모두 나쁘게 보려는 건 아니지만 어떤 여자들은 궁지에 몰리면 아무나 붙들고 늘어지는 경향이 있거든요. 근거도 없이 비난하는가 하면, 이 사람이 예전에 이랬다는 둥 어쨌다는 둥 실제 사건과는 아무 상관없는 고릿적 소문을 끄집어내기도 하지요."

버지스는 냉정한 투로 물었다.

"그 말씀은 용의자 중 한 사람이 선생님에 대해 불리한 말을 하고 다닌다는 뜻인가요?"

배틀 총경이 조심스럽게 대답했다.

"꼭 집어서 뭐라고 한 건 아닙니다만 그래도 조사해야 할 의무가 있어서요. 어떤 환자가 사망한 정황이 조금 수상하다고 하던데, 아마 근거 없는 비난이었을 겁니다. 이런 일로 선생님께 불편을 끼쳐드려 죄송할 따름이죠."

"누군가 그레이브스 부인 얘기를 주워들은 모양이군요."

버지스가 발끈해서 내뱉었다.

"아무것도 모르면서 아는 척 떠들어 대는 건 품위 없는 짓이에요. 나이 드신 할머니들이 주로 그러시죠. 사람들이 모두 자기한테 독약을 먹이려 드는 줄 안다니까요. 가족이나 하인들, 심지어 의사들까지 싸잡아서요. 그레이브스 부인은 다른 의사를 세 명이나 내치고 로버츠 선생님께 진찰을 받으러 왔어요. 그런데 이번에도 또 그런 망상에 빠져 로버츠 선생님이 리 선생님을 소개해 줬어요. 이럴 경우 그럴 수밖에 없다고 하시면서요. 부인은 리 선생님한테 갔다가 다시 스틸 선생님, 파머 선생님, 이런 식으로 줄줄이 진찰을 받았어요. 그러다가 돌아가셨죠, 불쌍한 노인네."

"굉장히 사소한 일이 얼마나 크게 부풀려지는지를 보고 있으면 놀라울 따름이죠. 환자가 죽으면서 담당 의사에게 뭐라도 조금 남기면, 모두 달려들어 그 의사를 험담하죠. 하지만 고마운 마음에 자기를 돌봐 준 사람한테 조금이나마, 아니 거금이라도 그렇지, 남기면 안 된다는 법이 어디 있습니까?"

배틀의 맞장구에 버지스는 묻지 않은 이야기를 늘어놓기 시작했다.

"항상 가족이나 친척들이 문제예요. 재산 분배만큼 사람의 못된 본성을 드러나게 하는 것도 없어요. 시체가 식기도 전에 누가 얼마를 받느냐를 두고 추한 싸움을 벌이죠. 다행히 로버츠 선생님은 그런 일에 말려든 적이 없어요. 평소에도 환자가 유산을 남겨 준다든가 하는 일은 없었으면 좋겠다고 말씀하세요. 딱 한 번 50파운드가량의 유산을 받으셨고 또 지팡이 두 개와 금시계 하나를 받은 적이 있는데, 그게 다예요."

배틀이 한숨을 내쉬며 말했다.

"전문인으로 살아가기란 참으로 어렵군요. 언제라도 협박당할 수 있고, 또 아무 뜻 없이 한 말이나 행동 때문에 의심을 사기도 하니까요. 의사는 심지어 악마가 나타나는 것까지도 알아서 잘 피해 다녀야 한다니까요. 언제 어떤 상황에서도 정신을 바짝 차리고 냉정하게 행동해야 하죠."

"그 말씀이 맞아요. 히스테리 증상이 있는 여자들을 다룰 때 특히 힘들죠."

버지스가 동조했다.

"히스테리 환자들이라…… 맞아요. 나도 내심 이런 사건이 모두 그런 환자들 때문에 생긴 일이 아닌가 생각하고 있었습니다."

"그 고약한 크래독 부인을 말씀하시는 거로군요."

배틀은 곰곰이 생각하는 척하고는 말했다.

"어디 보자, 그게 3년 전이었던가? 아니, 그보다 더 됐지 아마?"

"4년이나 5년 전쯤일 거예요. 정서적으로 그렇게 불안정한 환자는 처음 봤다니까요! 외국으로 나간다고 했을 때 내심 좋아했어요. 로버츠 선생님도 안심하는 눈치였죠. 글쎄, 남편한테 어찌나 괴상한 거짓말들을 해 댔는지……. 물론 히스테리 환자들은 대개 그렇긴 하지만요. 불쌍한 노인네 같으니. 그 남편도 말이 아니었죠. 시름시름 앓기 시작하더니 곧 죽었는데, 탄저병에 걸렸다더군요. 감염된 면도솔을 사용했대요."

"까맣게 잊고 있었군요."

배틀이 거짓말로 둘러댔다.

"얼마 후 부인은 외국으로 나갔는데 곧 사망했어요. 아무튼 저는 늘 크래독 부인의 히스테리가 심각하다고 생각했어요. 남편이 돌아 버릴 정도로 화풀이를 해 댔죠."

"그런 여자들을 잘 알지요. 아주 위험해요. 의사들이 정말 피해야 할 여자들이에요. 외국 어디에서 죽었더라…… 기억이 날 것도 같은데."

배틀이 시침을 떼자 버지스가 얼른 대답했다.

"이집트였을 거예요. 세균에 감염돼 온몸에 독이 퍼진 거예요. 풍토병이었죠."

배틀은 다른 얘기로 건너뛰기로 했다.

"의사를 힘들게 하는 일이 또 하나 있지요. 환자의 가족이나 친척이 환자에게 독을 먹이는 게 아닌가 의심스러운 겁니다. 의심이 간들 어쩌겠어요? 확실하지 않으면 입을 다물고 있을 수밖에요. 그런데 입을 다물고 있다가 나중에 그 문제가 불거지면 의사 입장에선 또 골치 아파지는 거죠. 혹시 로버츠 선생님은 그런 일을 안 당해 보셨습니까?"

"그런 일은 없었던 것 같아요. 그런 얘긴 못 들었어요."

버지스는 기억을 더듬으며 대답했다.

"통계적으로 의사 한 명이 보는 환자 중 사망하는 사람이 1년에 몇 명이나 되는지 살펴보면 아주 흥미롭지요. 예를 들어 버지스 양이 올해로 로버츠 선생과 일한 게 몇 년……."

"7년 됐어요."

"7년이요. 어림잡아 지금까지 사망한 환자가 몇 명이나 되지요?"

버지스는 이것저것 재 보는 일을 그만두었다. 이제 경계를 완전히 누그러뜨리고 더 이상 의심하지 않았다.

"정확하게 말하기는 어려워요. 일곱, 여덟…… 물론 정확한 숫자는 기억 못 하지만 지금까지 서른 명은 넘지 않는다고 보면 얼추 맞을 거예요."

배틀이 기분 좋게 추어올렸다.

"그렇다면 로버츠 선생님은 다른 의사에 비해 실력이 월등한 겁니다. 환자 대부분이 상류층이겠지요? 자신을 돌볼 여유가 있는 사람들이요."

"선생님이 워낙 유명하시니까요. 진단이 정확하기로요."

배틀은 한숨을 크게 내쉬며 자리에서 일어섰다.

"이거, 너무 옆길로 샜군요. 원래 선생님과 셰이터나 씨가 어떤 사이였는지 알아보려던 거였는데. 선생님 환자가 아니었던 게 분명합니까?"

"확실해요."

"가명을 사용했을 수도 있지 않을까요?"

배틀은 사진 한 장을 건네며 물었다.

"알아보겠습니까?"

"이렇게 과장되게 꾸미고 다니는 사람도 있군요. 아뇨, 한 번도 여기 온 적 없어요."

"그럼 이 정도로 됐습니다."

배틀이 한숨을 내쉬며 말했다.

"이렇게 얼굴 한 번 찡그리지 않고 협조해 줘서 선생님께 얼마나 고마운지 모르겠습니다. 선생님께 고맙다고 전해 주겠습니까? 두 번째 용의자로 넘어가겠다고도 전해 주십시오. 안녕히 계십시오, 버지스 양. 협조해 주셔서 고맙습니다."

악수하고 그곳을 나온 배틀 총경은, 걸어가면서 주머니에서 작은 수첩을 꺼내 'R'이라는 글자 밑에 몇 줄 적어 넣었다.

  그레이브스 부인? 가능성 희박.

  크래독 부인?

  유산 없음.

  아내 없음. (안타깝군.)

  사망 환자들 조사할 것. (어렵겠군.)

총경은 수첩을 덮고 런던 앤드 웨식스 은행 랭커스터 게이트 지점으로 들어갔다.

입구에서 신분증을 내밀자 즉시 지점장에게 안내되었다.

"안녕하십니까. 제프리 로버츠 선생이 여기 고객인 걸로 알고 있습니다만."

"그렇습니다, 총경님."

"지난 몇 년간의 계좌 기록을 좀 확인해 봐야겠는데요."

"가능한지 한번 알아보겠습니다."

30분간 복잡한 절차를 거친 뒤, 배틀 총경은 겨우 한숨을 푹 내쉬며 연필로 기록한 숫자가 가득한 종이 한 장을 안주머니에 챙겨 넣었다.

"원하던 걸 찾으셨습니까?"

지점장이 호기심 어린 표정으로 물었다.

"아니, 못 찾았습니다. 뭔가 암시할 만한 단서라고는 하나도 없군요. 그래도 협조해 주셔서 고맙습니다."

그 시각, 진료실에서 손을 씻으며 로버츠 선생이 어깨 너머로 버지스에게 말했다.

"그 멍청한 경찰 양반은 어떻게 됐지? 서랍이란 서랍은 죄 뒤지고 자네를 실컷 괴롭히고 갔나?"

"저한테서 아무것도 알아내지 못했다는 건 분명히 말씀드릴 수 있어요."

버지스는 입술을 꽉 다물었다.

"이런, 그렇게 입을 닫을 건 없어요. 아는 대로 다 말해 줘도 된다고 했잖아. 그런데 뭘 그렇게 물어보던가?"

"글쎄, 그 셰이터나라는 사람을 얼마나 잘 아느냐고 계속 물어보지 뭐예요. 심지어 그 사람이 가명으로 여기 와서 진찰받은 적 없냐고 물어보기까지 했어요. 사진을 보여 주면서요. 그렇게 잔뜩 꾸미고 다니는 남자는 처음 봤어요!"

"셰이터나? 아, 그렇지, 메피스토펠레스가 현신(現身)한 것처럼 꾸미고 다니는 걸 좋아했지. 제법 그럴듯해 보이기도 했고. 배틀이 또 뭘 물어봤지?"

"별거 없었어요. 그런데 한 가지, 누군가 그레이브스 부인에 대해 말도 안 되는 얘기를 귀띔해 준 모양이에요. 부인이 어땠는지 기억하시죠?"

"그레이브스? 그레이브스라고? 아, 그 노인네. 그거 정말 재미있군!"

의사는 꽤나 우습다는 듯 웃음을 터뜨렸다.

"생각할수록 재미있어!"

그는 그렇게 기분 좋게 점심 식사를 하러 갔다.

로버츠 선생(이어서)

배틀 총경은 무슈 에르퀼 푸아로와 함께 점심 식사를 했다. 총경은 낙담한 표정이었고, 푸아로는 동정하는 눈빛이었다.
"오전 내내 얻은 게 전혀 없나 보군요."
푸아로가 조용히 말했다.
배틀은 고개를 설레설레 저었다.
"앞으로도 힘들겠습니다, 무슈 푸아로."
"그 사람은 어떻던가요?"
"로버츠 선생 말입니까? 글쎄요. 솔직히 말하면 셰이터나 씨의 판단이 맞는 것 같습니다. 사람을 죽인 적이 있어요. 웨스터웨이 사건이 떠오르는군요. 노픽의 그 변호사라는 작자도 그렇고요. 호탕하고 자신감 넘치는 게 비슷하지요. 사람들에게 인기가 많은 것도 그렇고. 둘 다 머리가 좋은 악마였지 않습니까? 로버츠가 꼭 그렇습니다. 그렇다 해서 로버츠가 셰이터나를 죽였다고 단정할 수는 없습니다. 사실 나는 죽이지 않았다고 생각합니다. 어떤 위험이 따르는지 잘 아는 사람이에요. 보통 사람들보다 더 잘 알겠죠. 셰이터나가 곧바로 죽지 않고 깨어나 비명을 지를 수도 있다는 것을요. 내가 보기에 로버츠는 셰이터나를 죽이지 않았습니다."

"하지만 다른 사람은 죽였다는 겁니까?"

"어쩌면 한 명이 아니라 여러 명을 죽였을 수도 있습니다. 웨스터웨이도 그랬죠. 그런데 캐내기가 녹록지 않을 것 같습니다. 로버츠 선생의 계좌를 살펴봤는데, 갑자기 큰돈이 들어왔다든가 하는 미심쩍은 구석이 전혀 없어요. 적어도 지난 7년간 환자로부터 유산을 받은 일은 없습니다. 결혼한 적도 없고요. 안타까운 일이죠. 아내를 죽인 의사로 밝혀지면 딱 이상적인 시나리오가 만들어질 텐데. 생활은 상당히 풍족한 편입니다. 상류층 사람들 사이에서 인기 있는 의사이니, 당연한 거겠죠."

"언뜻 보기엔 흠잡을 데 없는 삶을 살고 있는 듯하네요. 어쩌면 실제로도 그럴지도 모르지요."

"그럴 수도 있죠. 하지만 나는 항상 최악의 것을 믿는 편입니다. 크래독 부인이라는 여자와 관련해 좋지 않은 소문이 있었나 봅니다. 로버츠 선생의 환자였는데 조사해 볼 만한 것 같아요. 곧 자세히 알아보라고 지시할 생각입니다. 이집트에서 풍토병으로 죽었다니 조사해 봐야 별 단서는 나오지 않을 것 같지만, 그래도 그 사람의 성격이나 품성이 어떤지 정도는 말해 줄지도 모르죠."

"그 여자에게 남편이 있었습니까?"

"네. 남편은 탄저병으로 죽었습니다."

"탄저병?"

"네. 그때 시중에 싸구려 면도솔이 많이 나돌았는데, 그중에 감염된 게 많았습니다. 그래서 거의 주기적으로 누가 죽었다는 소식이 들리곤 했죠."

"편리하군요."

푸아로가 넌지시 말했다.

"같은 생각입니다. 남편이 폭로하겠다고 선생을 협박했다면……. 하지만 추측일 뿐입니다. 근거는 전혀 없어요."

"힘을 내세요, 친구. 인내심 하나는 누구 못지않으니, 계속 수사해 나가다 보면 지네 발만큼 많은 단서를 얻게 될 겁니다."

"그렇게 많은 단서를 가지고 머릿속에서 굴리다가 도랑에 처박히겠지요."

배틀이 씩 웃고는 궁금한 듯 물었다.

"무슈 푸아로는 어떻게 하실 겁니까? 수사에 관여하실 겁니까?"

"저도 로버츠 선생은 만나 볼까 합니다."

"하루에 두 사람이나 찾아가다니. 로버츠 선생이 놀라 자빠지겠는걸요."

"조심스럽게 할 테니 걱정 마십시오. 지나간 일을 캐묻지는 않을 겁니다."

"어떤 방향으로 조사하시려는지 궁금한데요? 싫으시면 말씀 안

하셔도 됩니다."

"뒤 투, 뒤 투(천만에요, 전혀 그렇지 않습니다). 기꺼이 말씀드리죠. 그저 브리지 게임 얘기를 조금 할 생각입니다."

"또 브리지라니요. 지난번에도 그렇고 이번에도 브리지 얘기군요, 무슈 푸아로."

"제가 보기엔 상당히 쓸 만한 단서라서요."

"뭐, 사람마다 취향이 다르니까요. 내 경우 정도(正道)에서 벗어난 수사는 맞지 않습니다. 내 방식이 아니에요."

"그럼 어떤 방식이 맞습니까?"

총경은 푸아로의 눈빛에 어린 장난기를 그대로 맞받아 대답했다.

"성실하고 정직하고 열정적으로 인내심을 가지고 맡은 바를 다하는 경관, 그게 내 방식입니다. 으스대지도 않고 기교를 부리지도 않으며 그저 정직하게 흘리는 땀이 전부입니다. 둔감하면서 조금 우둔하게 하자는 주의죠."

푸아로가 잔을 들며 말했다.

"각자의 방식을 위하여, 그리고 이런 노력이 합쳐져 성공의 영광을 얻기를."

"레이스 대령이 데스파드에 관해 뭔가 건져 올 겁니다. 정보원이 꽤 많거든요."

배틀이 말했다.

"올리버 부인은 어떨 것 같습니까?"

"반반인 것 같습니다. 나는 부인을 꽤 좋아합니다. 말도 안 되는 소리를 늘어놓긴 하지만, 대단한 여장부예요. 게다가 여자들은 같은 여자에 대해 남자가 미처 감지하지 못하는 걸 포착하기도 하니까요. 뭔가 쓸 만한 단서를 찾아낼지도 모르죠."

두 사람은 거기서 헤어졌다. 배틀은 이것저것 지시를 내리기 위해 런던 경시청으로 돌아갔고, 푸아로는 글로스터 테라스 200번지로 향했다.

손님을 맞은 로버츠 선생의 눈썹이 우스꽝스러울 정도로 추켜올려졌다.

"하루에 탐정이 두 명이나 오다니, 저녁엔 수갑 차고 끌려가겠군요."

푸아로는 미소 지었다.

"걱정하지 않으셔도 됩니다, 로버츠 선생님. 저는 네 사람 모두에게 똑같은 관심을 가지고 있으니까요."

"어쨌거나 고마운 일이군요. 담배 피우시겠습니까?"

"괜찮다면 제 것을 피우겠습니다."

푸아로는 가느다란 러시아제 담배 한 개비에 불을 붙였다.

"자, 뭘 도와 드릴까요?"

로버츠가 물었다.

푸아로는 잠시 아무 말 없이 담배 연기만 뻐끔거리다, 마침내 입을 열었다.

"자신이 인간 본성을 꿰뚫어 볼 수 있다고 생각하십니까, 선생님?"

"글쎄요, 어느 정도는 그렇다고 봐야겠죠. 의사라면 웬만큼 간파

할 줄 알아야 합니다."

"저도 같은 생각입니다. 늘 그렇게 생각해 왔거든요. 의사라면 환자들을 항상 가까이에서 관찰하니까, 표정이라든가 안색, 혹은 숨을 얼마나 가쁘게 쉬는지, 불안해하는 기색은 없는지 등을 알아차릴 것이다! 자신이 알아채고 있다는 사실조차 거의 깨닫지 못한 채 말입니다. 그런 점에서 로버츠 선생님이야말로 저를 도와줄 수 있는 사람입니다."

"도움이 된다면 얼마든지요. 문제가 뭡니까?"

푸아로는 단정하고 자그마한 주머니에서 접은 브리지 점수표 세 장을 조심스럽게 꺼냈다.

"이건 지난밤 처음 세 번의 러버 점수표입니다. 이건 첫 번째 러버의 점수표인데. 메러디스 양의 필체지요. 이걸 보고 기억을 되살려서, 정확히 누가 뭘 불렀고 누가 어떤 패를 냈는지 말씀해 주시겠습니까?"

로버츠는 깜짝 놀란 표정으로 푸아로를 쳐다보았다.

"농담이시죠, 무슈 푸아로? 그걸 어떻게 기억하겠습니까?"

"전혀 기억나지 않으세요? 해 주시면 정말 고맙겠습니다. 이 첫 번째 러버를 보세요. 첫 번째 판은 하트나 스페이드로 간 게 틀림없습니다. 아니면 어느 한쪽이 50점 내려갔을 테니까요."

"어디 봅시다. 첫 번째 판이군요. 맞습니다, 스페이드로 갔습니다."

"다음 판은 어떻습니까?"

"한쪽이 50점을 잃은 것 같은데 어느 쪽이었는지, 어떤 패였는지는 기억이 안 나는군요. 네, 정말이에요. 무슈 푸아로, 이걸 어떻게 다 기억합니까?"

"비딩이나 패가 전혀 기억나지 않나요?"

"제가 한 번 그랜드 슬램(열세 번 모두 이기겠다고 계약하는 것 또는 그 계약을 성사하는 것 — 옮긴이)을 만든 건 기억납니다. 그게 또 더블이 됐지요. 그리고 완전히 죽을 쏜 기억이 나네요. 3노 트럼프를 불렀는데 다운 됐어요. 하지만 그건 나중이었는데."

"누구와 한편이었는지는 기억하십니까?"

"로리머 부인이었어요. 부인은 기분이 좀 안 좋은 것 같았어요. 내가 패를 높게 부르는 게 못마땅했나 봅니다."

"다른 패나 비딩은 기억 안 나십니까?"

로버츠는 웃음을 터뜨렸다.

"이런, 무슈 푸아로, 제가 그걸 다 기억할 거라고 생각하시다니. 우선 살인 사건이 일어났잖습니까. 아무리 대단한 패로 게임 했다 해도 그날 밤 모조리 잊어버렸을 겁니다. 게다가 저는 그날 이후로 브리지를 몇 판은 더 했고요."

푸아로가 풀 죽은 표정이 되자 로버츠가 사과했다.

"미안하게 됐습니다."

"상관없습니다. 최소한 한두 패 정도는 기억하시길 바랐죠. 왜냐하면 다른 것들을 기억해 내는 데 중요한 지표가 될 수 있거든요."

푸아로가 천천히 말했다.

"다른 것들이라니요?"

"글쎄요, 예를 들어 파트너가 아주 간단해 보이는 노 트럼프 비딩을 어이없게 망쳐 버렸다든가, 아니면 상대편이 이길 수 있는 뻔한 패를 내놓지 않았다든가 하는 것 말입니다."

그러자 로버츠는 갑자기 심각한 표정을 짓고 몸을 앞으로 숙였다.

"무슨 말씀이신지 이제야 알겠군요. 미안합니다. 아까는 무슨 말도 안 되는 소리를 하나 했습니다. 그러니까 살인이, 정확히 말하면 살인이라는 임무를 성공적으로 완수한 것이 범인이 게임을 하는 데 어떤 변화를 가져오지 않았느냐 하는 뜻이지요?"

푸아로가 고개를 끄덕였다.

"바로 그겁니다. 게임을 풀어 나가는 방식을 서로 잘 아는 네 사람이 게임을 했다면 아마 최고의 단서가 될 겁니다. 평소와 다르게 한다든가 갑자기 순발력이 떨어진다든가, 아주 좋은 기회를 놓친다든가, 그런 것들이 즉각 눈에 띄었을 테니까요. 하지만 불행히도 그 자리에 있던 네 분은 서로 모르는 사이였습니다. 게임하는 방식이 바뀐 것을 즉시 감지하지는 못했을 겁니다. 그래도 무슈 르 독튀르(의사 선생님), 부탁이니 생각해 보십시오. 그 세 사람 중 누구라도 기복이, 아니면 갑자기 실수한 기억이 안 나십니까?"

잠시 침묵이 흐르더니, 로버츠 선생이 고개를 저으며 솔직하게 대답했다.

"소용없어요. 도와 드리지 못하겠군요. 아무리 애써도 기억이 안 납니다. 생각나는 건 조금 전에 말씀드린 게 전부입니다. 로리머 부인은 일급 플레이어예요. 제가 아는 한, 단 한 번도 실수한 적이 없어요. 처음부터 끝까지 냉정을 잃지 않았죠. 데스파드도 한결같이 좋았습니다. 비록 틀에 박히기는 했지만 말입니다. 정확히 말하면 비딩 하는 방식이 그랬죠. 규칙에서 조금이라도 벗어난 적이 없었어요. 승률이 적은 패에 운을 맡긴 적도 없고요. 메러디스 양은……."

선생은 머뭇거렸다.

"네, 메러디스 양은요?"

푸아로가 재촉했다.

"한 번인가 두 번 실수했습니다. 제가 기억하기로는요. 거의 끝날 무렵이었을 거예요. 하지만 피곤해서 그런 걸 수도 있지요. 노련한 플레이어가 아니니까요. 게다가 손도 떨었는데……."

로버츠 선생이 갑자기 말을 멈췄다.

"언제 손이 떨렸습니까?"

"언제였더라? 기억이 잘…… 그냥 초조해서 그랬겠지요. 무슈 푸아로 때문에 있지도 않은 일을 상상하게 되는군요."

"미안합니다. 그런데 또 한 가지 도와주셨으면 하는 문제가 있습니다."

"뭡니까?"

푸아로가 천천히 말했다.

"말하기 좀 어렵군요. 어떤 대답을 유도하고 싶지 않아서 그럽니다. 이러이러한 것을 눈치챘느냐고 물어보면, 벌써 상대의 생각을 그쪽으로 유도하게 되죠. 그렇게 되면 그 대답을 신뢰하지 못하게 됩니다. 그러니 조금 다른 방식으로 접근해 보겠습니다. 너무 큰 부담이 안 된다면, 로버츠 선생, 그날 브리지 게임을 했던 방에 무엇이 있었는지 묘사해 주시겠습니까?"

로버츠 선생은 크게 놀란 것처럼 보였다.

"방에 있었던 것이요?"

"괜찮으시다면 말입니다."

"이런, 어디서부터 시작해야 할지 모르겠군요."

"편한 대로 하셔도 됩니다."

"흠, 가구가 굉장히 많았습니다."

"농 농 농(아니 아니 아니), 자세히 설명해 주십시오."

로버츠 선생은 숨을 한번 내쉬더니, 경매인처럼 우스꽝스럽게 설명하기 시작했다.

"무늬를 도드라지게 짜 넣은 상아색 직물을 씌운 크고 긴 의자가 하나 있었고, 초록색 직물을 덮은 똑같이 긴 의자가 또 하나, 그리고 큰 의자가 네다섯 개 있었습니다. 페르시아산 깔개가 여덟 개인가 아홉 개 있었고, 크기가 작은 금색 황실 의자 열두 세트. 윌리엄 왕과 메리 여왕 시대풍의 서랍장. (마치 경매 서기가 된 기분이군요.) 더할 나위 없이 아름다운 중국제 장식장, 그랜드 피아노. 다른 가구도 많았는데, 유심히 보지 않아서 그런지 기억이 안 납니다. 특상품으로 보이는 일본 판화 여섯 점, 거울에 그려 넣은 중국 그림 두 점, 굉장히 멋들어진 담뱃갑 대여섯 개, 상아로 만든 네쓰케(에도 시대에 특히 유행한 주머니 모양의 일본 전통 공예품으로 담배쌈지나 지갑용으로 끈에 매달아 허리에 차고 다녔다―옮긴이) 몇 개가 테이블에 놓여 있었죠. 골동품으로 보이는 은제품 몇 점은 찰스 1세 시대의 타차(높은 굽이 달린 접시―옮긴이)였던 것 같습니다. 그리고 배터시 에나멜 그릇 한두 점."

"브라보, 브라보!"

푸아로가 박수를 치며 감탄했다.

"고대 영국의 것으로 보이는 새 모양 도기 두어 개, 그리고 랠프 우드(18세기에서 19세기 초, 3대에 걸쳐 도기를 제작한 가문―옮긴이)의 작품으로 생각되는 도기가 하나 있었습니다. 그리고 동양에서 건너온 물건들도 있었죠. 장식이 굉장히 복잡한 은제품이었어요. 또 장신구도 있었는데, 전 그런 종류는 잘 모릅니다. 새 모양의 첼시 도자기도 몇 점 있었던 기억이 납니다. 아, 그리고 투명 케이스에 든 모형도 몇 개 있었어요. 제가 보기에 꽤 훌륭했지요. 이것들 말고 더 있었지만, 지금은 기억나지 않는군요."

"굉장합니다. 눈썰미가 굉장히 날카로우십니다."

의사가 호기심 어린 표정으로 물었다.

"제가 말한 것들 중에 염두에 두고 계시던 게 있습니까?"

"흥미롭게도 제가 염두에 둔 물건을 말하셨다면 그야말로 놀라 자빠졌을 겁니다. 하지만 예상했던 대로 그 물건은 언급하지 않으시더군요."

"그래요?"

푸아로는 장난스럽게 눈을 빛내며 대답했다.

"아마도 그 물건이 거기 없었던 모양이지요."

로버츠는 푸아로를 뚫어져라 쳐다보았다.

"그렇게 말씀하시니 뭔가 생각나는 게 있군요."

"셜록 홈즈가 떠오르지요? 한밤중에 일어난 기이한 사건 말이에요. 개가 한밤중에 사람을 보고도 짖지 않았지요(셜록 홈즈의 「실버 블레이즈」에 나오는 내용 — 옮긴이). 흥미롭지 않습니까! 뭐, 어쨌든 저는 다른 사람의 방식을 절대 도용해서는 안 된다고 생각하지 않습니다."

"무슈 푸아로가 대체 무슨 말씀을 하는지 도무지 감이 안 잡히는군요."

"그거 잘됐군요. 솔직히 말씀드리면 제가 노리는 것이 바로 그겁니다."

아직도 멍한 얼굴로 쳐다보고 있는 로버츠 선생에게 푸아로는 미소를 지어 보이며 자리에서 일어섰다.

"적어도 이건 이해하실 겁니다. 오늘 이야기해 주신 것들이 제 다음 면담에 큰 도움이 될 것입니다."

의사도 자리에서 일어섰다.

"어떻게 도움이 되는지는 모르겠지만, 그 말씀 그대로 믿겠습니다."

두 사람은 악수를 나눴다.

계단을 내려가 현관 밖으로 나간 푸아로는 손짓으로 지나가는 택시를 세워 타고 운전기사에게 말했다.

"첼시, 체인 레인 111번지로 가 주십시오."

로리머 부인

조용한 주택가에 자리 잡고 있는 체인 레인 111번지는 외관이 정갈하고 아담한 집이었다. 문은 검은색으로 칠해져 있었고 계단이 유난히 하얬으며, 문에 달린 놋쇠 고리쇠와 손잡이가 오후의 햇살을 받아 반짝거렸다.

문이 열리고 주름 하나 없는 하얀 모자와 앞치마를 단정하게 두른 나이 지긋한 가정부가 모습을 드러냈다.

가정부는 푸아로의 물음에 부인이 집에 계시다고 대답하고는 그를 좁은 계단 쪽으로 이끌었다.

"누가 오셨다고 전할까요?"

"에르퀼 푸아로입니다."

흔히 볼 수 있는 L 자형 응접실로 안내받아 들어간 푸아로는 이러저리 두리번거리며 방 안을 꼼꼼히 살폈다. 조상 대대로 전해 내려

온 듯한 질 좋은 가구들은 모두 반질반질하게 손질되어 있었다. 1인용 의자와 등받이가 있는 긴 의자는 모두 광택이 나는 사라사 무명으로 덮여 있었다. 또한 예스럽게 꾸민 은색 테두리의 액자 몇 개가 놓여 있었다. 그 외에 쾌적한 분위기를 자아내는 공간과 조명, 그리고 키가 높은 토기에 아름다운 국화가 꽂혀 있었다.

로리머 부인이 응접실로 들어와 손님을 맞았다.

부인은 뜻밖의 손님에 놀란 기색을 보이지 않고 악수를 나누었다. 그녀는 푸아로에게 의자를 권하고 앉아 호의적인 태도로 먼저 날씨 이야기를 했다.

그리고 침묵이 흘렀다.

"갑자기 찾아뵌 것을 양해해 주시기 바랍니다, 부인."

푸아로가 운을 뗐다.

푸아로를 똑바로 쳐다보며 부인이 물었다.

"공적인 방문인가요?"

"그렇습니다."

"무슈 푸아로도 아시겠죠? 제가 배틀 총경님을 비롯해 경찰들이 어떤 정보나 도움을 요구하면 당연히 제공하겠지만, 비공식 수사관에게는 그럴 의무가 없다는 걸요."

"그 정도는 알고 있습니다, 마담. 가라고 하시면 공손하게 나가겠습니다."

로리머 부인은 슬쩍 미소 지었다.

"그렇게까지 할 생각은 없습니다, 무슈 푸아로. 10분 정도는 이야기할 수 있습니다. 브리지 모임에 가야 하거든요."

"10분이면 목적을 이루기에 충분한 시간입니다. 요전 날 브리지 게임을 했던, 그러니까 셰이터나 씨가 살해된 방이 어땠는지 묘사해 주실 수 있겠습니까?"

로리머 부인의 눈썹이 추켜올려졌다.

"정말 이상한 걸 물어보시는군요! 무엇 때문에 그걸 알고 싶으신지 도통 모르겠군요."

"부인, 만약 부인이 브리지를 하고 있는데 누가 옆에 와서 '왜 그 에이스 카드를 낸 거예요?'라든가 '왜 끗수가 더 높은 킹을 내지 않고 퀸에게 먹히는 잭을 낸 거예요?'라고 물으면, 그 대답이 아주 길고 지루해지지 않을까요?"

로리머 부인은 슬며시 미소 지었다.

"이 게임에서는 무슈 푸아로가 전문가이고 저는 풋내기라는 뜻인가요? 잘 알겠습니다."

부인은 잠시 곰곰이 생각하더니 대답했다.

"꽤 큰 방이었어요. 물건도 아주 많았지요."

"그중 몇 개라도 말씀해 주시겠습니까?"

"유리로 만든 꽃이 있었어요. 요즘 만들어진 거였죠. 꽤 예쁘더군요……. 그리고 중국풍인지 일본풍인지 그림 몇 점이 있었죠. 아주 작은 빨간색 튤립 다발이 우묵한 꽃병에 꽂혀 있었는데, 튤립이 나오기엔 이른 시기여서 놀랐디랬죠."

"다른 것은요?"

"자세히 기억나지 않아 유감이군요."

"가구 말인데, 색깔은 기억나십니까?"

"촉감이 부드러웠다는 것밖에 기억이 안 나는군요."

"작은 장식물들은 어땠습니까?"

"기억이 안 납니다. 물건이 하도 많아서, 수집가의 방이구나 싶었지요."

잠시 침묵이 흐르더니, 로리머 부인이 희미하게 미소 지으며 말했다.

"도움이 못 돼서 미안하군요."

"한 가지만 더 부탁드리겠습니다."

푸아로는 브리지 점수표를 꺼냈다.

"이건 세 차례 러버의 점수를 기록한 것입니다. 이런 점수가 어떻게 해서 나왔는지 재현해 주시면 큰 도움이 되겠습니다."

"좀 볼까요."

로리머 부인은 몸을 굽혀 흥미롭게 점수표를 들여다보았다.

"이건 첫 번째 러버로군요. 메러디스 양과 제가 한편이 돼서 남자들을 상대로 게임했지요. 첫 판은 4스페이드 비딩으로 갔어요. 우리가 이겼고 오버 트릭(이기겠다고 계약한 트릭보다 더 많이 따는 것─옮긴이)을 했어요. 다음 판은 2다이아몬드로 갔고, 로버츠 선생이 트릭 하나가 모자라 졌지요. 그다음 판에서 비딩이 부쩍 많았던 걸로 기억해요. 메러디스 양은 패스했고, 데스파드 소령은 1하트를 불렀어요. 저는 패스했고, 로버츠 선생이 3클럽으로 점프 비드

(필요 이상으로 높게 비딩 하는 것 — 옮긴이) 했어요. 메러디스 양이 3스페이드를 불렀고, 데스파드 소령이 4다이아몬드를 비딩 했죠. 제가 더블을 불렀고, 로버츠 선생이 4하트로 갔어요. 여기서 상대편이 다운 됐죠."

"에파탕(멋집니다)! 놀랍군요! 대단한 기억력입니다."

푸아로가 감탄했다.

로리머 부인은 못 들은 척 계속했다.

"다음 판에서 데스파드 소령이 4하트를 비딩 해서 파트너인 로버츠 선생이 4레벨로 게임하도록 했어요. 제가 더블을 불렀고, 상대편이 두 트릭 모자라 졌어요. 그다음엔 제가 딜러를 했고, 그 판은 4스페이드로 갔어요."

부인이 다음 점수표를 살피자, 푸아로가 말했다.

"이건 파악하기가 쉽지 않더군요. 데스파드 소령이 점수를 지워 가면서 기록했거든요."

"제가 보기엔 두 팀 모두 50점 깎아 먹으면서 시작한 것 같아요. 그런데 로버츠 선생이 5다이아몬드를 비딩 했고, 우리가 더블을 불러서 로버츠 선생을 3트릭 다운(계약에서 세 트릭이 모자라 패했다는 뜻 — 옮긴이) 시켰죠. 다음에는 우리가 3클럽을 메이드(비딩 계약을 성사했다는 뜻 — 옮긴이) 했는데, 곧바로 다음번에 상대편이 스페이드 게임으로 갔어요. 우리가 5클럽으로 두 번째 게임을 따냈고요. 그런 다음 다시 100점을 잃있어요. 상대편이 1하트를 메이드 하고 계속해서 우리가 2노 트럼프를 메이드 했고, 결국 우리가 두 번째 러버를 4클럽 비딩으로 이겼어요."

부인은 다음 점수표를 집어 들었다.

"이 러버는 유난히 치열했던 기억이 나네요. 처음에는 조금 단조롭게 시작했어요. 데스파드 소령과 메러디스 양이 1하트 비딩을 메이드 했죠. 이어서 우리 편은 4하트와 4스페이드를 비딩 했다가 50점씩 잃었어요. 그런 다음 상대편이 스페이드로 게임을 따냈죠. 이 시점에서는 상대편을 막을 수 없었어요. 우리 편이 연속해서 세 번 다운 됐는데 다행히 더블 당한 건 아니었어요. 그러다 우리가 노 트럼프로 두 번째 게임을 따냈죠. 그다음엔 배틀 로열(상대를 가리지 않는 싸움, 또는 치열한 싸움 — 옮긴이)이 시작됐죠. 각각 돌아가면서 다운 됐어요. 로버츠 선생은 자꾸 가진 패보다 높게 불렀는데, 한두 번 크게 지기는 했지만 결국 이득을 보긴 했어요. 한 번 이상 메러디스 양이 겁을 먹고 비딩을 못 하게 만들었거든요. 그다음에 로버츠 선생이 원래 계약이었던 2스페이드를 비딩 했고, 제가 3다이아몬드를 불렀죠. 다시 선생이 4노 트럼프를 부른 다음 제가 5스페이드를 비딩 했는데, 갑자기 선생이 7다이아몬드로 점프 비드 한 거예요. 당연히 상대가 더블을 불렀죠. 그렇게 무모한 비딩을 하다니 로버츠 선생이 잘못한 거예요. 기적적으로 운이 따라서 우리는 그 판을 따냈어요. 로버츠 선생이 내놓는 패를 보면서, 절대 메이드 할 수 없을 거라고 생각했죠. 상대편이 하트로 리딩 했다면 우리는 3트릭 다운으로 졌을 거예요. 그런데 상대가 K클럽으로 리드하는 바람에 우리가 메이드 할 수 있었죠. 정말 침이 마르는 승부였어요."

"즈 크루아 비엥(정말 그렇군요). 더블이 된 그랜드 슬램 벌너러블 (러버의 세 판 중 이미 한 판을 딴 상태. 그랜드 슬램이 될 경우 큰 보너스를 기대할 수 있지만, 동시에 벌점 위험도 크다 — 옮긴이)이라니. 이렇게 승부가 치열해지면 불안하고 초조해지게 마련이지요. 솔직히 저 같으면 대담하게 슬램을 비딩 하지 못했을 겁니다. 그냥 게임을 따내는 정도로 만족했겠죠."

"하지만 그렇게 하면 안 돼요. 하려면 제대로 해야죠."

로리머 부인이 힘 있게 말했다.

"모험을 하라는 얘긴가요?"

"비딩만 잘하면 모험이 아니에요. 수학적으로 확실하죠. 하지만 안타깝게도 비딩을 제대로 할 줄 아는 사람이 드물어요. 오프닝 비드까지는 잘하는데, 조금 있으면 냉정을 잃고 말지요. 사람들은 보통 이길 수 있는 패와 지지 않을 패를 구별할 줄 몰라요. 물론 제가 여기서 무슈 푸아로에게 브리지에 대해 강의할 수는 없는 노릇이지만요."

"들어 두면 분명 다음번에 훨씬 나은 플레이를 하겠군요, 부인."

로리머 부인은 다시 점수표를 들여다보았다.

"그렇게 숨 막히는 승부를 가른 후, 다음 판은 비교적 단조롭게 시작됐어요. 네 번째 러버의 점수표도 있나요? 아, 여기 있군요. 접전이었어요. 서로 상대편보다 점수를 조금씩 더 많을 뿐이었죠."

"밤이 깊이 갈수록 종종 그렇게 되죠."

"맞아요. 처음엔 조금 시시하게 시작하다가 분위기가 점점 고조

되는 거예요."

푸아로는 점수표를 챙기고 고개 숙여 인사했다.

"부인, 대단하십니다. 카드 판을 기억하는 능력이 정말 놀랍습니다. 그냥 놀라운 정도가 아니에요! 나온 패를 한 장 한 장 다 기억하고 있지 않습니까!"

"그렇군요."

"기억력이란 놀라운 선물이지요. 기억력이 뛰어나면 과거도 현재만큼 또렷하게 떠올릴 수 있으니까요. 추측하건대 부인은 마음만 먹으면 지나간 일을 선명하게 떠올릴 수 있겠군요. 어떤 사건이든 바로 어제 일처럼 선명하게요. 그렇지 않습니까?"

그 말에 로리머 부인은 검고 큰 눈동자로 재빨리 푸아로를 쏘아보았다.

그것도 한순간, 부인은 예의 그 상류층 여성으로 돌아갔다. 그러나 에르퀼 푸아로는 확신했다. 자신의 한마디가 그녀의 폐부를 찔렀음을.

로리머 부인이 자리에서 일어났다.

"실례지만 저는 이제 나가 봐야겠어요. 미안합니다. 늦으면 안 되거든요."

"아아, 그럼요. 시간을 빼앗아 죄송합니다."

"더 도움이 못 돼 미안하군요."

"아닙니다. 도움이 됐습니다."

"전 그렇게 생각하지 않는데요."

부인이 확고하게 말했다.

"아닙니다. 제가 원하던 것을 말씀해 주셨습니다."

부인은 그게 무엇인지 굳이 물어보지 않았다. 푸아로는 한 손을 내밀었다.

"너그럽게 시간 내 주셔서 감사합니다, 부인."

부인은 악수하며 말했다.

"무슈 푸아로는 참 범상치 않은 분이세요."

"신이 만들어 준 그대로일 뿐입니다, 마담."

"우리 모두 그렇지요."

"모두 그런 건 아닙니다, 부인. 어떤 이들은 신이 주신 것보다 더 대단한 사람이 되려고 하지요. 셰이터나 씨가 그런 사람이었습니다."

"무슨 뜻이지요?"

"셰이터나 씨는 오브제 드 베르튀(특수한 기능이 있는 물건 — 옮긴이)와 골동품에 뛰어난 안목과 취향을 가지고 있었습니다. 그 정도로 만족했으면 좋았을걸 다른 것들을 수집하려 들었죠."

"그게 뭐죠?"

"뭐라고 해야 할까, 자극적인 사건들이랄까?"

"그게 바로 그 사람의 당 송 카락테르(천성에 따른 행동)라는 생각은 안 드시나요?"

푸아로는 진지하게 고개를 저었다.

"셰이터나 씨는 악마의 역할을 너무나 잘 해냈습니다. 하지만 그 사람은 악마가 아니었어요. 오 퐁(사실), 그는 어리석은 인간이었지요. 그래서 죽은 겁니다."

"어리석기 때문에 죽었다고요?"

"어리석음은 결코 용서받지 못합니다. 반드시 대가를 치르게 마련인 죄이죠, 부인."

침묵이 감돌았다. 잠시 후 푸아로가 입을 열었다.

"이제 가 보겠습니다. 이렇게 친절하게 협조해 주셔서 얼마나 고마운지 모르겠습니다, 부인. 부인께서 저를 부르지 않는 한 다시 찾아오지 않겠습니다."

로리머 부인의 눈썹이 살짝 추켜올려졌다.

"세상에, 제가 무슈 푸아로를 부를 일이 뭐가 있겠어요?"

"그럴 수도 있지요. 제 생각에 그렇다는 겁니다. 오라고 하시면 오겠습니다. 잊지 마십시오."

푸아로는 한 번 더 고개 숙여 인사하고 방을 나갔다.

거리로 나온 푸아로는 혼자 중얼거렸다.

"내 생각이 옳았어……. 분명 내 생각이 옳아……. 그렇게 된 게 틀림없어!"

앤 메러디스

올리버 부인은 2인승 소형 자동차의 운전석에서 빠져나오려고 끙끙거리고 있었다. 우선, 오늘날의 자동차라는 것이 애초에 오직 요정처럼 가냘픈 여자들의 무릎만 겨우 운전대 밑에 들어가게끔 만들어진 데다 좌석이 낮아 몸이 푹 파묻힐 지경이었다. 그렇기 때문에 몸매가 풍성한 중년 여성이 운전대 아래에서 빠져나오려면 초인적인 힘을 발휘해 몸을 비틀어야 했다. 게다가 조수석은 지도 여러 장과 핸드백, 소설책 세 권과 사과가 가득 담긴 큼지막한 종이봉투로 넘쳐 나기 직전이었다. 올리버 부인은 사과를 너무 좋아해서, 『배수관 속 시체』의 복잡한 구성을 짜내며 앉은자리에서 사과를 자그마치 2.3킬로그램이나 해치웠다는 소문도 있었다. 그러다 배가 살살 아파 오기 시작하자 퍼뜩 정신이 들었지만 올리버 부인에게 경의를 표하기 위해 특별히 마련된 중요한 오찬 모임에 한 시간 10분이나 늦은 뒤였다고 한다.

끙 하는 신음과 함께 말을 듣지 않는 문짝을 무릎으로 힘껏 밀면서 올리버 부인은 드디어 웬던 코티지 정문 앞 길가에 내던져지듯 내려섰다. 그와 동시에 그녀 옆으로 사과를 먹고 남은 응어리들이 후드득 쏟아졌다.

부인은 깊은 숨을 내쉬면서 챙이 있는 모자를 촌스러운 각도로 고쳐 쓰고는, 잊지 않고 걸치고 나온 트위드 재킷을 만족스럽게 흘끗 쳐다봤다. 그러다 런던에서 최신 유행하는 굽 높은 에나멜 가죽 구두를 이번에도 무심코 신고 나온 것을 깨닫고 얼굴을 찌푸리면서, 웬던 코티지 정문을 밀어젖히고 포석이 깔린 길을 지나 현관문 앞으로 갔다. 부인은 벨을 누르고 기묘하게도 두꺼비 머리 모양으로 만든 고리쇠를 기분 좋게 탁탁탁 두드렸다.

아무런 기척이 없자 부인은 한 번 더 벨을 누르고 문을 두드렸다.

일이 분이 지나도 아무도 나오지 않았다. 올리버 부인은 빠른 걸음으로 집 뒤로 빙 돌아가 탐험에 나섰다.

집 뒤쪽에는 갯개미취와 국화꽃이 제멋대로 피어 있는 아담한 옛날식 정원이 있었다. 그 뒤로 펼쳐진 작은 들판 너머에는 강이 흘렀다. 10월치고는 햇살이 따스했다.

젊은 아가씨 두 명이 들판을 가로질러 집 쪽으로 걸어오는 것이 보였다. 두 사람이 정원 문을 열고 들어오는 순간, 먼저 들어온 아가씨가 갑자기 멈춰 섰다.

올리버 부인이 그녀에게 다가갔다.

"안녕하세요, 메러디스 양? 나 기억하죠?"
"어 아, 물론이에요."
 허둥지둥 손을 내민 앤 메러디스는 깜짝 놀라 눈을 동그랗게 떴다. 그러고는 곧 정신을 가다듬었다.
"이쪽은 저와 같이 지내는 친구 도스예요. 로다, 이분은 올리버 부인이셔."
 메러디스의 친구는 갈색 피부에 키가 컸고, 무척 활발해 보였다. 그녀는 흥분해 말했다.
"그 유명한 올리버 부인이요? 아리아드네 올리버 부인?"
"맞아요."
 올리버 부인은 짧게 대꾸하고 곧바로 앤에게 말했다.
"어디 좀 앉을까요? 할 얘기가 아주 많아요."
"그러세요. 차라도 한 잔······."
"차는 나중에 마셔도 돼요."
 앤은 버들가지로 엮어 만든 의자가 있는 곳으로 안내했다. 올리버 부인은 하나같이 낡은 의자 중에서 가장 튼튼해 보이는 것을 골라 앉았다. 부실한 여름용 의자에 몸을 실었다가 운 나쁜 경험을 여러 번 해 봤기 때문이었다.
 올리버 부인이 쾌활하게 말했다.
"쓸데없는 얘기는 생략하고 용건부터 말할게요. 며칠 전 밤에 일어난 살인 사건 말이에요. 우리 이렇게 가만히 있으면 안 돼요. 나서서 뭔가 해야 한다고요."

"뭔가 하다니요?"

앤이 물었다.

"물론 난 앤 양이 무슨 생각을 하고 있는지 몰라요. 하지만 나는 누가 했는지 알아요. 의사 선생이에요. 이름이 뭐였더라? 로버츠. 맞아, 그 이름이었어! 로버츠. 웨일스 쪽 이름이지! 나는 웨일스 사람을 절대 안 믿어요! 한번은 웨일스 출신 간호사와 해러게이트에 갔는데, 나를 까맣게 잊어버리고는 혼자 집에 가 버렸지 뭐예요. 아주 정신없는 사람들이에요. 그런데 그 여자 얘기를 하려는 게 아니라, 내가 하고 싶은 말은 로버츠가 죽였다는 거예요. 그러니까 우리가 머리를 맞대고 그 사람이 범인이라는 걸 어떻게 증명할지 생각해 내야 한다, 이겁니다."

로다 도스가 갑자기 웃음을 터뜨렸다. 그러더니 이내 얼굴을 붉혔다.

"죄송합니다 부인, 제가 상상했던 모습과 너무 달라서요."

"실제로 보니 실망스럽죠? 그런 얘기 많이 듣는다우. 그건 그렇고 로버츠가 그랬다는 걸 우리가 꼭 증명해 내야 해요!"

올리버 부인이 온화하게 말했다.

"그걸 어떻게 증명하죠?"

앤의 물음에 로다 도스가 목소리를 높였다.

"어머, 그렇게 부정적으로 생각하지 마, 앤. 근사한 생각인데, 뭘. 올리버 부인은 그런 일에 대해 누구보다 잘 아시잖니. 스벤 예르손 (아리아드네 올리버 부인이 만들어 낸 가장 캐릭터로, 스웨덴어를 하는 핀란드인 탐정이다. — 옮긴이)처럼 멋지게 척척 해내시겠지."

 자신의 작품에 등장하는 유명한 탐정 이름이 나오자 올리버 부인은 얼굴을 살짝 붉히며 말을 이었다.

 "꼭 해야 해요. 왜 그런지 말해 줄게요. 다른 사람들이 아가씨가 범인이라고 생각하는 건 원치 않겠죠?"

 "왜 그런 생각을 하겠어요?"

 앤이 얼굴을 붉히며 물었다.

 "잘 알면서 그러네! 넷 중 한 명이 범인이라면 죄 없는 나머지 셋도 똑같이 의심받는 건 당연하잖아요."

 앤 메러디스는 천천히 대꾸했다.

 "그래도 부인이 왜 저를 찾아오셨는지는 아직도 모르겠어요."

 "왜냐하면 내 보기에 나머지 두 사람은 내버려 둬도 괜찮으니까. 로리머 부인은 브리지 클럽에서 하루 종일 브리지 게임만 하는 여자예요. 그런 여자들은 피부가 아마 전차 갑판으로 만들어졌을 거야. 어디를 데려다 놔도 자기 앞가림은 할 사람이지! 게다가 살 만큼 살기도 했고. 사람들이 그녀가 살인을 저질렀다고 의심 좀 한다 한들 큰일 없을 거라는 얘기예요. 하지만 아가씨는 다르지. 앞으로 살날이 창창하니까."

 "데스파드 소령은요?"

 올리버 부인은 혀를 찼다.

 "하! 그 사람은 남자잖아요! 나는 남자들 걱정은 안 해. 어련히 알아서 잘하겠지. 누가 도와주지 않아도 잘 처신할 거예요. 게다가 데스파드 소령은 위험을 즐기는 사람이라고. 이라와디 강(미얀마에서 벵골 만으로 흐르는 강—옮긴이)에서 맛볼 스릴을 고향에서 대신 맛보고 있는 거라고. 아니 림포포 강인가? 무슨 말인지 알죠? 그 왜 남자들이 그렇게 가 보고 싶어 하는 남아프리카의 누런 강 있잖아요. 하여튼 그 둘은 걱정하래도 안 해요."

"생각해 주셔서 고맙습니다."

앤은 천천히 말했다.

로다가 불쑥 끼어들었다.

"정말 끔찍한 일이지 뭐예요. 앤이 얼마나 충격을 받았는지 몰라요, 올리버 부인. 이 친구가 굉장히 예민하거든요. 그건 그렇고 부인 말씀이 맞아요. 여기 가만히 앉아서 고민만 하느니 뭔가 하는 게 백 배 나아요."

"그렇고말고. 사실 나도 진짜 살인 사건은 접해 본 적이 없어요. 한 가지 더 털어놓으면, 진짜 살인 사건에 대해 전문적인 것도 아니에요. 그래서 항상 불리한 입장에 있었죠. 무슨 말인지 알죠? 하지만 가만히 앉아서 나머지 남자 셋이 뭘 하는지 구경만 하고 있진 않을 참이에요. 누누이 말하지만 만약 런던 경시청 총경이 여자였다면……."

"그랬다면요? 부인이 런던 경시청 총경이라면 어떻게 하시겠어요?"

로다가 몸을 바짝 들이밀고는 입을 반쯤 벌린 채 대답을 기다렸다.

"당장 로버츠 선생을 체포해야지."

"정말이에요?"

"하지만 나는 런던 경시청 총경이 아니잖아요. 나는 그저 평범한 시민일 뿐이죠."

올리버 부인은 해서는 안 될 말이 튀어나오기 전에 한 발짝 물러났다.

"어머, 그렇지 않아요."

로다는 올리버 부인이 어리둥절할 정도로 듣기 좋은 말만 했다.

부인은 계속했다.

"나만 그런 게 아니지. 경찰과 상관없는 세 사람, 게다가 모두 여자예요. 그 여자들이 머리를 맞대고 무얼 할 수 있는지 한번 찾아보자 이거예요."

앤 메러디스는 생각에 잠긴 듯 고개를 끄덕이더니 입을 열었다.

"왜 로버츠 선생님이 범인이라고 생각하세요?"

"그럴 사람이니까."

올리버 부인은 조금도 망설이지 않고 대답했다.

"그래도 좀……."

앤은 잠시 쭈뼛거렸다.

"의사라면, 그러니까 의사들은 독약 같은 걸 사용하는 게 더 쉬울 것 같은데요."

"그렇지 않아요. 어떤 종류든 사인이 독약이라는 게 밝혀지면 곧바로 의사한테 화살이 쏠리게 마련이에요. 런던 시내만 해도 의사들이 위험한 약물 병을 차에 두고 내렸다가 도난당했다는 신고가 얼마나 많은데요. 그러니 의사이기 때문에 더더욱 의약품과 관련된 건 사용하지 않으려 하겠죠."

"그렇군요."

앤은 확신 없는 투로 대답하더니 문득 물었다.

"하지만 무엇 때문에 셰이터나 씨를 죽인 걸까요? 의심 가는 구석이라도 있으세요?"

"의심 가는 구석? 그거야 많지. 사실 그게 문제예요. 나는 늘 적어도 대여섯 가지를 동시에 떠올리기 때문에, 그중 하나를 고르는 게 여간 골치 아픈 게 아니에요. 지금도 여섯 가지 정도 그럴듯한 동기가 떠오르는데, 문제는 그중에 어느 게 맞는지 밝혀낼 근거가 없다는 거지. 우선 셰이터나 씨가 고리대금업자였다고 가정해 볼 수 있겠네요. 유들유들한 게 꼭 그렇게 생겼잖아요. 로버츠 선생은 그 마수에 걸려들었다가 빚을 갚을 수 없어서 살해한 거예요. 아니면 셰이터나 씨가 로버츠 선생의 딸이나 누이를 욕보였다든가. 아니면 로버츠 선생이 남몰래 중혼을 했는데 셰이터나 씨가 그걸 알아차렸을 수도 있고. 그것도 아니면 로버츠 선생은 셰이터나 씨의 육촌과 결혼했는데 셰이터나 씨가 죽으면 그 재산을 전부 물려받게 된다든가. 아니면…… 내가 몇 가지나 얘기했죠?"

"네 가지요."

로다가 대답했다.

"아니면…… 이건 정말 그럴듯한데, 셰이터나 씨가 로버츠 선생의 과거와 관련된 어떤 비밀을 알고 있었다고 가정해 봐요. 메러디스 양도 들었는지 모르겠는데, 셰이터나 씨가 그날 저녁 식사 자리에서 이상한 말을 했거든요. 그러고 나서 묘한 침묵이 이어졌죠."

앤은 몸을 숙여 송충이를 간질이며 대답했다.

"잘 기억이 안 나는데요."

"뭐라고 했는데요?"

로다가 물었다.

"무슨 사고와 독약에 관한 얘기였는데, 기억 안 나요?"

앤이 왼손으로 짚고 있던 의자 한 귀퉁이를 움켜잡고는 침착하게 대답했다.

"그러고 보니 그런 얘기를 들은 기억이 나네요."

로다가 불쑥 말했다.

"어머 얘, 너 외투라도 걸쳐야겠다. 지금은 여름이 아니잖니. 어서 가서 걸치고 와."

"춥지도 않은데, 뭘."

앤은 고개를 저으면서도 몸을 살짝 떨고 있었다.

"내가 무슨 얘기를 하려는 건지 알겠죠?"

올리버 부인은 아랑곳 않고 말을 이었다.

"굳이 말해 보자면 선생의 환자 중 하나가 독극물 사고로 죽었다, 이거예요. 물론 말이 사고지, 선생이 한 짓이겠지. 어쩌면 그렇게 죽인 환자가 여럿 될지도 몰라."

갑자기 앤의 볼이 상기되었다.

"의사들이 정말 그렇게 아무 환자나 충동적으로 죽이고 그러나요? 그러면 병원을 운영하는 데도 지장이 있지 않을까요?"

"물론 죽이는 데는 이유가 있겠죠."
올리버 부인이 애매하게 대답했다.
"말도 안 되는 소리예요. 정말 허무맹랑한 얘기로밖에 안 들려요."
앤이 또박또박 말했다.
"어머, 앤!"
로다가 민망할 정도로 미안한 기색을 보이며 외쳤다. 마치 '너그럽게 이해해 주세요'라는 듯한 표정의 영리한 스패니얼 개처럼 올리버 부인을 바라보았다.
"대단한 추리예요, 올리버 부인. 게다가 의사라면 흔적이 남지 않을 뭔가를 쉽게 손에 넣을 수 있지 않겠어요?"
로다는 진지하게 말했다.
"맙소사!"
갑자기 앤이 목소리를 곤두세워 두 사람은 앤을 쳐다보았다.
"생각났어요. 셰이터나 씨가 의사라면 약품 제조실에서 뭔가 얻을 기회가 많지 않겠냐고 했어요. 뭔가 의미심장한 얘기였을 수도 있겠군요."
"그 말을 한 건 셰이터나 씨가 아니에요. 데스파드 소령이지."
올리버 부인이 고개를 저으며 말했다.
정원을 걸어오는 발소리에 세 여자는 고개를 돌렸다.
부인이 소리쳤다.
"이것 좀 봐! 호랑이도 제 말 하면 온다더니!"
데스파드 소령이 막 집 모퉁이를 돌아 다가오고 있었다.

두 번째 방문객

 데스파드 소령은 올리버 부인을 보고 멈칫하는 것 같았다. 햇볕에 보기 좋게 그은 얼굴이 짙은 벽돌색으로 확 달아올랐다. 당황해서 그런지 아까보다 더 딱딱한 걸음걸이로 소령은 앤에게 다가왔다.
 "실례합니다, 메러디스 양. 벨을 눌렀는데 아무도 나오지 않아서요. 지나는 길에 들렀습니다."
 "죄송해요. 벨 소리를 못 들었어요. 저희 집엔 가정부가 없거든요. 오전에 잠깐 와서 일하는 사람뿐이에요."
 앤은 소령을 로다에게 소개했다.
 로다는 쾌활하게 말했다.
 "차 한잔하세요. 점점 날씨가 쌀쌀해지네요. 들어가는 게 좋겠어요."
 그들은 집 안으로 들어갔다. 로다가 부엌으로 가고 나서 올리버 부인이 입을 열었다.

"묘한 우연이네요. 여기서 다 모이다니."

"그렇군요."

데스파드가 천천히 대답하며 상대의 의중을 떠보려는 듯한 시선으로 올리버 부인을 응시했다.

올리버 부인은 내심 이런 상황을 즐기고 있었다.

"그렇잖아도 메러디스 양한테 얘기하고 있었는데, 가만히 있지 말고 계획을 세워야 해요. 살인 사건 말이에요. 그 의사 선생이 틀림없다니까. 그렇게 생각하지 않아요?"

"모르겠습니다. 근거가 없어서요."

올리버 부인은 '남자들은 다 이렇다니까!'라고 말하는 듯한 표정을 지었다.

세 사람 사이에 무거운 긴장감이 감돌았다. 이것을 재빨리 감지한 올리버 부인은, 로다가 차를 가지고 들어오자 곧바로 일어나 이제 그만 시내로 돌아가야겠다고 둘러댔다. 차를 권하는데도 굳이 사양했다.

"내 명함을 놓고 갈게요. 여기에 주소가 적혀 있으니, 시내 나오면 꼭 들러요. 이 일을 해결할 좋은 방법이 없는지 한번 같이 의논해 봐요."

"제가 현관까지 배웅해 드릴게요."

로다가 얼른 말했다.

두 사람이 현관 앞 계단을 내려와 정문에 다다랐을 때 앤 메러디스가 뛰쳐나와 두 사람을 따라잡았다.

"생각을 좀 해 봤는데요."

메러디스의 창백한 얼굴은 뭔가를 굳게 결심한 듯 보였다.

"말해 봐요, 메러디스 양."

"귀찮으셨을 텐데 일부러 여기까지 와 주셔서 고맙습니다, 올리버 부인. 하지만 저는 이 일에 나서고 싶지 않아요. 너무 끔찍한 사건이라, 그냥 다 잊고 싶은 마음뿐이에요."

"이런, 아가씨, 사람들이 잊어버리게 가만 놔둘 것 같아요?"

"저도 경찰이 내버려 두지 않으리란 건 잘 알아요. 집에 찾아와 훨씬 더 많은 걸 물어보겠죠. 저도 준비되어 있어요. 하지만 개인적으로 나서고 싶지 않아요. 어떤 식으로든 떠올리고 싶지도 않고요. 겁쟁이라고 하실지 모르지만, 이게 솔직한 심정이에요."

"앤!"

로다 도스가 외쳤다. 이어서 올리버 부인이 말했다.

"그 심정 충분히 이해해요. 하지만 그게 잘하는 일인지는 모르겠군요. 경찰한테만 맡겨 두면 영영 진실을 못 밝혀낼지도 몰라요."

앤 메러디스는 어깨를 으쓱했다.

"그럼 어때요?"

"어떠냐니? 당연히 안 되지. 그렇지 않아요, 올리버 부인?"

로다가 다시 한번 소리쳤다.

"그렇고말고."

올리버 부인이 심드렁하게 대꾸했다.

"제 생각은 달라요. 저를 아는 사람이라면 절대 저를 의심하지 않을 거예요. 제가 끼어들어서 좋을 게 없어요. 진실을 밝혀내는 건 경찰이 할 일이에요."

앤이 고집스럽게 굴자 로다가 말했다.

"앤, 너 정말 내키지 않는 모양이구나."

"어쨌든 제 마음은 그래요. 고맙습니다, 올리버 부인. 애써 여기까지 와 주시다니 정말 감사해요."

말을 마친 앤은 손을 내밀었다.

올리버 부인은 선선히 물러났다.

"뭐 그렇게 생각한다면야 더 말하지 않겠어요. 하지만 나는 되는대로 내버려 두지 않을 거예요. 그럼 잘 있어요, 메러디스 양. 생각이 바뀌면 언제든 런던으로 찾아와요."

부인은 차에 올라타 시동을 걸고 두 아가씨를 향해 기분 좋게 손을 흔들며 출발했다.

그런데 갑자기 로다가 달려와 자동차 발판에 홀쩍 올라타더니 숨가쁘게 말했다.

"아까 하신 말씀 말이에요. 런던에 오면 들르라고 하신 거, 앤한테만 하신 말씀인가요, 아니면 저도 가도 되나요?"

올리버 부인은 브레이크를 밟으며 대답했다.

"물론 아가씨도 환영이에요."

"어머, 고맙습니다. 차 세우지 않으셔도 돼요. 제가 어쩌면 정말 찾아뵐지도 몰라요. 드릴 말씀이, 아니 차 세우지 마세요. 뛰어내리면 돼요."

로다는 차에서 훌쩍 뛰어내려 손을 흔들어 주고는 앤이 서 있는 문 앞으로 뛰어왔다.

"너 대체 무슨……?"

앤의 물음에 로다가 눈을 빛내며 말했다.

"정말 귀여운 아줌마 아니니? 올리버 부인이 좋아졌어. 짝짝이 양말을 신고 있던데, 봤니? 아마 머리가 굉장히 좋을 거야. 그럴 수밖에. 그렇게 책을 여러 권 써 내려면 말이야. 경찰이랑 다들 허둥대고 있는 사이에 올리버 부인이 진실을 밝혀내면 얼마나 재밌을까?"

"여긴 왜 온 걸까?"

"얘, 아까 얘기했잖니."

로다가 두 눈을 휘둥그레 뜨자, 앤은 조바심이 나는 듯한 손짓을 했다.

"빨리 들어가야지. 손님을 두고 나온 걸 깜빡했어."

"데스파드 소령? 앤, 그 사람 정말 잘생겼더라, 안 그러니?"

"그런가."

두 사람은 나란히 길을 따라 걸어갔다.

데스파드 소령은 찻잔을 들고 벽난로 옆에 서 있었다.

그는 앤이 사과하려는 것을 막으며 말했다.

"메러디스 양, 이렇게 연락도 없이 불쑥 찾아온 이유를 말씀드려야겠네요."

"하지만……."

"지나는 길에 들렀다고 했지만, 사실은 아닙니다. 할 얘기가 있어서 찾아온 겁니다."

"제가 여기 사는지는 어떻게 아셨어요?"

앤이 천천히 물었다.

"배틀 총경에게 물어봤습니다."

그 이름을 듣고 앤이 움찔하는 것을 본 소령은 재빨리 말을 이었다.

"배틀 총경도 이곳으로 오고 있는 중입니다. 패딩턴 역에서 우연히 만났죠. 나는 차를 몰고 먼저 와 버렸습니다. 기차보다 빨리 도착할 줄 알았거든요."

"그런데 무슨 일이시죠?"

데스파드는 잠시 머뭇거렸다.

"주제넘게 넘겨짚은 건지 모르겠지만 메러디스 양이, 이를테면 '세상에 혼자뿐'이라는 인상을 받았습니다."

"앤 곁에는 제가 있어요."

로다가 말했다.

데스파드는 로다를 흘끔 쳐다보았다. 씩씩한 소년 같은 외모를 가진 로다는 벽난로에 기대어 소령의 말 한마디 한마디를 열심히 듣고 있었다. 소령은 내심 그런 로다가 마음에 들었다. 메러디스와 함께 참으로 매력적인 한 쌍이었다.

소령은 정중하게 말했다.

"도스 양만큼 믿음직스러운 친구도 없을 거라고 생각합니다. 하지만 평소와 같은 상황이 아닌 만큼, 사리에 밝은 사람의 조언이 절실할 거라는 생각이 들더군요. 현재 메러디스 양은 살인범으로 의심받고 있습니다. 나와 그 방에 있었던 다른 두 사람도 마찬가지고요. 기분 좋은 일은 아니죠. 게다가 메러디스 양처럼 어리고 순진한 사람은 알아차리지 못할 어려움과 위험이 도사리고 있습니다. 제 생각엔 믿을 만한 변호사에게 맡기는 게 좋을 것 같습니다. 혹시 벌써 변호사를 고용하셨나요?"

앤 메러디스는 고개를 저었다.

"그런 생각은 하지도 못했어요."

"그럴 줄 알았습니다. 런던에 있는 괜찮은 변호사를 한 명이라도 알고 계십니까?"

이번에도 앤은 고개를 저었다.

로다가 끼어들었다.

"변호사가 필요했던 적이 없어서요. 버리 씨라고 있긴 하지만 백 살이나 된 데다 노망까지 난 것 같아요."

"괜찮다면 내 변호사 마이언 씨를 소개해 드리고 싶습니다. '제이콥스, 필 앤드 제이콥스'라는 회사의 변호사지요. 일류 변호사들만 모인 곳인 데다 이런 일에 경험이 많습니다."

앤은 더욱 창백해진 얼굴로 의자에 털썩 주저앉았다.

"그렇게까지 할 필요가 있을까요?"

가라앉은 목소리였다.

"물론입니다. 자칫하다간 법적으로 곤란한 상황에 빠질 수 있거든요."

"비용이 너무 많이 들지 않을까요?"

"그런 건 별 문제 없어. 그건 신경 안 쓰셔도 돼요, 데스파드 소령님. 소령님 말씀이 다 맞아요. 앤은 자신을 보호해 줄 뭔가가 필요해요."

로다가 끼어들었다.

"비용은 적정한 선에서 청구될 겁니다."

데스파드 소령은 이렇게 대답하고는 진지하게 덧붙였다.

"그렇게 하시는 게 현명하다고 생각합니다, 메러디스 양."

"좋아요. 그렇게 믿으신다면 그러겠어요."

앤이 천천히 대꾸했다.

"잘 생각하셨습니다."

로다가 두 사람을 보며 상냥하게 말했다.

"이렇게까지 생각해 주시다니 마음이 따뜻하시네요, 데스파드 소령님. 정말 친절하세요."

앤도 한마디 했다.

"감사합니다."

그러더니 조금 머뭇거리다가 물었다.

"배틀 총경이 이곳으로 오고 있다고 하지 않으셨어요?"

"네, 하지만 긴장할 필요 없습니다. 그냥 몇 가지 물어보는 것뿐이니까요."

"저도 알아요. 사실 기다리고 있었어요."

"가엾게도. 이번 일로 넋이 나갈 만큼 상심이 컸답니다. 정말 끔찍해요. 앤이 이런 일을 겪다니, 너무나 부당해요."

"맞습니다. 젊은 아가씨가 이런 일에 말려들다니 끔찍하기 그지없지요. 범인이 누구든 셰이터나 씨를 그렇게 칼로 찔러 죽이고 싶었으면 다른 곳에서 다른 시간에 했어야죠."

"누가 죽였다고 생각하세요? 로버츠 선생님이요, 아니면 로리머 부인이요?"

로다가 거리낌없이 물었다.

데스파드 소령은 콧수염을 슬쩍 움직이며 희미하게 미소 지었다.

"내가 죽였을 수도 있지요."

"그럴 리가요. 앤과 저는 소령님은 절대 아니라고 믿어요."

로다가 외쳤다.

소령은 따뜻한 눈길로 두 아가씨를 쳐다보며 생각했다.

'순진한 아이들 같군. 믿음과 신뢰로 가득한 소심한 아가씨, 메러디스. 하지만 상관없어. 마이언은 한 번에 그녀의 마음을 꿰뚫어 볼 테니까. 하지만 다른 한 명은 만만치 않아 보이는군. 똑같은 상황에 처했더라도 이 아가씨는 절대 겁먹거나 주저앉지 않을 거야. 매력적인 아가씨들이야. 두 사람을 더 깊이 알고 싶은걸.'

그 소령은 이런 생각을 하면서 겉으로는 이렇게 말했다.

"절대 겉만 보고 넘겨짚지 마십시오, 도스 양. 나는 보통 사람들처럼 모든 생명을 귀중하게 여기는 사람이 아닙니다. 예를 들어 시내에서 교통사고 하나 난 걸 가지고 요란을 떠는 그런 사람은 아니란 말입니다. 인간은 늘 위험 속에서 살고 있어요. 교통사고는 물론이고 병균도 여기저기 퍼져 있죠. 우리는 수백 가지도 넘는 위험에 둘러싸여 있어요. 언제 어떻게 죽을지 모릅니다. 늘 조심해야겠다고 생각하는 순간에도, '안전 제일'이라는 표어를 가슴에 새기는 순간에도 죽을 수 있다고 생각합니다."

"저도 그래요. 할 수만 있다면 위험 속에서 살아 봐야 한다고 생각해요. 하지만 삶은 대체로 단조롭기 그지없죠."

로다가 큰 소리로 호응했다.

"지내다 보면 그런 순간이 있지 않습니까?"

"소령님이야 그렇겠죠. 소령님은 온갖 오지를 누비면서 호랑이한테 할퀴기도 하고 사냥도 하고, 또 진드기한테 잔뜩 피를 빨리기도 하고 벌레한테 물어뜯기기도 하잖아요. 몹시 불편하면서도 굉장히 짜릿한 그런 거 말이에요."

"메러디스 양도 그런 스릴을 경험해 봤죠. 실제로 살인이 일어난 현장에 있는 것도 흔한 일은 아니니까요."

"그만하세요!"

앤이 소리쳤다.

"미안합니다."

소령은 곧바로 사과했다.

로다는 아랑곳하지 않고 한숨을 내쉬며 말했다.

"물론 소름 끼치긴 하지만, 어쨌든 흥미진진하잖아요! 앤은 그런 걸 모른다니까요. 제가 보기엔 올리버 부인도 그날 밤 그 자리에 있었다는 것에 은근히 흥분되는 모양이더라고요."

"부인? 아, 그 뚱뚱한 여자 말이군요. 발음하기도 힘든 핀란드인 탐정이 등장하는 소설을 쓰는……. 그 부인이 실제 사건에서도 탐정 노릇을 하려 들던가요?"

"그러고 싶어 하세요."

"그렇다면 행운을 빌어 줍시다. 올리버 부인이 '배틀 일당'에게 한 수 보여 준다면 정말 재미있겠군요."

"배틀 총경은 어떤 분이에요?"

로다가 호기심 어린 표정으로 물었다.

데스파드 소령이 진지하게 대답했다.

"굉장히 예리한 사람입니다. 대단한 능력을 가진 사람이에요."

"어머! 앤이 그러는데 좀 우둔하게 생겼다면서요?"

"내 짐작이지만, 그렇게 보이는 것도 배틀의 능력입니다. 그 앞에서는 어떤 실수도 해서는 안 됩니다. 배틀은 바보가 아니거든요."

소령은 자리에서 일어났다.

"자, 이만 가 봐야겠습니다. 그런데 한 가지 더 당부할 게 있습니다."

같이 일어선 앤이 손을 내밀며 물었다.

"뭔데요?"

데스파드는 어떻게 말해야 할지 잠시 고민하다가, 메러디스의 손을 꼭 잡은 채 크고 아름다운 회색 눈동자를 똑바로 바라보며 말했다.

"내 말 나쁘게 듣지 마세요. 그냥 노파심에 하는 말입니다. 혹시 셰이터나와의 사이에 밝히고 싶지 않은 일이 있다면…… 화내지 마세요, 만약 그렇다면……."
 (소령은 앤이 본능적으로 손을 잡아 빼려는 것을 느꼈다.)
 "그렇다면 변호사가 동석하지 않은 자리에서는 배틀의 질문에 대답하지 않아도 됩니다. 법적으로 아무런 문제가 안 되거든요."
 앤은 손을 거칠게 잡아 뺐다. 그녀의 회색 눈동자가 분노로 이글거렸다.
 "숨길 거라곤 조금도, 조금도 없어요. 그 끔찍한 인간하고는 거의 모르는 사이였으니까요."
 "미안합니다. 얘기해 줘야 할 것 같아 그런 겁니다."
 로다가 옆에서 소령의 말을 거들었다.
 "사실이에요. 앤은 그 사람하고 거의 모르는 사이였어요. 별 호감도 없었죠. 하지만 그 사람이 워낙 재미있는 파티를 많이 열잖아요."
 "가만 보니 죽은 셰이터나의 존재를 정당화해 주는 건 바로 그 점뿐인 것 같군요."
 소령이 굳은 표정으로 말했다.
 "배틀 총경이 어떤 질문을 하든 상관없어요. 난 아무것도 숨길 게 없으니까요."
 앤이 무덤덤하게 말했다.
 데스파드가 상냥하게 말했다.
 "부디 실례를 용서하세요."
 화가 누그러진 앤이 상냥한 미소를 지으며 소령을 바라보았다.
 "괜찮아요. 저를 생각해서 하신 말씀이라는 거 알아요."

앤이 다시 손을 내밀었다. 소령이 그녀의 손을 잡고 말했다.
"우리는 한배를 탄 운명입니다. 서로 등을 돌려선 안 될 것 같군요……."

이번에 손님을 집 앞 대문까지 배웅한 것은 앤이었다. 앤이 돌아왔을 때 로다는 휘파람을 불며 창밖을 내다보고 있었다. 앤이 방으로 들어오자 로다는 뒤를 돌아보았다.

"저 사람 정말 멋진데, 앤."

"친절한 사람이지?"

"친절한 정도가 아닌걸……. 난 한눈에 반해 버렸어. 그날 저녁 식사에 너 대신 왜 내가 초대받지 못한 걸까? 나 같으면 마음껏 즐겼을 텐데……. 조금씩 나를 향해 좁혀 드는 수사망, 단두대의 어두운 그림자……."

"아니, 너도 그러지는 못했을 거야. 바보 같은 소리 그만해, 로다."

앤은 날카롭게 쏘아붙이더니 이내 목소리를 누그러뜨리고 덧붙였다.

"여기까지 와 주다니 정말 친절한 사람이야. 딱 한 번 만났을 뿐인데 이렇게 생각해 주다니."

"너한테 마음이 뺏겨서 그래. 뻔한데 뭘. 남자들은 사심 없이는 친절을 베풀지 않는다고. 네가 사팔뜨기에 여드름투성이였다면 이렇게 쪼르르 달려오지도 않았을걸."

"그렇게 생각해?"

"그래, 이 바보야. 사심 없이 찾아온 사람은 올리버 부인이지."

"나는 올리버 부인이 마음에 안 들어. 느낌이 안 좋아…… 뭣 때문에 찾아온 걸까?"

앤이 불쑥 말했다.

"같은 여자한테는 으레 의심이 가게 마련이지. 꿍꿍이속이라면 데스파드 소령이 더 의심스러워."

"그렇지 않아."

앤이 흥분해서 소리쳤다.

로다 도스가 웃음을 터뜨리자, 앤의 얼굴이 발갛게 달아올랐다.

세 번째 방문객

 오후 6시쯤 배틀 총경이 윌링포드에 도착했다. 그는 앤 메러디스를 만나기 전에 그곳 사람들로부터 악의 없는 소문 같은 것을 알아볼 셈이었다.
 정보를 얻기는 그리 어렵지 않았다. 총경은 자신을 이렇다 저렇다 정확하게 밝히지 않고 사람들에게 자신의 지위나 직업에 대해 여러 가지 다른 인상을 심어 주었다.
 적어도 두 명은 배틀이 작은 시골집에 별채를 증축하러 온 런던의 건축업자라고 믿었다. 어떤 이는 배틀이 주말에 머물면서 가구가 딸린 작은 시골집을 빌리러 다니는 거라고 생각했다. 또 다른 두 사람은 그가 하드코트(아스팔트나 콘크리트 등으로 닦은 옥외 테니스 코트—옮긴이) 테니스 클럽의 대표가 틀림없다고 믿었다.
 총경은 그렇게 해서 얻은 정보가 꽤 만족스러웠다.

"웬던 코티지요. 네, 맞아요. 말버리로(路)에 있는 거예요. 찾기 쉬워요. 네, 아가씨 두 명이 살고 있죠. 도스 양하고 메러디스 양이에요. 아주 참한 아가씨들이죠. 조용하고요."

"여기 오래 살았냐고요? 아유, 아니에요. 얼마 안 됐어요. 한 2년 됐나. 9월 둘째 주쯤에 이사 왔어요. 피커스길 씨한테 샀죠. 피커스길 씨는 아내가 죽은 후로 그 집을 거의 방치해 두고 있었거든요."

어떤 사람은 두 아가씨가 노섬벌랜드(영국 북동부의 지역 — 옮긴이)에서 왔다는 얘긴 못 들어 봤다고 했다. 그보다는 런던에서 온 것 같다고 했다. 이웃 사람들 사이에 평판은 좋았지만, 보수적인 사람들은 여자 둘이 사는 것을 좋지 않은 눈초리로 보기도 했다. 하지만 두 아가씨는 꽤 조용히 지내는 편이었다. 주말마다 칵테일 파티를 열거나 하지도 않았다. 로다 양이 생기발랄한 편이었고, 메러디스 양은 조용한 아가씨였다. 생활비를 대는 건 도스 양이었다. 그녀에게 가진 돈이 좀 있다는 것이다.

뒷조사를 하던 총경은 결국 어쩔 수 없이 애스트웰 부인에게 이르렀다. 그녀는 웬던 코티지에 사는 아가씨들의 집안일을 '돌봐 주는' 사람이었다.

애스트웰 부인은 꽤나 수다스러운 여자였다.

"아유, 아니에요. 팔고 싶어 하는 것 같지는 않아요. 하여튼 아직은 아니에요. 들어온 지 2년밖에 안 됐는걸요. 처음부터 집안일을 내가 돌봐 줬지요. 아침 8시부터 낮 12시까지 말이에요. 정말 친절하고 쾌활한 아가씨들이에요. 농담을 주고받으면서 놀기도 하고요.

콧대 높고 거만한 아가씨들은 절대 아녜요.

글쎄요. 물론 선생님이 아시는 도스 양과 내가 아는 도스 양이 같은 사람인지는 나도 모르죠. 같은 도스 집안인지 말이에요. 이 아가씨 집은 데번셔(영국 남서부의 지역. 지금은 데번으로 불린다 — 옮긴이)에 있는 것 같아요. 가끔 가족인지 누군지 크림을 보내 주는데, 받을 때마다 고향 생각이 난다고 했거든요(데번셔는 딸기잼과 섞어 스콘에 발라 먹는 크림이 유명하다 — 옮긴이). 그래서 그렇게 생각했죠. 선생님도 말씀하셨지만, 요즘 젊은 아가씨들은 일해서 돈을 벌어야 하니 참 안쓰러워요. 그 아가씨들은 부자는 아니지만 그럭저럭 고생 안 하고 잘사는 편이에요. 도스 양한테 돈이 좀 있거든요. 앤 양은 말하자면 단짝 친구예요. 집은 도스 양 소유고요.

앤 양은 어디서 왔는지 잘 모르겠네요. 언젠가 한번 와이트 섬(영불해협에 속한 섬 — 옮긴이) 얘기를 한 적이 있고, 잉글랜드 북부 지역을 싫어한다더군요. 두 아가씨가 함께 데번셔에 다녀온 적 있는데 거기 언덕이랑 해안이 어떻다는 둥 그런 얘기를 가끔 하더라고요."

이야기는 한동안 계속됐다. 배틀 총경은 때때로 들은 것들을 머릿속에 저장했다. 작은 수첩에 암호 같은 것을 몇 자 적어 넣기도 했다.

총경이 웬던 코티지 현관에 다다른 것은 저녁 8시 30분이었다.

오렌지색의 크레톤 천으로 만든 원피스를 입은, 갈색 피부에 키가 큰 아가씨가 문을 열고 나타났다.

"메러디스 양이 여기 사십니까?"

배틀 총경이 물었다.

총경의 태도는 매우 딱딱하고 절도 있어 보였다.

"그런데요?"

"나는 배틀 총경입니다. 얘기를 좀 나누고 싶습니다."

문을 열어 준 아가씨는 총경을 뚫어질 듯 쳐다보았다.

"들어오세요."

로다 도스가 현관에서 물러나며 말했다.

앤 메러디스는 장작불이 타고 있는 벽난로 옆에서 푹신한 의자에 앉아 커피를 마시고 있었다. 수를 놓은 파자마 차림이었다.

"배틀 총경이 오셨어."

로다가 손님을 안으로 들이며 말했다.

앤은 일어나서 손을 내밀며 다가왔다.

"찾아뵙기엔 조금 늦은 시간이지요? 집에 계실 때 찾아오고 싶었습니다. 그런데 날이 너무 좋아 밖에서 조금 지체했네요."

배틀의 인사치레에 앤은 미소 지었다.

"커피 드시겠어요, 총경님? 로다, 잔 하나 더 부탁해."

"고맙습니다, 메러디스 양."

"저희 집 커피가 꽤 맛있답니다."

배틀 총경은 앤이 가리킨 의자에 앉았다. 로다가 잔을 가지고 오자 앤이 커피를 따라 주었다. 타닥타닥 소리를 내며 타는 장작불과 꽃병에 꽂힌 꽃들이 은은한 분위기를 한껏 살려 주었다.

아늑하고 쾌적하며 편안한 집이었다. 앤은 침착하고 여유로워 보였고, 다른 아가씨는 호기심에 타오르는 눈으로 배틀을 계속 쳐다봤다.

"총경님을 기다리고 있었어요."

앤이 운을 뗐다. 마치 '왜 그동안 저를 제쳐 두셨어요?'라고 다그치는 듯한 말투였다.

"죄송합니다, 메러디스 양. 절차를 밟아야 할 것들이 많았거든요."

"성과가 있었나요?"

"성과라고 할 건 없었습니다. 그래도 필요한 일들이지요. 먼저 로버츠 선생을 뒤집어서 탈탈 털어 봤습니다. 로리머 부인도요. 이제 메러디스 양에게도 똑같이 하기 위해 찾아온 겁니다."

앤은 다시 미소 지었다.

"저는 준비됐어요."

"데스파드 소령은요?"

로다가 물었다.

"소령만 내버려 두는 일은 없을 겁니다. 약속합니다."

답한 뒤 총경은 잔을 내려놓고 앤을 똑바로 쳐다보았다. 앤도 의자에 앉은 채 등을 꼿꼿이 펴고 자세를 가다듬었다.

"저는 준비됐어요, 총경님. 뭘 알고 싶으세요?"

"한마디로 말하면 메러디스 양에 대한 모든 것입니다."

"저는 평판이 꽤 좋은 사람이에요."

앤이 웃으며 말했다.

"남부끄러울 것 없이 살아온 애예요. 그건 제가 보장해요."

로다가 거들었다.

"잘됐네요. 그럼 메러디스 양을 안 지는 오래됐겠군요?"

배틀 총경이 쾌활하게 대꾸했다.

"같은 학교를 다녔어요. 벌써 수십 년은 흐른 것 같네요. 그렇지 않니, 앤?"

"너무 오래돼서 기억조차 가물가물하겠지요."

배틀이 껄껄 웃으며 말했다.

"메러디스 양, 미안하지만 여권 신청서에 빈 칸을 채워 넣을 때처럼 기본적인 인적 사항을 말씀해 주셔야겠습니다."

"저는……."

앤이 입을 열기가 무섭게 로다가 끼어들었다.

"가난하지만 정직한 부모님 밑에서 태어났어요."

"이런, 곤란합니다, 아가씨."

배틀이 나무라듯 손을 들어 보였다.

"로다, 장난할 일이 아니야."

앤이 진지하게 말했다.

"미안."

"자, 메러디스 양, 어디서 태어났다고요?"

"인도 퀘타(현재는 파키스탄 영토이다 — 옮긴이)에서 태어났어요."

"아, 그렇군요. 아버지가 직업 군인이셨습니까?"

"네, 존 메러디스 소령요. 어머니는 제가 열한 살 때 돌아가셨고요. 아버지는 제가 열다섯 살 때 은퇴하신 뒤 첼트넘에서 쭉 사시다가 제가 열여덟 살 때 돌아가셨어요. 아무것도 남기지 않고요."

배틀은 동정 어린 표정으로 고개를 끄덕였다.

"충격이 컸겠군요."

"그랬지요. 그때까지도 그리 풍족하게 산 건 아니었지만, 갑자기 돈 한 푼 없는 신세가 됐다는 걸 깨달았을 땐 또 전혀 다르지요."

"그래서 어떻게 했습니까, 메러디스 양?"

"일자리를 찾아야 했어요. 저는 고등교육을 받지도 않았고 머리가 특별히 좋은 것도 아니었어요. 타이핑이나 속기도 할 줄 몰랐고요. 그런데 첼트넘에서 아는 분이 친구분들과 연결해 주셔서 일거리를 찾을 수 있었어요. 휴일에 남자아이 두 명을 돌보고 집안일을 두루 도와주는 일이었죠."

"고용한 사람 이름이 어떻게 되죠?"

"엘던 부인이었어요. 벤트너(와이트 섬 남쪽 해안 지역 — 옮긴이)의 더 라치스에 있었죠. 2년 동안 거기서 일했는데, 갑자기 엘던 집안 식구들이 외국으로 떠나 버렸어요. 그래서 디어링 부인 댁으로 갔어요."

"우리 숙모님이세요."

로다가 끼어들었다.

"맞아요. 로다가 일자리를 구해 줬어요. 그곳에서 참 행복하게 지냈죠. 로다가 자주 놀러 와 머물면서 같이 지냈거든요."

"거기서 부인의 말동무가 되어 드린 겁니까?"

"네, 말하자면 그런 거였어요."

로다가 설명했다.

"더 정확히 말하면 정원사 보조 같은 거였어요. 숙모님은 정원 가꾸는 일에 폭 빠지셨거든요. 그래서 앤도 주로 잡초를 뽑거나 구근을 심으면서 시간을 보냈어요."

"그러다 디어링 부인 댁에서 나왔나요?"

"부인의 건강이 악화돼서 간호사가 들어와 살아야 했거든요."

"암에 걸리셨죠. 딱하게도 계속 모르핀이나 다른 진통제를 맞아야만 고통을 견딜 수 있으세요."

로다가 보충 설명을 했다.

"저한테 참 잘해 주셨는데 떠나게 돼서 슬펐어요."

앤이 말을 이으려는데 로다가 또다시 끼어들었다.

"그때 마침 제가 작은 시골집을 찾고 있었어요. 같이 지낼 사람도요. 아빠가 재혼을 하셨는데 같이 살기 싫었거든요. 어쨌든 그래서 앤한테 같이 지내자고 했고 그때부터 둘이 같이 살고 있어요."

"들어 보니 부끄러울 것 없는 삶을 산 것 같군요."

배틀이 말했다.

"시간을 분명히 합시다. 엘던 부인 댁에서 2년을 있었다고 했지요? 그건 그렇고 부인 댁 주소가 어떻게 되죠?"

"지금은 팔레스타인에 계세요. 남편이 정부 관리인데 그쪽으로 발령을 받으셔서요. 자세한 건 저도 모르겠어요."

"그 정도는 우리 쪽에서 금방 알아낼 수 있습니다. 그다음에 디어링 부인 댁으로 갔다고 했지요?"

"거기서 3년을 지냈어요."

앤이 재빨리 덧붙였다.

"부인 댁 주소는 데번셔, 리틀 햄버리 마시 딘이에요."

"알겠습니다. 메러디스 양이 지금 스물다섯 살이지요? 자, 한 가지 더 있습니다. 첼트넘에 살고 있고 메러디스 양과 메러디스 양의 아버지를 아는 두어 사람의 이름과 주소 좀 부탁합니다."

앤은 아는 대로 배틀에게 이름과 주소를 불러 주었다.

"이제, 지난번에 얘기하신 스위스 여행에 대해 물어보겠습니다. 셰이터나 씨를 처음 만난 곳 말입니다. 거기 혼자 갔습니까, 아니면 도스 양도 함께 갔나요?"

"같이 갔어요. 거기서 다른 사람들도 만났고요. 여덟 명이 함께 갔죠."

"셰이터나 씨를 어떻게 만나게 됐는지 말씀해 주십시오."

앤은 눈썹을 살짝 찌푸렸다.

"별로 할 얘기가 없어요. 그냥 거기에 셰이터나 씨가 있었어요. 같은 호텔에 묵어서 알게 됐을 뿐이에요. 셰이터나 씨는 가장무도회에 메피스토펠레스로 분장하고 나타나 1등을 했어요."

배틀 총경은 한숨을 내뱉었다.

"그게 셰이터나 씨가 가장 좋아하는 분장인 것 같습니다."

"정말 근사했어요. 거의 분장할 필요가 없을 정도였다니까요."

로다가 거들었다.

총경은 두 아가씨를 번갈아 쳐다보았다.

"둘 중 누가 셰이터나 씨와 더 친했습니까?"

앤은 머뭇거렸고, 대답을 한 것은 로다였다.

"처음엔 둘 다 비슷했어요. 그러니까 별로 안 친했죠. 우리 일행은 스키를 타러 갔기 때문에 낮에는 주로 스키를 타고 저녁에는 댄스 파티를 벌였거든요. 그런데 어느 날 갑자기 셰이터나 씨가 앤한테 관심을 보이는 거예요. 이것저것 칭찬하고 그런 거 있잖아요. 그래서 우리가 앤을 놀렸죠."

"저를 골려 주려고 일부러 그런 것 같아요. 제가 싫은 내색을 비쳤거든요. 제가 난처해하는 걸 즐기는 것 같았어요."

앤의 대답에 로다가 웃음을 터뜨렸다.

"우리가 부자랑 결혼하면 좋지 않겠냐고 놀렸더니, 앤이 막 화를 냈더랬죠."

"그때 함께 어울렸던 사람들 이름을 알려 주겠습니까?"

배틀이 묻자 로다가 발끈했다.

"사람을 잘 안 믿으시네요. 우리가 거짓말한다고 생각하시는 거예요?"

배틀 총경의 눈이 반짝였다.

"어쨌든 거짓말이 아니라는 걸 확인해야 하니까요."

"정말 의심이 많으시네요."

로다는 그렇게 말하고는 종이에 이름 몇 개를 적어 총경에게 건넸다.

총경은 자리에서 일어섰다.

"감사합니다, 메러디스 양. 도스 양 말대로 남부끄러울 것 없이 살아오신 것 같습니다. 제가 보기엔 걱정하실 것 없겠습니다. 셰이터나 씨가 갑자기 관심을 보였다는 게 좀 이상하군요. 이런 질문을 드려 죄송하지만, 혹시 결혼하자고 하지는 않았습니까? 아니면 다른 쪽으로 관심을 보이진 않던가요?"

"유혹하지는 않았어요. 그걸 물어보시는 거라면."

로다가 대신 대답하는데, 앤의 얼굴이 갑자기 빨개졌다.

"그런 일은 전혀 없었어요. 항상 예의 바르고 정중하게 대해 주었죠. 다만 지나치게 과장된 말투나 몸짓이 좀 불편했을 뿐이에요."

"그리고 그 사람이 했던 말이나 뭔가 암시하는 듯한 말은 기억나는 게 없나요?"

"네, 적어도…… 아뇨, 그런 말은 없었어요."

"실례했습니다. 바람둥이들이 좀 그런 경향이 있거든요. 그럼, 안녕히 계십시오, 메러디스 양. 감사했습니다. 커피 맛도 좋았고요. 안녕히 계세요. 도스 양."

앤이 배틀 총경을 배웅하고 나서 현관문을 닫고 방으로 돌아오자 로다가 말했다.

"드디어 끝났다. 그렇게 끔찍할 것도 없네. 자상한 사람이고, 너를 의심하는 것 같지도 않아. 하여튼 처음부터 끝까지 내가 예상했던 것보다 훨씬 나았어."

앤은 한숨을 내쉬며 앉았다.

"정말 생각보다 쉽게 끝났어. 괜히 걱정했나 봐. 참 바보 같지 뭐야. 연극에 나오는 변호사처럼 마구 다그칠 줄 알았어."

"합리적인 사람 같은데? 네가 살인을 저지를 그런 여자가 아니라는 걸 한눈에 알아봤을 거야."

로다는 잠시 머뭇거리다가 덧붙였다.

"그런데 앤, 너 크로프트웨이스에 있었던 얘기는 왜 안 했니? 깜박한 거야?"

앤이 천천히 대답했다.

"중요한 것 같지 않아서. 몇 달밖에 안 있었잖아. 거기엔 나에 대해 얘기해 줄 만한 사람도 없고. 중요하다고 하면 총경님께 메모를 써서 보낼 수도 있어. 하지만 별거 아닐 거야. 그냥 내버려 두자."

"네가 그렇게 생각한다면, 뭐."

로다는 일어나서 라디오를 켰다.

그러자 귀에 거슬리는 목소리가 들려왔다.

"방금 블랙 누비언스의 「왜 내게 거짓말하는 거예요」를 들으셨습니다."

데스파드 소령

올버니의 아파트 건물에서 나온 데스파드 소령은 방향을 꺾어 리전트가(街)(런던 웨스트엔드의 번화가 — 옮긴이)로 접어들어 버스에 올라탔다.

한가한 낮 시간이라 버스 2층은 의자 몇 개를 제외하고 텅 비어 있었다. 데스파드는 앞쪽으로 들어가 맨 앞자리에 앉았다.

데스파드가 올라탄 것은 버스가 출발하느라 막 움직이기 시작했을 때였다. 버스는 곧 다음 정류소에 멈춰 승객 몇 명을 더 태우고 다시 리전트가를 따라 달렸다.

두 번째 승객이 2층으로 올라와 앞쪽으로 들어오더니 통로 맞은편 맨 앞자리에 앉았다.

눈길도 주지 않는 데스파드에게 맞은편 승객이 조심스럽게 말을 붙였다.

"런던 시내 전경은 정말 근사하죠, 그렇지 않습니까? 버스 꼭대기 층에서 보는 것만큼 멋진 것도 또 없지요."

데스파드는 소리 나는 쪽으로 고개를 돌렸다. 잠시 어리둥절해하던 그는 이내 표정이 밝아졌다.

"실례했습니다, 무슈 푸아로. 당신인 줄 몰랐습니다. 그래요, 여기 올라오면 근사한 전경을 볼 수 있지요. 하지만 예전만 못합니다. 예전에는 이렇게 유리 따위로 꽉꽉 막혀 있지 않았으니까요."

푸아로는 한숨을 내쉬고 말했다.

"투 드 멤(그래도) 추적추적한 날씨에 버스 안이 꽉 차 있을 때는 그리 유쾌하지 않았지요. 그런데 이 나라는 축축한 날이 대부분이잖습니까."

"비요? 비는 해가 되지 않습니다."

"그렇지 않습니다. 종종 플뤼시옹 드 푸아트랭(폐렴)을 일으키니까요."

데스파드가 미소 지었다.

"보아하니 무슈 푸아로는 '꽁꽁 싸매고 다니는' 걸 좋아하시는 것 같군요."

정말로 푸아로는 어떤 가을 날씨에도 끄떡없을 만큼 두꺼운 외투와 머플러 차림을 하고 있었다.

"여기서 이렇게 마주치다니 신기하군요."

데스파드가 말했다.

데스파드는 머플러 뒤에 감춰진 푸아로의 미소를 보지 못했다.

사실 이 우연한 만남은 전혀 신기할 게 없었다. 데스파드가 집에서 나올 만한 시간에 푸아로가 길목에서 기다리고 있었던 것이다. 매사에 신중한 그는 곧바로 버스에 뛰어오르지 않고, 빠른 걸음으로 다음 정류소까지 가서 올라탔다.

"그렇군요. 그날 밤 셰이터나 씨 집에서 본 이후로 한 번도 못 뵈었군요."

"이번 사건에 관여하고 계신 거 아니었습니까?"

데스파드가 묻자 푸아로는 한쪽 귀를 슬쩍 긁으며 대답했다.

"저는 주로 앉아서 곰곰이 생각하는 편입니다. 여기저기 발품 팔며 조사하고 다니는 건, 제 나이나 성격, 아니 체질에도 맞지 않습니다."

데스파드가 뜻밖의 반응을 보였다.

"곰곰이 생각한다고요? 그러지 않는 것보다 백배 낫죠. 요즘은 생각도 해 보지 않고 무작정 달려드는 사람이 많아서요. 진중하게 앉아서 먼저 생각해 보고 행동하면 실수가 덜할 텐데 말이에요."

"그게 삶의 신조인가요, 데스파드 소령?"

"보통은요."

소령은 한마디로 대답하고는 덧붙였다.

"상황을 파악하고, 가야 할 방향을 정한 뒤, 장점과 단점을 타진해 보고, 결정을 내립니다. 그리고 그 결정을 밀고 나가죠."

말을 마치고 난 소령은 심각하게 입을 꾹 다물었다.

"그런 다음에는 무슨 일이 있어도 그 결정을 바꾸지 않는다는 겁니까?"

푸아로가 물었다.

"아, 그건 아닙니다. 그렇게까지 고지식하게 굴 이유는 없지요. 실수를 했으면 인정하면 되는 겁니다."

"하지만 데스파드 소령은 실수를 많이 저지를 것 같지 않군요."

"실수는 누구나 합니다, 무슈 푸아로."

'누구나'라는 말에 푸아로는 차가운 어조로 맞받아쳤다.

"그 누구나 중 어떤 사람은 다른 사람들보다 실수가 적지요."

데스파드는 희미하게 미소를 띠고 푸아로를 바라보며 말했다.

"무슈 푸아로는 그럼 실패한 적 없습니까?"

푸아로가 점잖게 대답했다.

"마지막으로 실패한 게 28년 전이었습니다. 그때도 그럴 수밖에 없는 상황이란 게 있었지요. 하지만 그런 건 다 상관없습니다."

"그 정도면 꽤 괜찮은 전적이군요."

데스파드가 한마디 대꾸하고는 곧 질문을 던졌다.

"그럼 셰이터나 씨의 죽음은요? 엄밀히 말해 무슈 푸아로가 관여할 일이 아니니 실패라고 할 수 없겠군요."

"제 일이 아닌 건 맞습니다. 하지만 그렇다 해도 저의 아무르 프로프르(자존심)를 건드렸어요. 제 코앞에서 살인을 저지른 건 참으로 건방진 짓이라고밖에 볼 수 없습니다. 그건 제가 사건을 해결하지 못할 거라고 조롱한 것이나 마찬가지예요!"

"무슈 푸아로 코앞에서만 일어난 일이 아닙니다. 범죄 수사 부서의 코앞에서 일어난 일이기도 하지요."

데스파드가 무심하게 말했다.

"큰 실수 한 겁니다. 배틀 총경이 겉으로는 둔해 보일지 몰라도 머릿속은 전혀 그렇지 않으니 말입니다."

푸아로가 심각하게 말했다.

"맞습니다. 둔한 것처럼 가장한 것이죠. 사실은 굉장히 똑똑하고 능력 있는 경관입니다."

데스파드가 동조했다.

"그뿐만 아니라 이 사건을 아주 적극적으로 수사하고 있는 것 같습디다."

"적극적이다마다요. 지금 뒤쪽에도 과묵하고 군인처럼 보이는 사람이 앉아 있지 않습니까?"

푸아로는 어깨 너머를 보고 대답했다.

"지금 2층에는 우리 둘밖에 없습니다."

"아, 그럼 아래층에 있을 겁니다. 절대 나를 놓치는 법이 없더라고요. 재주 좋은 친구죠. 때때로 위장을 하고 쫓아다니기도 하고요. 예술의 경지라고 할 수 있죠."

"하지만 소령의 눈을 속이지는 못하는군요. 아주 재빠르고 예리한 눈을 가졌으니까요."

"나는 한번 본 얼굴은 절대 잊어버리지 않습니다. 심지어 흑인 얼굴도 다 구분하죠. 보통 사람들에게 없는 재주예요."

"그렇다면 당신은 제가 찾던 사람이로군요. 이 얼마나 기막힌 우연입니까! 이렇게 마주치다니. 날카로운 눈썰미와 기억력 좋은 사람이 필요하던 참에 말이지요. 말레뢰즈망(불행이에요), 그 두 가지 능력을 다 가진 사람이 드문 것 말이에요. 로버츠 선생에게 물어봤지만 별 성과가 없었습니다. 로리머 부인도 마찬가지였고요. 이번엔 소령에게 물어봐야겠습니다. 그날 브리지를 했던 방으로 돌아가서 기억나는 대로 모두 얘기해 주십시오."

데스파드는 영문을 모르겠다는 표정을 지었다.

"무슨 말씀이신지 모르겠군요."

"방을 묘사해 달라는 얘깁니다. 가구라든지, 그 방에 있던 물건들을요."

데스파드가 천천히 입을 열었다.

"도움이 될지 잘 모르겠군요. 조악하기 그지없는 방이었습니다……. 내가 보기에 말입니다. 남자가 사는 집이라고 보기 힘들었죠. 수놓은 직물이나 실크 같은 게 아주 많았거든요. 셰이터나 같은 작자한테나 어울릴 만한 방이지요."

"더 자세히 설명해 주시면……."

데스파드는 고개를 저었다.

"주의해서 보지 않아서요……. 우선 고급 융단이 몇 개 있었습니다. 보카라 카펫 두 장에, 하마단과 타브리즈를 포함해 꽤 근사한 페르시아 카펫이 서너 장 있었어요. 그리고 박제한 영양 머리가 있었고…… 아니, 그건 현관 복도에 있었군요. 롤런드 워드(영국의 유명한 박제사 — 옮긴이)의 작품 같았어요."

"죽은 셰이터나 씨가 야수 사냥을 할 사람은 아니었다고 생각하시는 건가요?"

"그럴 위인이 못 됩니다. 가만히 앉아 있는 짐승 말고는 잡아 본 적이 없을걸요. 또 뭐가 있었더라. 죄송하지만, 정말 기억이 안 납니다. 조그만 장식물들이 아주 많았습니다. 테이블마다 가득했죠. 딱 하나 기억나는 게 있는데 조금 우스꽝스러운 조각상이었어요. 이스터 섬의 석상을 본뜬 모조품이었던 것 같습니다. 반들반들하게 윤을 낸 목조 조각상이었는데, 흔히 볼 수 있는 게 아니었죠. 말레이산 물건들도 많았습니다. 이제 정말 더 이상 생각이 안 납니다."

"괜찮습니다."

푸아로는 조금 실망한 표정으로 대꾸하고는 바로 덧붙였다.

"그거 아십니까? 로리머 부인은 카드에 관한 한 놀라운 기억력을 가졌더군요! 그날의 비딩이나 패를 거의 전부 말해 주었어요. 입이 벌어질 정도로 놀랐습니다."

데스파드는 어깨를 으쓱하며 말했다.

"여자들 중에 그런 사람들이 있더군요. 하루 종일 브리지를 하니 그렇겠죠."

"소령은 그 정도로 정확하게 기억하지는 못하시겠죠?"

소령님은 고개를 저었다.

"두어 개 정도 기억할 뿐입니다. 내가 다이아몬드로 메이드 할 수 있었는데 로버츠가 허세를 부리며 들이대는 바람에 실패했지요. 로버츠도 메이드 하지 못했지만, 우리 편이 로버츠가 내놓은 패에 더블을 부르지 않은 게 더 큰 실수였어요. 노 트럼프로 메이드 된 판도 기억나네요. 아주 까다로웠습니다. 내는 카드마다 빗나갔어요. 우리는 두어 번 다운 됐어요. 더 하지 않은 게 다행이었죠."

"브리지 게임을 자주 하십니까?"

"아뇨, 평소에는 잘 안 합니다. 그래도 재미있는 게임이죠."

"포커보다 좋아하십니까?"

"그렇습니다. 포커는 도박 쪽에 가까워 개인적으로 좋아하지 않아요."

푸아로는 생각에 잠겨 말했다.

"제 생각에 셰이터나 씨는 평소에 게임을 하지 않았던 것 같습니다. 카드 게임 말입니다."

"셰이터나가 줄기차게 즐긴 게임은 단 하나뿐입니다."

데스파드가 심각한 표정으로 말했다.

"그게 뭐지요?"

"비열한 게임이요."

푸아로는 잠시 아무 말도 하지 않았다.

"그러한 사실을 알고 있다는 말씀입니까? 아니면 그렇게 생각한다는 겁니까?"

푸아로의 말에 데스파드의 얼굴이 확 달아올랐다.

"확실한 근거 없이 그런 말을 하고 다니면 안 된다는 뜻이지요? 그렇긴 하죠. 하지만 확실하다고 할 만합니다. 어쩌다 알게 된 건데, 그래도 어떻게 알게 됐는지는 밝힐 수 없습니다. 그런 정보는 은밀하게 얻어지거든요."

"한 명 또는 그 이상의 여자가 관련됐다는 뜻입니까?"

"네, 셰이터나는 더럽고 치사한 인간답게 여자들을 가지고 놀면서 즐겼지요."

"공갈 협박을 일삼았다는 얘긴가요? 흥미로운 사실이군요."

데스파드는 고개를 저었다.

"아뇨, 아니에요. 잘못 이해하셨군요. 어떤 면에서 보면 협잡꾼이라고 할 수 있지만, 사람들이 흔히 얘기하는 그런 협잡꾼을 말하는 게 아닙니다. 돈을 노린 게 아니라, 정신적으로 협박을 일삼는 자였죠. 그런 게 있다면 말입니다."

"그렇게 해서 뭘 얻으려 했을까요?"

"희열을 느끼는 거죠. 그렇게밖에 표현할 수 없군요. 사람들이 파르르 떨거나 흠칫 놀라는 것을 보며 짜릿한 흥분을 느끼는 겁니다. 그럴 때마다 대단한 남자라도 된 양 우월감을 느꼈겠죠. 게다가 여자들을 슬쩍 찔러 보는 데도 아주 효과적이죠. 다 알고 있는 것처럼 한두 마디 슬쩍 흘리면, 여자들은 셰이터나가 모르고 있던 것까지 죄다 털어놓거든요. 그러면서 은근히 즐거워했겠죠. 그런 다음엔 예의 그 메피스토펠레스 같은 태도로 '나는 다 알고 있다! 나는 위대한 셰이터나다!'라고 거들먹거리며 돌아다니는 겁니다. 야만인이 따로 없어요."

"그런 식으로 메러디스 양에게 겁을 줬다고 생각하는 거로군요?"

푸아로가 천천히 말했다.

"메러디스 양이라고요? 메러디스 양을 두고 한 말이 아닙니다. 셰이터나 같은 작자한테 쉽게 겁먹을 아가씨가 아닙니다."

데스파드가 눈을 크게 뜨고 쳐다보았다.

"파르동(실례했습니다). 그럼 로리머 부인을 말씀하시는 거로군요."

"아니, 아닙니다. 잘못 이해하셨습니다. 대체로 그렇다는 겁니다. 로리머 부인을 겁주기는 쉽지 않지요. 게다가 부인은 비밀 같은 걸 가지고 있을 사람으로 보이지 않더군요. 어떤 사람을 염두에 두고 한 얘기가 아닙니다."

"평소에 그런 수작을 잘 부렸다는 얘기입니까?"

"바로 그겁니다."

푸아로가 천천히 입을 열었다.

"이거 하나는 분명합니다. 소령님이 '비열한 놈'이라고 부르는 그런 인간들은 대개 여자들을 아주 잘 알죠. 어떻게 접근해야 할지 너무나 잘 알고 있어요. 그런 다음 천천히 비밀을 캐내서……."

푸아로가 갑자기 말을 멈추자 데스파드가 답답하다는 듯 끼어들었다.

"참 알 수 없는 일입니다. 그자는 그저 그런 협잡꾼일 뿐이에요. 별로 위험할 것도 없는 인간인데 여자들은 지레 겁을 먹곤 했죠. 우스울 정도로 두려워했어요."

그러다 갑자기 주위를 두리번거렸다.

"이런, 내릴 곳을 지나쳐 버렸군요. 얘기하는 데 정신이 팔렸어요. 안녕히 가십시오, 무슈 푸아로. 내려다보시면 내 충직한 그림자가 나를 따라 내리는 게 보일 겁니다."

그러고는 재빨리 뒤로 가 계단을 내려갔다. 버스 차장의 벨이 요란하게 울렸다. 아니나 다를까 정류소에 다다르기 전에 또 한 번 벨 소리가 났다.

푸아로가 내려다보자 데스파드 소령이 왔던 길을 성큼성큼 되돌아가는 것이 보였다. 푸아로는 소령에게 미행이 따라붙는지 확인하려고 하지 않았다. 다른 것이 머릿속을 사로잡고 있었기 때문이다.

"어떤 사람을 염두에 두고 한 말이 아니라니…… 더 궁금해지는군."

푸아로는 혼자 중얼거렸다.

엘시 뱃의 증언

오코너 경사는 런던 경시청 동료들 사이에게 '모든 하녀들의 이상형'이라는 짓궂은 별명으로 불렸다.

그는 어딜 가든 눈에 띄는 훤칠한 미남형이었다. 큰 키에 꼿꼿한 자세, 떡 벌어진 어깨도 물론 눈길을 끌었지만, 정작 아가씨들의 마음을 사로잡는 건 외모보다는 장난기 어리면서 저돌적인 눈빛이었다. 그렇기 때문에 오코너 경사가 정보 수집이나 일처리를 남들보다 훨씬 빨리 해치우는 것은 어찌 보면 당연한 일이었다.

어찌나 빠른지 셰이터나 살인 사건이 일어난 지 나흘밖에 지나지 않았는데 그는 벌써 노스오들리가(街) 117번지에 있던 크래독 부인 댁에서 하녀로 일했던 엘시 뱃과 윌리 닐리 레뷰(최신 풍자극 상영 극장 — 옮긴이)의 싸구려 좌석에 나란히 앉아 있었다.

지금까지 조심스럽게 접근하는 데 성공한 오코너 경사는 본격적으로 작업에 들어갈 참이었다.

경사가 이야기를 시작했다.

"그러니까 생각나는데 친척 어르신 중 한 분이 딱 그랬죠. 크래독 가문의 한 분이셨어요. 솔직히 말하면 고집 센 노인네였죠."

"크래독이라고요? 나도 크래독 가문에서 일한 적이 있는데."

엘시가 미끼를 덥석 물었다.

"신기하군요. 같은 집안인지 궁금합니다."

"노스오들리가에 있었어요."

엘시의 말에 오코너가 얼른 대꾸했다.

"내 친척도 내가 떠날 당시 런던으로 간다고 했어요. 맞아요, 노스오들리가였어요. 크래독 부인은 대하기 참 힘든 노인이었던 걸로 기억하는데."

엘시가 머리를 홱 젖히며 말했다.

"참기 힘들 정도였죠. 항상 트집 잡고 투덜거리고. 마음에 드는 게 하나도 없었어요."

"남편도 힘들어했겠네요?"

"부인은 남편이 자기를 무시한다고 항상 투덜댔어요. 자기를 이해 못 한다고요. 게다가 늘 어디가 아프네 어디가 쑤시네 하면서 앓는 소리가 끊이지 않았다니까요. 내가 보기엔 하나도 아픈 것 같지 않던데 말이에요."

오코너가 갑자기 무릎을 탁 쳤다.

"생각났어요. 크래독 부인이랑 어떤 의사 사이에 무슨 일이 있지 않았나요? 너무 친해서 소문이 났던가?"

"로버츠 선생님 말씀이세요? 참 좋은 분이었어요."

오코너 경사가 넉살 좋게 투덜거렸다.

"여자들이란 다 똑같다니까. 나쁜 놈이다 하면 하나같이 감싸려 든다니까. 난 그가 어떤 인간인지 다 안답니다."

"아뇨, 그렇지 않아요. 잘못 알고 계시는 거예요. 선생님은 그런 분이 아니에요. 크래독 부인이 자꾸만 선생님을 호출한 건 선생님 잘못이 아니잖아요? 의사인데 어쩌겠어요? 누가 급히 와 달라고 하면, 아파서 그러나 보다고 달려와야죠. 잘못은 크래독 부인 쪽에 있다고요. 선생님을 가만 내버려 두지 않았다니까요."

"충분히 이해할 만하군요, 엘시. 엘시라고 불러도 되죠? 어쩐지 오래 알고 지낸 사이처럼 느껴져서요."

"그건 아니잖아요! 엘시라니, 기가 막혀서!"

엘시는 고개를 휙 돌렸다.

오코너는 곁눈으로 흘긋 보며 말을 이었다.

"아, 알겠습니다, 뱃 양. 아까도 말했지만 충분히 알 만하네요. 그래도 남편 크래독 씨는 성마른 노인네였던 걸로 기억하는데, 내 말이 맞죠?"

"화를 잘 낼 때도 있었어요. 하지만 그때는 몸이 많이 편찮으셨어요. 당신도 알겠지만 그러고 나서 얼마 후에 돌아가셨으니까요."

엘시가 털어놓았다.

"기억나요. 뭔가 이상한 병에 걸렸는데, 그렇죠?"

"일본에서 건너온 전염병인가 그랬어요. 새로 산 면도솔이 일본 제품이었는데, 거기서 감염됐대요. 그렇게 허술하게 만들어 팔다니, 정말 어처구니없죠? 그래서 그때부터 나는 일본 물건이라면 쳐다보지도 않는다니까요."

"국산품만 애용하자, 이게 내 좌우명입니다."

오코너 경사가 선언하듯 말하고는 슬쩍 물었다.

"그 일로 크래독 씨와 의사가 다퉜다고요?"

엘시는 고개를 끄덕였다. 한때 떠들썩했던 일을 다시 떠올리며 즐거운 눈치였다.

"불같이 맞붙었죠. 아니, 적어도 크래독 씨 쪽에서는 그랬어요. 로버츠 선생님은 주로 가만히 듣기만 하는 쪽이었고요. 가끔 '말도 안 됩니다.', '대체 왜 그런 생각을 하시게 됐습니까?', 이런 정도로만 대꾸하면서요."

"집에서 그랬던 것 같던데?"

"네. 크래독 부인이 사람을 보내 선생님을 불러오라고 하고 나서 곧바로 크래독 씨와 말다툼을 벌인 거예요. 그러던 중에 로버츠 선생님이 도착하자 크래독 씨가 갑자기 선생님께 퍼붓기 시작했죠."

"정확히 뭐라고 했습니까?"

"나는 물론 엿들어서는 안 될 처지였죠. 싸움은 부인 침실에서 일어났어요. 무슨 일이 일어난 것 같길래, 빗자루랑 쓰레받기를 들고 계단을 청소하기 시작했어요. 한마디도 안 놓치려고요."

오코너는 속으로 쾌재를 불렀다. 신분을 속이고 엘시에게 접근한 것이 얼마나 다행인지 몰랐다. 런던 경시청 소속이라고 밝혔다면 엘시는 틀림없이 아무것도 못 들었다고 입을 딱 다물었을 것이다.

엘시가 계속했다.

"아까도 말했지만 로버츠 선생님은 조용했어요. 계속 소리친 건 크래독 씨였죠."

"뭐라고 하던가요?"

두 번째로 결정적인 대목에 이른 오코너가 물었다.

"쉬지 않고 쏘아 댔지요."

엘시가 재밌어하며 말했다.

"무슨 말이죠?"

오코너는 그녀가 자세한 얘기를 안 해 주려는 게 아닌지 의심스러웠다.

엘시가 털어놓았다.

"내가 모르는 말이 많이 나와서요. 긴 단어였는데, '직업 윤리에 위배되는 행위'라든가 '직업을 이용해 환자를 농락'했다나 뭐래나, 그런 말들이요. 그리고 로버츠 선생님을 의료 기관인가? 뭐 그런 데다 고발하겠다고 했어요."

"아, 의료 협회 말이군요."

"네, 그 비슷한 말이었어요. 그랬더니 크래독 부인이 갑자기 히스테리를 부리면서 당신은 나를 사랑한 적이 없다는 둥 나를 무시해 왔다는 둥, 항상 나만 버려 두고 나돌아 다닌다는 둥, 끝없이 쏟아 내는 거예요. 그러고는 로버츠 선생님은 자신한테 잘해 준 것밖에 없다고 했어요. 그리고 나서 선생님이 크래독 씨를 침실 옆에 붙은 드레스룸으로 데리고 가더니 문을 닫고 또박또박 이렇게 말하는 거예요.

'이봐요, 부인이 히스테리 환자라는 걸 모르겠습니까? 부인은 자신이 무슨 말을 하는지도 모르고 있습니다. 솔직히 말하면 굉장히 까다롭고 진이 빠지게 만드는 사람입니다. 내 직업에……' 뭐라더라? 긴 말이었는데…… 아, 맞아요. '직업 정신에 위배되지만 않는다면 벌써 포기했을 겁니다.' 그렇게 말했어요. 그리고 무슨 선을 넘지 않았다는 얘기도 했어요. 의사와 환자 사이에 뭐 그런 거 말이에요. 크래독 씨가 조금 진정하니까 이렇게 말하더군요.

'출근 늦겠습니다. 나가 보는 게 좋겠네요. 나중에 마음을 가라앉히고 잘 생각해 보세요. 이 모든 일이 사실은 별거 아니라는 걸 깨닫게 될 겁니다. 저는 이제 손을 씻고 다음 환자를 보러 가야겠습니다. 하여간 나중에 잘 생각해 보세요. 모든 게 부인의 성격 장애로 인한 허황된 상상에서 비롯된 일이라는 걸 알게 될 테니까요.'

크래독 씨는 이렇게 말씀하셨어요. '어떻게 생각해야 할지 이젠 나도 모르겠네.'

그리고 방문을 열고 나오셨어요. 물론 나는 열심히 빗자루로 쓸고 있었죠. 크래독 씨는 나를 보지도 못하고 나가셨어요. 나중에 생각해 보니 그때 안색이 좀 창백해 보였던 것 같아요. 선생님은 기분 좋게 휘파람까지 불면서 찬물이랑 더운물이 준비돼 있는 드레스룸에서 손을 씻고는 곧장 가방을 들고 방에서 나오셨어요. 나한테 친절하게 말도 걸어 주셨죠. 항상 그러셨거든요. 그러고는 평소처럼 기분 좋게 1층으로 내려가셨어요. 어쨌든 선생님 잘못이 아니에요. 모두 부인이 꾸며 낸 거죠."

"그러고 나서 크래독 씨가 탄저병에 걸렸나요?"

"네, 그때 이미 감염돼 있었던 것 같아요. 부인이 헌신적으로 간호했지만 끝내 돌아가셨죠. 장례식 때 화환이 얼마나 예뻤는지."

"그 후에 로버츠 선생님이 또 방문했나요?"

"아뇨, 오지 않았어요. 캐묻기는! 선생님이 뭔가 못마땅한 모양이네요. 분명히 말하는데 별거 없었다니까요. 둘 사이에 뭔가 있었다면 크래독 씨가 돌아가시고 나서 곧바로 부인과 결혼했겠죠. 하지만 그러지 않았잖아요. 그럴 바보가 아니죠. 그래도 그때쯤엔 선생님도 부인의 의중을 알게 되었어요. 그래서 부인이 아무리 호출해도 왕진을 오지 않았어요. 그러다가 얼마 지나서 부인은 집을 팔았죠. 우리 모두 그만두라는 통지를 받았고, 부인은 이집트로 가 버렸어요."

"그러는 동안 로버츠 선생님을 한 번도 못 봤다고요?"

"네. 하지만 부인은 만났어요. 선생님 댁에 찾아갔거든요. 그게 뭐냐, 장티푸스 예방 접종을 하러요. 팔에 주삿바늘 자국이 시퍼렇게 멍들어 왔지요. 내가 보기엔 선생님이 부인에게 알아듣게 얘기한 것 같아요. 둘 사이에 아무것도 없다고요. 그 뒤로는 부인이 한 번도 선생님을 호출하지 않았거든요. 그리고 예쁜 새 옷을 잔뜩 사 가지고 외국으로 떠나 버렸어요. 그때가 겨울이었는데, 모두 밝은색 옷이었어요. 거기는 햇볕이 내리쬐고 따뜻할 거라고 하면서요."

"맞아요. 거기 날씨가 무척 덥다고 하더군요. 부인은 거기서 돌아가셨어요. 알고 있었죠?"

오코너 경사가 말했다.

"아뇨, 몰랐어요. 세상에, 그럴 수가! 불쌍한 양반, 내가 생각했던 것보다 건강이 훨씬 안 좋았나 보네요."

엘시는 한숨을 쉬고 덧붙였다.

"가져간 새 옷은 다 어떻게 했는지 모르겠네. 거기 사람들은 모두 흑인이라 입을 수도 없잖아요."

"뱃 양이 입었으면 분명 잘 어울렸을 겁니다."

"수작 부리기는."

"뻔뻔한 내 태도를 더 이상 받아 주지 않아도 됩니다. 회사에 일이 있어 가 봐야 하거든요."

"오래 걸리는 일인가요?"

"외국으로 출장 가야 할지도 모릅니다."

엘시의 얼굴이 실망으로 일그러졌다.

바이런의 유명한 시구 '내 결코 나의 가젤을 사랑하지 않았네.'와 같은 건 알지 못했지만, 그 순간 엘시의 심정은 절절한 시구 못지않았다. 엘시는 속으로 중얼거렸다.

'진짜 매력적인 사람하고는 제대로 이루어진 적이 없다니까. 하지만 뭐, 나에겐 언제나 프레드가 있으니까.'

프레드가 있는 것은 참으로 다행이었다. 오코너 경사가 갑자기 엘시의 인생에 불쑥 들어왔지만 오래가지 않았으니 어쩌면 결국 프레드가 그녀의 마음을 차지할지도 모를 일이었다.

로다 도스의 증언

 데브넘 백화점에서 나온 로다 도스는 깊은 고민에 빠져 길가에 우뚝 멈춰 섰다. 뭔가 결정을 못 내리고 갈팡질팡하는 심정이 얼굴에 그대로 드러났다. 잠시 잠깐 스쳐 가는 감정들이 시시각각 나타날 정도로 표정이 풍부한 얼굴이었다.
 지금 이 순간 로다의 표정은 이렇게 말하고 있었다. '그럴까? 아니 그만둘까? 그러고 싶은데……. 하지만 그러지 않는 게 나을지 몰라…….'
 제복을 차려입은 백화점 안내원이 물었다.
 "택시 잡아 드릴까요, 손님?"
 로다는 고개를 저었다.
 '크리스마스 전에 일찌감치 쇼핑을 해 둬야지.'라는 듯 결의에 찬 표정으로 양손에 짐을 잔뜩 들고 걸어 나오던 통통한 여자가 뒤에서 세게 부딪혀 왔지만, 그래도 로다는 꿈쩍 않고 서서 계속 고민하고 있었다.

잡다한 생각들이 혼란스럽게 머릿속을 스쳐 지나갔다.

'안 될 게 뭐 있어? 오라고 했잖아. 하지만 그냥 인사치레로 한 말인지도 몰라……. 진심이 아니었을 거야……. 하지만 앤이 내가 함께 가는 걸 원하지 않았잖아. 데스파드 소령하고 변호사를 혼자 만나겠다고 분명히 말했지……. 그럴 만도 하잖아? 두 사람 사이에 내가 끼면 꾸어다 놓은 보릿자루마냥 그게 뭐냐고…… 내가 특별히 데스파드 소령을 보고 싶어 한 것도 아니고…… 그래도 그 사람 참 친절하지……. 아무래도 앤한테 반한 것 같아. 남자들은 흑심이 없으면 귀찮게 뭘 해 주고 그러지 않잖아……. 순수한 마음으로 친절을 베푸는 남자는 없단 말이야.'

로다에게 부딪힌 사환 아이가 왜 거기 그러고 서 있느냐는 표정으로 지나갔다.

"실례합니다."

'이런, 하루 종일 이러고 서 있을 순 없지. 마음 하나 정하지 못해서야……. 오늘 산 외투랑 치마가 참 잘 어울릴 것 같단 말이야. 초록색보다 갈색이 더 무난하지 않을까? 아냐, 초록색으로 사길 잘했어. 아니 잠깐, 갈까 말까? 3시 30분이니까 딱 적당한 시간이긴 한데. 밥이나 뭐 그런 거 얻어먹으러 왔다고 오해하진 않을 거야. 어쨌든 그냥 들어가 보기라도 해야겠다.'

로다는 길을 건너 오른쪽으로 접어들었다가 다시 왼쪽으로 돌아

할리가(街)로 들어갔다. 그리고 마침내 올리버 부인의 아파트 앞에 멈춰 섰다. 부인은 항상 이 아파트가 '온통 요양원 건물들에 둘러싸여' 있다고 거침 없이 말하곤 했다.

"뭐, 잡아먹기야 하겠어?"

로다는 마음을 굳히고 용기를 내 건물로 들어갔다.

올리버 부인의 집은 맨 꼭대기 층에 있었다. 제복을 입은 안내원이 로다를 승강기에 실어, 맨 위층 밝은 초록색 문 앞에 내려 주었다. 문 앞에는 새것으로 보이는 세련된 매트가 깔려 있었다.

로다는 생각했다.

'이렇게 긴장되긴 처음이야. 치과에 가는 것보다 심하잖아. 그래도 지금 안 하면 못 할 거야.'

부끄러움에 볼을 빨갛게 물들인 채 로다는 초인종을 꾹 눌렀다.

문이 열리고 나이 든 가정부가 나타났다.

"저…… 혹시 올리버 부인 계시나요?"

가정부는 비켜서서 굉장히 지저분한 응접실로 로다를 안내했다.

"누구시라고 전할까요?"

"아, 음…… 도스, 로다 도스예요."

가정부는 곧 사라지더니, 로다에게는 100년은 흐른 것처럼 느껴졌으나 실은 1분 45초밖에 지나지 않아 다시 나타났다.

"이쪽으로 오세요."

로다는 얼굴이 더욱 빨개져 잠자코 따라갔다. 복도를 지나 모퉁이를 돌자 방문 하나가 열려 있는 것이 보였다. 두근거리는 가슴을 진정하며 들어가자, 눈이 휘둥그레진 로다 앞에 마치 아프리카 밀림에 들어온 듯한 광경이 나타났다.

새들이…… 엄청나게 많은 새들이 있었다. 앵무새와 마코앵무는 물론, 조류학자들도 모를 것 같은 진기한 새들이 태곳적 숲처럼 보이는 울창한 나무 사이로 이리저리 날아다녔다. 새와 온갖 풀이 정신없이 뒤섞인 한가운데, 타자기 한 대가 덩그러니 놓인 낡아 빠진 식탁이 있었고, 바닥에는 글자가 빼곡히 박힌 종이가 잔뜩 어질러져 있었다. 말도 못 하게 엉클어진 머리를 한 올리버 부인이 금방이라도 넘어질 듯 불안해 보이는 의자에서 막 일어났다.

"어머나, 이렇게 또 보게 돼서 얼마나 반가운지 모르겠네."

올리버 부인이 시커먼 잉크가 잔뜩 묻은 손을 내밀며 말했다. 동시에 다른 손으로 머리를 어떻게 좀 정돈해 보려 했지만, 제대로 될 리 없었다.

그러다 그만 팔꿈치로 책상에 있는 종이봉투를 툭 건드리자, 그 안에 담겨 있던 사과가 신나게 우당탕퉁탕 바닥에 떨어졌다.

"놔둬요. 그냥 놔두라니까. 이따가 누가 와서 치우겠지 뭐."

숨이 차는 것을 누르며 로다는 사과 다섯 개를 품에 안고 일어섰다.

"오, 고마워요. 아니, 도로 종이 봉투에 넣으면 안 될 것 같아. 바닥에 구멍이 난 것 같거든. 그냥 벽난로 선반에 올려놓아요. 그래, 거기. 자, 이제 앉아서 얘기나 하죠."

로다는 역시나 위태로워 보이는 다른 의자에 앉아 부인을 보며 조금 숨 가쁘게 물었다.

"정말 죄송합니다. 제가 방해한 건 아닌가요?"

"그렇기도 하고 그렇지 않기도 해요. 보다시피 일하고 있었던 건 맞아요. 그런데 그 지긋지긋한 핀란드인 형사 때문에 골치 아픈 일에 또 말려들었지 뭐유. 이 양반이 강낭콩 요리를 가지고 결정적인 단서를 잡았어요. 미카엘 축일에 먹는 거위 요리에 들어가는 세이지랑 양파에서 치명적인 독극물이 검출된 거예요. 그런데 방금 미카엘 축일쯤 되면 강낭콩은 다 들어갔을 시기라는 게 떠오른 거지."

추리 소설이 만들어지는 이면의 세계를 엿보게 된 로다는 흥분한 나머지 숨을 가쁘게 몰아쉬며 말했다.

"통조림 콩이었을지도 모르잖아요."

"물론 그럴 수도 있지."

올리버 부인이 확신 없는 투로 대꾸하고는 말을 이었다.

"하지만 그렇다 해도 핵심이 틀어지는 건 마찬가지예요. 나는 항상 원예학 같은 부분에서 오류를 범한다니까. 사람들이 나올 철이 아닌 꽃을 등장시켰다고 지적하는 편지를 보내오는 거예요, 글쎄. 그게 뭐 대수라고. 게다가 런던의 꽃가게에 제철이 아닌 꽃이 얼마나 많은데."

"대수롭지 않고말고요. 작가라는 건 정말 근사한 직업이에요."

로다가 열심히 맞장구쳤다.

올리버 부인은 잉크 묻은 손가락으로 이마를 꾹꾹 누르면서 물었다.

"뭐가 근사하다는 거지?"

로다는 당황해서 잠시 머뭇거렸다.

"어……. 그렇잖아요. 앉아서 책 한 권을 써낸다는 게 얼마나 놀라워요."

"그렇지 않아요. 알겠지만 이야기를 쓰려면 머리를 굴려야 하거든. 그리고 머리 굴리는 건 항상 골치 아픈 일이지. 그리고 구성도 짜야 한다고. 그러다가 종종 막히게 마련이고, 막히면 거기서 영영 못 빠져나올 것 같은 기분이 들기도 하지. 그러다 결국엔 빠져나오지만. 글 쓰는 건 그렇게 즐겁고 신나는 일이 아니에요. 다른 것들처럼 힘든 일이지."

"일하는 것처럼 보이지 않는데요."

"로다 양한테는 그렇겠지. 자기 일이 아니니까! 하지만 나한테는 엄연히 일이에요. 어떤 날은 다음에 연재할 작품의 계약금으로 얼마나 들어올지 머릿속으로 자꾸 상기해야만 겨우 힘이 날 때도 있어요. 자극을 받게 되거든. 은행에 빚이 얼마나 있는지 확인해 보는 것도 마찬가지지."

"부인이 직접 타이핑하실 줄은 몰랐어요. 당연히 비서가 있을 줄 알았죠."

"비서가 있긴 있었다우. 내가 불러 주면 비서가 타이핑했는데, 그 아가씨 능력이 너무 뛰어나서 내가 우울해지더군. 어휘와 문법이며 마침표나 세미콜론을 어디에 찍어야 할지를 나보다 더 잘 알더라니까. 열등감이 느껴질 지경이었다우. 그래서 다음엔 정말 능력 없는 비서를 쓰려고 했더니만, 글쎄 그것도 잘 안 되네."

"머릿속으로 이야기를 만들어 내다니, 재미있을 것 같아요."

올리버 부인은 신이 나서 말했다.

"이야기야 얼마든지 생각해 낼 수 있어요. 그걸 종이에 옮기는 게 힘들지. 끝냈다고 생각했는데 알고 보니 6000자가 아니라 3000자밖에 못 써서, 살인 사건을 또 하나 집어넣고 여주인공을 또 한 번 납치해야 한다니까. 아주 골치 아파요."

로다는 아무런 대꾸도 하지 않았다. 그녀는 어린 소녀가 유명 인사를 직접 만났을 때 으레 그렇듯이 약간의 실망감과 경외심이 뒤섞인 눈빛으로 올리버 부인을 멍하니 바라보았다.

올리버 부인은 손짓으로 벽을 가리키며 말을 이어 갔다.

"벽지 맘에 들어요? 나는 못 말릴 정도로 새를 좋아해요. 열대식물 잎으로 도배하고 싶어서 한번 해 봤지. 추운 날에도 푹푹 찌는 더운 날처럼 느껴지거든. 아주 따뜻하지 않으면 난 아무것도 못 하거든요. 그런데 스벤 예르손은 매일 아침 얼음 목욕을 하면서 사건의 실마리를 떠올리곤 한다니까!"

"너무너무 멋져요. 제가 일을 방해한 게 아니라고 말씀해 주셔서 얼마나 감사한지 몰라요."

"커피랑 토스트 좀 먹을까요? 아주 진한 블랙커피랑 아주 뜨거운 토스트 말이에요. 그 두 가지는 언제 먹어도 좋다니까."

부인은 문으로 다가가 열고 소리치더니 이내 돌아와 말했다.

"시내엔 무슨 일로 왔어요? 쇼핑하러?"

"네, 쇼핑 좀 했어요."

"메러디스 양도 같이 왔나요?"

"네. 앤은 데스파드 소령하고 변호사를 만나러 갔어요."

"변호사?"

호기심이 이는 듯 올리버 부인이 눈썹을 치켜올렸다.

"데스파드 소령이 변호사를 구하는 게 좋을 거라고 했거든요. 정말 잘해 주시더라고요."

"나도 마음 써 준다고 한 건데 그리 달갑지 않았나 보죠? 앤은 내가 찾아간 게 못마땅한 눈치던데."

"어머, 그렇지 않아요."

로다는 무안함에 몸 둘 바를 몰라 의자에서 꼼지락거렸다.

"사실 오늘 찾아뵌 것도 바로 그 때문이에요. 해명하고 싶어서요. 부인이 잘못 알고 계신 거예요. 앤이 무례하게 군 것처럼 보이지만, 사실 그런 게 아니에요. 부인이 찾아오셔서 그런 게 아니라 부인이 하신 말씀 때문에 그런 거였어요."

"내가 한 말?"

"물론 부인은 모르실 거예요. 그냥 앤 입장에서 적절하지 못했을 뿐이에요."

"내가 뭐라고 했길래?"

"아마 기억 못 하실 거예요. 사고와 독약에 관해 말씀하셨거든요."

"내가 그랬던가?"

"기억 못 하실 줄 알았어요. 네, 그러셨어요. 그런데 앤은 예전에 끔찍한 경험을 한 적이 있거든요. 어떤 여자가 독을 마시고 쓰러졌는데, 모자에 쓰는 페인트인가 그랬어요. 누군가의 실수로 그렇게 된 거였어요. 결국 그 여자가 죽었고, 앤은 큰 충격을 받았어요. 그 일을 떠올리거나 입에 담지도 못했어요. 그런데 부인이 그 얘길 하시니까 갑자기 그 일이 떠올라서 입을 딱 다물고 표정이 굳어진 거예요. 부인도 눈치채셨죠? 앤 앞에서는 말씀드릴 수 없었어요. 하지만 부인이 생각하시는 그런 게 아니라고 말씀드리고 싶었어요. 앤이 부인의 호의를 무시한 게 아니라고요."

올리버 부인은 발갛게 달아오른 로다의 얼굴을 보면서 천천히 말했다.

"그렇군요."

"앤은 굉장히 예민한 애예요. 게다가 눈앞에 닥친 문제를 똑바로 마주하지 못해요. 무슨 일이 생기면 그냥 입을 다물어 버려요. 그게 좋을 리 없는데 말이에요. 적어도 제 생각엔 그래요. 그런다고 해도 문제는 그대로 남아 있잖아요. 그것에 대해 이야기하든 안 하든 말이에요. 아무런 문제가 없는 척하는 건 도망가는 거나 마찬가지예요. 저 같으면 아무리 괴로워도 문제를 있는 그대로 드러낼 텐데 말이에요."

"로다 양은 용감하군요. 앤 양은 그렇지 못한 것 같던데."

로다는 얼굴을 붉혔다.

"앤은 착한 아이예요."

올리버 부인은 미소 지었다.

"착하지 않다는 게 아니에요. 로다 양이 가진 그런 용기가 없다는 것뿐이지."

부인은 한숨을 쉬더니, 갑자기 생각지도 못한 질문을 던졌다.

"로다 양은 진실의 가치를 믿죠?"

"당연히 믿지요."

로다가 눈을 동그랗게 뜨고 올리버 부인을 바라보았다.

"물론 그렇겠지. 하지만 이건 생각 못 해 봤을 거야. 진실이 때로는 사람을 다치게 한다는 것. 그리고 한 사람의 환상을 가차 없이 부숴 버린다는 것."

"그래도 저는 진실을 택하겠어요."

"나도 그래요. 하지만 그게 현명한 선택인지는 모르겠군요."

"오늘 일을 앤한테는 말하지 말아 주세요, 네? 저더러 괜한 짓 했다고 할 거예요."

로다가 진지하게 말했다.

"그럴 생각은 추호도 없어요. 그런데 그게 오래전 일이었나?"

"한 4년 전쯤이에요. 참 이상하죠? 한 사람한테 비극이 연이어 닥치는 거 말이에요. 제 고모님 한 분은 절망 속에서 사셨고 앤은 갑작스러운 죽음에 두 번이나 연루되다니. 게다가 이번 일은 훨씬 더 끔찍해요. 살인 사건은 항상 끔찍하죠."

"맞아요."

그때 하녀가 블랙커피와 버터 바른 토스트를 가져왔다.

로다는 식욕이 왕성한 아이처럼 맛있게 커피와 토스트를 먹었다.

유명 인사와 한자리에서 식사하는 것이 마냥 기쁜 표정이었다.

다 먹고 일어나면서 로다가 재차 말했다.

"크게 방해되지 않았으면 좋겠어요. 그런데 한 가지 부탁 좀 드려도 될까요? 부인 책을 한 권 보내면 거기에 사인 좀 해 주시겠어요?"

올리버 부인은 웃음을 터뜨렸다.

"내 더 좋은 걸 주지."

그러더니 가장 안쪽에 있는 장을 열었다.

"뭐를 좋아할까? 나는 『두 번째 금붕어 사건』을 좋아하는데. 나머지 졸작들보다 훨씬 낫거든."

로다는 여류 작가가 자신의 펜 끝에서 탄생한 자식들을 그렇게 표현하는 것에 조금 충격을 받았지만, 그래도 열심히 고개를 주억거렸다. 올리버 부인은 책을 꺼내 앞표지를 펼치고 과장된 장식체로 사인한 다음 로다에게 건넸다.

"자, 받아요."

"정말 감사합니다. 오늘 즐거웠어요. 제가 찾아와서 불편하셨던 건 아니에요?"

"아가씨가 찾아오기를 바라고 있었어요."

올리버 부인은 잠시 생각하더니 덧붙였다.

"로다 양은 참 착한 아가씨예요. 잘 가요. 몸조심하고."

그러고는 손님을 뒤로하고 문을 닫으며 중얼거렸다.

"아니, 내가 왜 그런 말을 했을까?"

올리버 부인은 머리를 흔들고 엉클어진 머리카락을 쓸어 넘겼다.

그리고 다시금 스벤 예르손이 샌드위치에 든 세이지와 양파를 알아채는 장면을 어떻게 교묘하게 처리할지 고민했다.

뜻밖의 만남

할리가의 어느 문에서 나온 로리머 부인은 계단 맨 위에 잠시 서 있다가 천천히 내려왔다.

부인의 얼굴에는 무언가 굳게 결심한 표정과 왠지 모르게 주저하는 표정이 뒤섞여 있었다. 고민에 빠져든 듯 눈썹까지 일그러졌다.

맞은편 도로에 서 있는 앤 메러디스가 눈에 들어온 것은 바로 그때였다.

앤은 모퉁이 끝에 있는 큰 아파트 건물을 올려다보며 서 있었다.

로리머 부인은 잠시 머뭇거리다 마음을 정한 듯 길을 건넜다.

"안녕하세요, 메러디스 양?"

앤은 화들짝 놀라 뒤를 돌아보았다.

"어머, 안녕하셨어요?"

"아직 런던에 있었군요?"

로리머 부인이 물었다.

"아뇨, 잠시 다니러 온 거예요. 법적으로 처리할 일이 있어서요."

이야기하면서도 앤의 시선은 여전히 아파트 건물 쪽에 쏠려 있었다.

"무슨 문제라도 있어요?"

앤은 죄지은 사람처럼 흠칫 놀라며 대답했다.

"문제요? 아뇨, 무슨 문제가 있겠어요?"

"고민거리가 있는 사람처럼 보여서."

"없어요. 아니, 있어도 별로 중요한 건 아니에요. 사소한 고민이죠."

앤은 힘없는 웃음을 터뜨렸다.

"방금 제 친구를 본 것 같아서요. 저와 같이 사는 친구인데 저기로 들어가는 것 같았어요. 혹시 올리버 부인을 만나러 온 게 아닌가 싶어서요."

"저기가 올리버 부인이 사는 곳인가요? 몰랐군요."

"네, 며칠 전 저희 집에 찾아오셨는데, 주소를 알려 주면서 한번 오라고 하더라고요. 지금 들어간 게 제 친구 로다인지 잘 모르겠네요."

"올라가서 확인하고 싶어요?"

"아뇨, 그러지 않는 게 좋겠어요."

"그럼 나랑 같이 차나 마시러 가요. 근처에 잘 아는 찻집이 하나 있거든."

"고맙습니다."

앤은 조금 주저하며 대답했다.

두 사람은 길을 따라 나란히 내려가다가 옆 골목으로 돌아 들어갔다. 그들은 작은 빵집에 들어가 차와 머핀을 시켰다.

두 사람은 많은 말을 하지 않았다. 말없이 있어도 불편하지 않은 듯했다.

그러다 앤이 불쑥 물었다.

"혹시 올리버 부인이 댁에 찾아오지 않았나요?"

로리머 부인은 고개를 저었다.

"무슈 푸아로 말고는 찾아온 사람이 없었어요."

"제 말은 그게 아니라……."

"아닌가요? 그런 뜻으로 물은 것 같은데."

로리머 부인이 앤의 말을 뚝 잘랐다.

겁먹은 표정으로 흘끔 올려다본 앤은 로리머 부인의 표정을 보고 조금 안심한 것 같았다.

앤이 천천히 말했다.

"저희 집에 무슈 푸아로는 안 오셨어요."

잠시 침묵이 흐르고 다시 물었다.

"배틀 총경이 댁에 다녀가지 않았나요?"

"그래요, 왔어요."

앤은 머뭇머뭇 물었다.

"어떤 걸 물어봤나요?"

로리머 부인은 넌더리 나는 듯 한숨을 내쉬었다.

"뻔한 것들이죠. 형식적인 질문들이요. 조금도 불쾌하게 굴지는 않았답니다."

"다른 사람들도 다 그랬겠죠?"

"그랬겠죠."

또다시 침묵이 내려앉았다.

이번에도 앤이 먼저 입을 열었다.

"부인, 혹시 그들이 범인을 끝까지 밝혀내지 못할지도 모른다는 생각 안 드세요?"

앤은 접시를 뚫어지게 바라보느라 로리머 부인이 호기심이 가득한 눈빛으로 한껏 풀이 죽은 그녀의 정수리를 바라보고 있는 것을 보지 못했다.

부인이 조용히 말했다.

"글쎄……."

"별로 좋은 생각은 아니죠?"

앤이 중얼거렸다.

이제 로리머 부인의 얼굴에는 호기심에 더해 동정 어린 표정이 떠올랐다.

"올해 몇 살이죠, 메러디스 양?"

"저…… 저요? 스물다섯이에요."

앤은 더듬거리며 대답했다.

로리머 부인은 천천히 말을 이어 나갔다.

"나는 예순셋이에요. 아가씨는 앞으로 살아갈 날이 많죠……."

앤은 몸을 부르르 떨었다.

"오늘 집으로 돌아가다가 버스에 치여 죽을 수도 있죠."

"맞아요, 그럴 수도 있어요. 그리고 나는 안 그럴 수도 있고."

부인은 묘하게 말했다. 앤은 놀란 표정으로 부인을 쳐다보았다.

"인생은 힘겨운 여정이에요. 아가씨도 내 나이 돼 보면 알 거야. 무한한 용기와 인내가 필요하지. 그런데도 마지막에는 '이게 대체 무슨 가치가 있단 말인가?'라고 되묻게 되고."

"그런 말씀 마세요."

어느새 로리머 부인은 예의 그 자신감 넘치는 모습으로 돌아와 웃음을 터뜨렸다.

"인생에 대해 이러쿵저러쿵 암울하게 말하는 건 경박한 짓이지."

부인은 웨이트리스를 불러 찻값을 치렀다.

두 사람이 빵집 문을 나설 때 마침 택시 한 대가 천천히 지나가고 있었다. 부인은 손을 들어 택시를 세웠다.

"태워 줄까요? 공원 남쪽으로 가는데."

갑자기 앤의 표정이 밝아졌다.

"아뇨, 괜찮습니다. 제 친구가 지금 막 모퉁이를 돌아 이리로 오고 있네요. 차 잘 마셨습니다. 로리머 부인. 안녕히 가세요."

"잘 가요. 그리고 행운을 빌어요."

부인이 택시를 타고 떠나자, 앤은 걸음을 서둘러 로다에게 다가갔다.

친구를 보고 로다의 얼굴이 밝아졌지만, 다음 순간 죄책감 어린 표정이 슬쩍 떠올랐다.

"로다, 올리버 부인 만나러 갔니?"

앤이 따져 물었다.

"솔직히 말하면, 그래, 거기 갔어."

"그러다 나한테 들킨 거로구나."

"들켰다니, 무슨 소린지 모르겠네. 쓸데없는 소리 말고 저기 가서 버스나 타자. 너도 네 남자 친구랑 볼일 보러 갔다 왔잖아. 적어도 그 사람이 차 한 잔은 사 줬겠지?"

앤은 말없이 서 있었다. 너무 깊이 생각에 잠겨, 옆에서 말하는 친구의 목소리가 아득하게 들려왔다.

"그러지 말고 네 친구 만나서 다 같이 찻집에 가지 않을래?"

앤은 생각해 보지도 않고 불쑥 대답했다.

"고맙지만 우리는 다른 일행하고 차 마시러 가기로 했어."

거짓말, 그것도 어줍잖은 거짓말이었다. 조금도 생각해 보지 않고 떠오르는 대로 말하다니 그렇게 어리석을 수가 없었다. '고맙지만, 그 사람은 다른 사람하고 차 마시기로 약속했대.'라고 얼마든지 둘러댈 수 있지 않은가. 로다가 끼어드는 걸 원치 않는다면 말이다. 그런데 앤은 정말 그랬다.

로다와 함께 가는 게 내키지 않는다니, 앤 자신도 선뜻 이해할 수 없는 묘한 감정이었다. 앤은 데스파드를 독차지하고 싶었다. 로다에게 질투를 느꼈기 때문이다. 로다는 항상 밝고, 처음 만나는 사람과 대화도 잘 나누고, 열정과 생기가 넘쳤다. 며칠 전 집에 찾아왔을 때, 데스파드 소령은 로다를 상당히 마음에 들어 하는 것처럼 보였다. 하지만 원래 앤 메러디스를 찾아온 것이 아닌가. 로다는 항상 그랬다. 일부러 그러는 건 아니었지만 주위 사람들을 들러리로 만들어 버리곤 했다. 앤은 그래서 로다를 데려가기 싫었다.

그러나 아무렇게나 툭 내뱉은 것은 정말 바보 같은 짓이었다. 더 현명하게 처신했으면 지금쯤 데스파드 소령과 함께 그가 자주 드나드는 클럽이나 다른 어딘가에서 차를 마시고 있을지도 모를 일이었다.

앤은 확실히 로다가 성가셨다. 마치 방해물처럼 느껴졌기 때문이다. 게다가 올리버 부인은 왜 찾아갔을까?

앤이 물었다.

"올리버 부인은 왜 찾아간 거니?"

"놀러 오라고 하셨잖아."

"그래, 하지만 진심으로 하신 말씀은 아니잖니. 인사치레로 으레 하는 말인 줄 알았는데."

"진심이었어. 정말 잘해 주시더라. 그렇게 자상한 사람도 없을 거야. 나한테 책까지 주셨다니까. 이것 봐."

로다는 자랑스럽게 책을 꺼내 보였다.

앤은 미심쩍은 투로 말했다.

"무슨 얘기 했는데? 설마 내 얘기 한 건 아니겠지?"

"얘, 잘난 척 좀 하지 마!"

"농담 아니야. 진짜 내 얘기 했니? 혹시 그거…… 살인 사건 얘기도 한 거야?"

"부인이 소설로 쓰고 있는 살인 사건에 대해 얘기했어. 지금은 거위 요리에 들어간 세이지랑 양파에서 독을 발견하는 얘기를 쓰고 계신대. 직접 만나 보니 진짜 인정 많은 분이더라. 부인도 글 쓰는 게 정말 어려운 일이라고 했어. 만날 구성을 뒤죽박죽으로 만들어 버린대. 그리고 블랙커피랑 버터 바른 뜨거운 토스트도 먹었어."

로다는 신나 죽겠다는 표정으로 줄줄 쏟아 놓았다.

그러다 갑자기 생각난 듯 덧붙였다.

"어머, 앤, 너 차 마시러 간다고 했지?"

"아니야, 벌써 마셨어. 로리머 부인하고."

"로리머 부인? 길 건너편에 서 있던 부인?"

앤은 고개를 끄덕였다.

"어떻게 만났는데? 일부러 찾아간 거야?"

"아니야. 할리가에서 우연히 만났어."

"로리머 부인은 어떤 사람이니?"

앤은 천천히 말했다.

"잘 모르겠어. 조금 이상한 구석이 있어. 그날 밤과 사뭇 달라."

"아직도 로리머 부인이 범인이라고 생각해?"

앤은 잠시 생각하더니 조심스럽게 대답했다.

"모르겠어. 그 얘긴 이제 그만하자, 로다! 내가 그런 얘기 싫어하는 거 너도 알잖아."

"알았어, 얘. 변호사는 어땠니? 법률가답게 무뚝뚝하던?"

"아니, 그보단 빠릿빠릿한 유대인이었어."

"괜찮은 사람 같네."

로다는 조금 뜸을 들이다가 다시 물었다.

"데스파드 소령은 어땠니?"

"아주 자상했어."

"그 사람 너한테 푹 빠진 거야, 앤. 분명해."

"로다, 농담하지 마."

"뭐, 너도 나중에 알게 되겠지."

로다는 콧노래를 흥얼거리면서 생각했다.

'당연히 앤에게 반했겠지. 앤처럼 예쁜 애가 또 어딨겠어. 조금 맥이 없긴 해도…… 앤은 죽었다 깨어나도 소령하고 등산 같은 건 못 갈 거야. 뱀이 나오면 꺅꺅 소리나 질러 댈 텐데 뭐…… 남자들은 꼭 재미없는 여자들을 좋아한다니까.'

이윽고 큰 소리로 말했다.

"저 버스 타고 패딩턴 역에서 내리자. 4시 48분 기차를 탈 수 있을 거야."

회담

푸아로가 전화를 받자 수화기에서 정중한 목소리가 흘러나왔다.

"오코너 경사입니다. 배틀 총경께서 인사 말씀 전합니다. 그리고 괜찮으시다면 11시 30분까지 런던 경시청으로 와 주실 수 있겠냐고 하십니다."

푸아로가 그러겠다고 대답하자 오코너 경사는 인사를 하고 전화를 끊었다.

푸아로가 택시에서 내려 런던 경시청 정문 앞에 선 것은 정확히 11시 30분이었다. 그런데 내려서기가 무섭게 올리버 부인에게 붙잡히고 말았다.

"무슈 푸아로, 정말 반갑군요! 나 좀 구해 주시겠어요?"

"앙샹테(기꺼이 그러지요), 부인. 무얼 도와 드릴까요?"

"택시비 좀 대신 내 주시겠어요? 정신을 어디다 둔 건지, 그만 외국 여행 때만 쓰는 가방을 집어 들고 나왔지 뭐예요. 그런데 기사 양반이 프랑이나 리라, 마르크를 좀처럼 안 받으려고 하네요."

푸아로는 신사답게 몇 푼 안 되는 택시비를 대신 치르고, 올리버 부인과 함께 경시청으로 들어갔다.

두 사람은 배틀 총경의 집무실로 안내되었다. 책상 너머에 앉아 있는 총경은 여느 때보다 더 경직돼 보였다.

"목조 조각상 같네요."

올리버 부인이 푸아로에게 속삭였다.

자리에서 일어선 배틀 총경은 두 사람과 차례로 악수했고, 세 사람은 이내 자리에 앉았다.

배틀이 운을 뗐다.

"한번 모일 때가 된 것 같아 오시라고 했습니다. 수사가 얼마나 진행됐는지 듣고 싶어 하실 테고, 저도 두 분이 얼마나 건지셨는지 궁금하고요. 이제 레이스 대령만 오시면……."

기다렸다는 듯 문이 벌컥 열리면서 대령이 들어왔다.

"늦어서 미안합니다, 배틀 총경. 안녕하셨습니까, 올리버 부인. 반갑습니다, 무슈 푸아로. 많이 기다리게 했다면 죄송합니다. 내일이 떠나는 날이라 준비할 게 많아서요."

"어디 가시는데요?"

올리버 부인이 물었다.

"사냥 여행을 갑니다. 발루치스탄(이란 남동부와 파키스탄 남부에 걸친 산악 지대 — 옮긴이)에 다녀오려고요."

푸아로가 다 안다는 듯 웃으며 말했다.

"그 지역은 좀 문제 있는 동네 아닌가요? 조심하셔야겠습니다."

"그럴 생각입니다."

말은 심각하게 했지만 대령의 눈은 웃고 있었다.

"뭐 좀 알아내셨습니까, 대령님?"

배틀이 물었다.

"약속대로 데스파드 소령에 대해 알아냈습니다. 여기……."

그러면서 대령은 종이 뭉치를 밀었다.

"소령이 언제 어디에 있었는지 날짜와 장소가 다 들어 있습니다. 내 보기에 대부분은 사건과 상관없을 겁니다. 소령에게 불리한 자료도 없고요. 어느 모로 보나 대단한 사내입니다. 경력에 오점 하나 없을 정도로 엄격하게 규율을 지키는 사람이죠. 어딜 가나 현지인들에게 사랑받고 신임을 얻는 그런 사람이고요. 그 왜, 아프리카에서 부르는 성가시게 긴 이름 있잖습니까? 현지에서 얻은 이름이 '입 다물 줄 아는 공명정대한 자'라는군요. 백인들 사이에서도 '푸카 사힙('훌륭한 신사'라는 뜻의 인도어 — 옮긴이)'이라는 평판을 얻고 있더군요. 명사수에 언제든 냉철함을 유지할 줄 아는 군인입니다. 멀리 내다볼 줄 알고, 신뢰할 만한 사람으로 통합니다."

장황한 찬사에 끄떡도 하지 않고 배틀이 무덤덤하게 물었다.

"소령이 연루된 의문사 사건은 없었습니까?"

"그 부분을 집중적으로 찾아봤습니다. 소령이 주동해 구출에 성공한 적이 한 건 있더군요. 친구가 사자의 공격을 받았을 때였습니다."

배틀은 한숨을 내쉬었다.

"내가 원하는 건 누군가를 구출한 전력이 아닙니다."

"끈질기시군요, 총경. 총경이 말하는 그런 사건이 딱 하나 있었습니다. 남아메리카 오지에서 있었던 일이죠. 데스파드가 유명한 식물학자 럭스모어 교수 내외와 동행했는데, 거기서 교수가 열병으로 사망했고 아마존 어딘가에 묻혔습니다."

"열병이라고요? 흠……."

"그렇습니다. 열병이었다는군요. 나도 굳이 뭔가를 숨기려고 하지는 않겠습니다. 현지 짐꾼 중 하나가 (말이 나온 김에 덧붙이자면, 그 짐꾼은 좀도둑질로 해고되었습니다.) 교수가 열병으로 죽은 게 아니라 총에 맞아 죽었다고 주장했다더군요. 그게 사실인지는 증명되지 않았고요."

"어쩌면 확인할 때가 됐을지도 모르죠."

배틀의 말에 레이스는 고개를 저었다.

"나는 있는 사실만 말했을 뿐입니다. 당신이 그걸 원했고, 그걸 가지고 어떻게 하든 당신 자유요. 하지만 나라면 그날 밤 그런 비열한 짓을 한 게 데스파드라는 쪽에는 걸지 않겠습니다. 데스파드는 결백한 사람입니다, 총경."

"살인을 할 수 없는 사람이라는 뜻입니까?"

레이스 대령은 잠시 주춤했다.

"내가 살인이라고 정의할 만한 짓을 저지르지 못할 사람이라는 뜻입니다."

"그렇다면 소령이 판단하기에 정당한 이유만 있다면 사람을 죽일 수도 있다는 뜻입니까?"

"정당한 이유가 있다면 그럴 수도 있겠죠!"

배틀은 고개를 절레절레 흔들었다.

"누군가를 심판하고 자기 손으로 처단해도 되는 사람은 없습니다."

"그럴 때도 있는 법입니다, 총경. 그래야 할 때도 있고."

"있을 수 없는 일입니다. 적어도 내 생각은 그렇습니다. 무슈 푸아로는 어떻게 생각하십니까?"

"저도 동감입니다. 어떤 이유에서든 살인은 용납될 수 없습니다."

잠자코 듣고 있던 올리버 부인이 입을 열었다.

"참 우습기 그지없는 표현이로군요. 마치 살인이 여우 사냥이나 모자용 깃털로 쓸 물수리 사냥이거나 한 것처럼 말하니 말이에요. 그보다는 꼭 죽어 마땅한 사람이 있다는 생각은 안 해 보셨나요?"

"그런 생각은 해 봤습니다."

"그럼 동의하시는 거군요!"

"아니, 그건 아닙니다. 살해당한 사람이 문제가 아니라 살인은 그것을 저지른 사람의 성향에 영향을 미치는 게 문제지요."

"그렇다면 전쟁은 어떻게 설명하실 거죠?"

"전쟁에서도 개인적으로 누군가를 판단할 권리는 없습니다. 사실 그게 가장 위험합니다. 누가 살 자격이 있고 누구는 없는지 스스로 판단해도 된다는 생각에 사로잡히면, 그 사람은 세상에서 가장 위험한 살인마가 되는 겁니다. 뭔가를 얻기 위해서가 아니라 이념을 위해 사람을 죽이는 오만한 살인범은 르 봉 디외(하느님)의 권한을 침범한 겁니다."

레이스 대령이 일어서며 말했다.

"더 이상 머물지 못해 유감입니다. 할 일이 너무 많아서 말입니다. 이 사건의 진상이 밝혀지기를 바랍니다. 하지만 끝내 범인을 찾아내지 못한다 해도 그리 놀라지는 않을 것 같군요. 범인을 알아내더라도 범죄를 증명할 수는 없을 겁니다. 당신이 원하는 정보를 알아봐 주긴 했지만, 내 생각에 데스파드는 아닙니다. 그 사람이 한 번이라도 살인을 저질렀다는 건 믿지 못하겠어요. 럭스모어 교수의 죽음을 둘러싼 이상한 소문을 셰이터나 씨가 들었을 수도 있겠지요. 하지만 그 이상은 아닐 겁니다. 데스파드는 살인을 한 적이 없는 결백한 사람입니다. 어쨌든 내 생각은 그렇습니다. 사람 볼 줄 아니 하는 말입니다."

"럭스모어 부인은 어떤 사람이었습니까?"

배틀 총경이 물었다.

"지금 런던에 살고 있으니 직접 물어보세요. 그 문서 어딘가에 주소가 있을 겁니다. 사우스켄싱턴 어디쯤이던데. 하지만 아까도 말했듯이, 데스파드 소령은 아닙니다."

레이스 대령은 경쾌하면서도 소리 없는 사냥꾼의 발걸음으로 방을 나갔다.

뒤로 문이 닫히는 소리를 들으며 배틀은 고개를 끄덕였다.

"대령 말이 맞을지도 모릅니다. 사람 볼 줄 아는 분이죠. 그래도 그 말만 믿고 가만히 있을 순 없어요."

그렇게 말하고 배틀은 레이스 대령이 두고 간 두꺼운 서류 뭉치를 뒤적이면서 가끔씩 옆에 놓인 수첩에 연필로 뭔가 적어 넣었다.

"그래서요, 배틀 총경? 지금까지 뭘 하셨는지 얘기 안 해 주실 건가요?"

올리버 부인이 참다 못해 한마디 했다.

총경은 고개를 들고 씩 미소 지었다. 그러자 나무를 깎아 놓은 것 같던 그의 얼굴이 어색하게 꿈틀거렸다.

"이건 아주 이례적인 일입니다, 올리버 부인. 그걸 알아주셨으면 합니다."

"괜한 소리 말아요. 하기 싫은 얘기 할 양반이 아니라는 거 잘 아니까."

배틀은 고개를 저으며 비장하게 말했다.

"맞습니다. 가진 카드를 전부 테이블에 내놓아라. 그게 이번 사건의 모토였으니까요. 투명하고 정당하게 수사해야 한다는 거죠."

올리버 부인이 의자를 가까이 끌어당기며 재촉했다.

"어서 얘기해 보세요."

배틀 총경은 천천히 이야기를 시작했다.

"우선 이 점을 말씀드리고 싶습니다. 셰이타나 씨 살인에 대해 내가 여러분들보다 더 많은 것을 알고 있지는 않다는 겁니다. 서류에서 어떤 단서도 발견되지 않았거든요. 용의자 네 명에게 각각 사람을 붙여 뒤를 밟아 보았지만 별 성과가 없었습니다. 그래서 무슈 푸아로가 전에 지적하셨듯이, 기대할 만한 건 하나밖에 없습니다. 과거를 캐는 거지요. 그 네 명이 어떤 범죄를 저질렀는지 알아내면, (범죄를 저질렀다면 말입니다. 어쨌거나 셰이타나 씨가 무슈 푸아로에게 강한 인상을 남기기 위해 허풍을 떤 것일 수도 있으니까요.) 이번 살인을 누가 저질렀는지 감이 잡힐지도 모르죠."

"그래서 뭘 좀 알아내셨어요?"

"그중 한 명에 대한 정보를 손에 넣었지요."

"누구요?"

"로버츠 선생입니다."

올리버 부인은 짜릿한 기대감으로 총경을 바라보았다.

"무슈 푸아로는 잘 아실 텐데, 일단 여기저기 조사해 본 결과 로버츠 선생의 직계 가족 중에 의문사를 당한 사람은 한 명도 없다는 것을 확인했습니다. 그 후로 면면히 수사해 보았는데, 그 모든 것이 결국 한 가지 가능성으로 귀결되더군요. 그것도 뜻하지 않게 발견한 것입니다. 몇 년 전 로버츠 선생이 적어도 환자 한 명과 염문을 뿌렸던 것으로 보입니다. 단지 소문일 뿐 실제로는 아무 일 없었을지도 모릅니다. 사실 아무 일 없었던 쪽에 가깝습니다. 그 환자는 감정 기복이 심한 히스테리 환자로, 일부러 일을 만들어 소동을 부리곤 했나 봅니다. 그런데 남편 되는 사람이 그 소문을 들었거나 아니면 환자 스스로 남편한테 고백했을 겁니다. 아무튼 로버츠 선생은 불똥을 피할 수 없게 된 거죠. 화가 난 남편이 의료 협회에 고발하겠다고 협박하고 나섰으니 말입니다. 그 정도면 선생을 파멸시키기에 충분하지요."

"그래서 어떻게 됐는데요?"

올리버 부인이 숨 가쁘게 재촉했다.

"로버츠가 남편의 노기를 일단 진정시킨 모양입니다. 그런데 그 남편이 곧바로 탄저균에 감염돼 죽고 말았죠."

"탄저균이요? 그건 소한테서 옮는 병 아닌가요?"

총경은 씩 웃으며 대답했다.

"맞습니다, 올리버 부인. 남아메리카 인디언이 사용하는 화살촉에 묻은 독처럼 추적할 수 없는 게 아니다, 이 말씀입니다! 당시 싸구려 면도솔이 탄저균에 감염됐다고 밝혀져서 한바탕 소동이 일어났던 걸 기억하실 겁니다. 크래독 씨의 면도솔이 감염된 것으로 밝혀졌지요."

"로버츠 선생이 크래독 씨도 진료했나요?"

"어림없죠. 그러기엔 너무 영악한 사람입니다. 또 크래독 씨도 선생을 가까이 두고 싶어 하지 않았을 겁니다. 증거라고 수집한 것도 미미한 수준입니다만 이 사건과 관련된 유일한 증거는 로버츠 선생의 다른 환자 중에 당시 탄저병에 걸린 사례가 한 건 있었다는 겁니다."

"선생이 면도솔을 일부러 감염시켰다는 건가요?"

"바로 그겁니다. 하지만 중요한 건 추측일 뿐이라는 겁니다. 증거가 없습니다. 가능성이 있을 뿐."

"남편이 죽고 나서 크래독 부인과 결혼하진 않았나요?"

"오, 아닙니다. 제가 보기에 크래독 부인이 일방적으로 마음을 품었던 것 같습니다. 부인이 평소에 히스테리를 자주 부렸다고 들었는데, 갑자기 기분 좋게 이집트로 겨울 휴가를 떠났다는 겁니다. 그리고 거기서 죽었죠. 잘 알려져 있지 않은 패혈증의 일종이었던가, 아무튼 뭔가 긴 병명이었는데 들어도 잘 모르실 겁니다. 국내에서는 발병된 사례가 거의 없고, 이집트에서는 꽤 흔한 병이랍니다."

"그래서 선생이 크래독 부인을 감염시켰을 수는 없다는 거예요?"

배틀이 천천히 대답했다.

"그건 모르겠습니다. 그동안 세균학자 친구에게 이것저것 물어봤는데, 이쪽 분야 학자들한테서는 명확한 답변을 얻어 내기가 하늘의 별 따기입니다. 그렇다, 아니다, 딱 잘라 대답하는 경우가 거의 없어요. 항상 '특수한 상황에서라면 그럴 수도 있다'라든가 '환자의 병력에 따라 다르다', '그런 사례가 발생한 적이 있긴 하다', '특이 체질이라면 다르다', 이런 식이에요. 그래도 친구를 다그쳐 이런 정도의 답변을 얻어 냈습니다. 환자가 영국을 떠나기 전에 한 가지 또는 두 가지 이상의 병균이 환자의 몸에 주입됐을 수도 있다는 겁니다. 병의 증상이 잠복기를 지나 뒤늦게 나타날 수 있다는 거죠."

푸아로가 질문을 던졌다.

"크래독 부인이 이집트로 가기 전에 장티푸스 예방 접종을 받았습니까? 대부분 그러는 걸로 알고 있는데요."

"훌륭한 지적입니다, 무슈 푸아로."

"로버츠 선생이 접종했고요?"

"맞습니다. 이번에도 날카로운 지적입니다. 하지만 그걸 증명할 만한 단서가 전혀 없습니다. 부인은 통례적으로 두 차례 접종을 받았는데, 둘 다 장티푸스 예방 접종일 수도 있고, 하나는 다른 것이었을 수도 있습니다. 지금으로선 알 수 없고, 앞으로도 알아내지 못할 겁니다. 이 모든 게 추측일 뿐입니다. 확실하게 말할 수 있는 건 단지 '그럴 수도 있다.'는 정도지요."

푸아로가 생각에 잠겨 고개를 끄덕였다.

"셰이터나 씨가 나에게 했던 말과 일치하는군요. 완전범죄를 저지른 살인자, 법의 심판을 피해 간 살인자를 칭송했잖습니까."

"그럼 셰이터나 씨는 어떻게 알았을까요?"

올리버 부인이 물었다.

푸아로는 어깨를 으쓱하며 대답했다.

"우리는 죽었다 깨어나도 못 알아낼 겁니다. 셰이터나 씨도 이집트에 간 적이 있긴 하지요. 그 정도는 우리도 알고 있습니다. 셰이터나 씨가 로리머 부인을 만난 곳이 이집트거든요. 그곳 의사가 크래독 부인의 병에 이상한 점이 있다고 말하는 것을 주워들었을 수도 있습니다. 어떻게 해서 감염됐는지 모르겠다는 둥 뭐 그런 소리를요. 아니면 로버츠 선생과 크래독 부인을 둘러싼 소문을 들었을 수도 있고요. 선생에게 재미로 의미심장한 말 한두 마디를 던지고는 어떤 반응을 보이는지 읽었을지도 모를 일입니다. 어떻게 된 건지 우리는 알 수 없습니다. 남의 비밀을 귀신같이 알아맞히는 재주를 타고난 사람들이 있답니다. 셰이터나 씨가 바로 그런 사람이었지요. 하지만 이 모든 것이 우리와 별 상관 없는 얘기들입니다. 분명히 말할 수 있는 건 셰이터나 씨가 추측을 했다는 것입니다. 그 추측이 맞느냐? 그것이 문제입니다."

배틀이 다시 입을 열었다.

"제가 보기엔 제대로 추측한 것 같습니다. 쾌활하고 싹싹한 우리 의사 선생이 그다지 양심적이지 않은 것 같다는 느낌을 받았거든요. 그런 사람을 한두 명 알고 있죠. 한 사람을 보면 다른 사람을 알 수 있는 법입니다. 제 생각에 로버츠 선생은 살인자입니다. 크래독 씨를 죽였고, 크래독 부인도 계속해서 스캔들을 일으켜 자신의 경력에 방해가 됐다면 아마 죽였을 겁니다. 하지만 셰이터나 씨를 죽였느냐? 중요한 건 이겁니다. 하지만 세 가지 범죄를 비교해 보면 아닌 것 같습니다. 크래독 부부의 경우 선생은 두 번 다 의학적 지식을 이용해 자연사처럼 꾸몄습니다. 제 생각에 그가 셰이터나 씨를 죽이려 했다면 이번에도 의학적인 수단을 동원했을 겁니다. 칼이 아니라 병균을 이용했겠죠."

"나는 한 번도 로버츠 선생이 범인이라고 생각해 보지 않았어요. 단 한 번도요. 어쩐지 너무 뻔히 드러나 보이거든요."

올리버 부인의 의견이었다.

"그럼 로버츠 선생은 제외하고, 나머지 셋은 어떻습니까?"

푸아로가 중얼거렸다.

배틀은 답답한 듯 손을 저으며 답했다.

"건진 게 거의 없습니다. 로리머 부인은 벌써 20년째 미망인으로 살고 있는데, 주로 런던에 살면서 때때로 외국에서 겨울 휴가를 보내는 것으로 알고 있습니다. 리비에라나 이집트, 주로 문명화된 곳에서요. 부인이 관여된 의문사는 한 건도 발견하지 못했습니다. 언뜻 보기엔 지극히 평범하고 오점 없이 살아온 것 같더군요. 누구에게나 존경받고, 또 부인을 아는 사람들에게 물어보면 좋은 소리밖에 안 하더군요. 나쁜 소리라고 해 봤자, 부인이 멍청한 사람을 참을성 있게 대하지 못한다는 정도였습니다. 더 이상 찔러 볼 구멍이 없다는 걸 인정하겠습니다. 그래도 털어 보면 먼지 나는 구석이 조금은 있을 텐데 말이죠! 적어도 셰이터나 씨는 그렇게 생각했잖습니까."

낙심한 듯 한숨을 푹 내쉬고는 이야기를 이어 갔다.

"게다가 메러디스 양은 또 어떻고요. 지나간 행적을 대충 조사해 봤는데, 특별한 게 없었습니다. 군인의 딸로, 유산 한 푼 없이 혼자 남아 일을 해서 먹고살아야 했지요. 직업 교육을 받은 적도 없습니다. 첼트넘에서 지낼 때 어땠는지 캐어 봤는데, 모두 딱한 아가씨라고만 할 뿐, 역시 별다른 얘기는 없었습니다. 처음에는 와이트 섬의 어느 집에서 가정교사 겸 보모에다 가정부 노릇까지 했더군요. 고용했던 부인은 지금 팔레스타인에 있는데, 그 여동생을 만나 봤습니다. 여동생 말로는 언니인 엘던 부인이 가정교사 아가씨를 꽤 좋게 봤다고 합니다. 의문사라든가 수상한 사건은 전혀 없었고요.

엘던 부인이 외국으로 떠나자, 메러디스 양은 데번셔로 가서 학

창 시절 친구의 숙모 댁에 기거하면서 노인의 말동무 노릇을 하며 한동안 그곳에서 지냈습니다. 그 친구가 지금 같이 살고 있는 로다 도스 양이에요. 2년 동안 그곳에서 지냈는데, 노인의 건강이 나빠져 말동무 대신 전문 간호인을 옆에 두기로 했다지요. 듣자 하니 암인 것 같습니다. 지금 살아 있긴 한데, 정신은 맑지 않습니다. 모르핀을 계속 맞아야만 버틸 수 있나 봅니다. 그래도 만나 봤는데 '앤'을 기억했고 좋은 아이라고 하더군요. 더불어 지난 몇 년간 무슨 일이 있었는지 잘 알 만한 옛 이웃을 몇 명 더 만나 봤습니다. 노환으로 사망한 사람이 두어 명 있었는데 그것 말고는 당시 그 동네에서 죽은 사람은 없었습니다. 그 두 명도 앤 메러디스 양이 한 번도 만난 적 없는 사람들이었습니다.

그다음엔 스위스에서 지낸 적이 있지요. 거기에서 혹시 주변에 사고사라도 있지 않았을까 은근히 기대했지만 아무 일도 없었다고 합니다. 월링포드에서 지낸 최근 몇 년도 마찬가지로 조용했다고 하고요."

"그렇다면 앤 메러디스는 무죄로 결론 내려야 하는 겁니까?"

푸아로가 물었다.

배틀은 바로 대답하지 않고 머뭇거렸다.

"그렇게 말하기는 어렵습니다. 뭔가 있는 것 같은데…… 겁먹은 표정이 좀 수상쩍어요. 갑작스럽게 죽음을 목격하고 충격받은 거라고 하기엔 뭔가 이상하단 말이에요. 게다가 그 아가씨, 지나치게 경계하고 긴장하는 것이 수상해요. 틀림없이 뭔가 있습니다. 하지만 그것뿐이에요. 흠잡을 만한 게 없습니다."

그 말에 의기양양해진 올리버 부인이 숨을 깊이 들이마시고는 발표했다.

"그런데 그런 앤 메러디스가 누군가의 실수로 어떤 여자가 음독으로 죽었을 때 그 집에 있었단 말이죠."

부인의 얼굴에는 자신의 말이 가져온 파장을 한껏 음미하는 표정이 역력했다.

배틀 총경은 의자에서 휙 돌아앉아 놀란 얼굴로 부인을 쳐다보았다.

"그게 사실입니까, 올리버 부인? 어떻게 아셨죠?"

"그동안 탐정 노릇 하면서 발품 좀 팔았거든요. 나는 아가씨들과 금방 친해지는 편이에요. 두 아가씨를 찾아가서 로버츠 선생을 의심하는 척했죠. 로다라는 아가씨는 붙임성이 참 좋더군요. 게다가 내가 유명 인사라는 것에 꽤나 흥분하더라고요. 메러디스 양은 내가 찾아온 걸 못마땅하게 여겼고, 그걸 굳이 숨기려고 하지도 않았어요. 뭔가 꿍꿍이가 있다고 의심하는 눈치였죠. 숨길 게 없다면 왜 그러겠어요? 두 사람한테 런던에 오면 나를 보러 오라고 했는데, 로다 양만 왔어요. 와서 전부 털어놨죠. 앤이 나한테 무례하게 군 건 그날 내가 한 말 때문에 과거에 있었던 끔찍한 사건이 떠올라서 그런 거래나 뭐래나. 그러고는 어떤 사건인지 다 얘기하더라고요."

"언제 어디에서 있었던 일인지 얘기했습니까?"

"4년 전 데번셔에서였대요."

총경은 들리지 않게 나직이 중얼거리고는 수첩에 뭔가 적어 넣었다. 차분하고 무표정하던 얼굴에 동요하는 기색이 떠올랐다.

올리버 부인은 달콤한 승리의 기쁨을 의기양양하게 만끽했다.

"저 대신 런던 경시청 총경을 하셔도 되겠습니다, 부인. 오늘 저희에게 한 수 가르쳐 주시네요. 상당히 유용한 정보가 될 것 같습니다. 사소한 걸 놓치기가 얼마나 쉬운지 보여 주기도 하고요."

총경은 미간을 살짝 찌푸렸다.

"그런데 거기가 어딘지 몰라도 오래 있었을 리는 없어요. 길어 봐야 두어 달이었을 겁니다. 와이트 섬에서 지낼 때와 도스 양의 숙모 집에서 살기 시작했을 때 사이인 게 틀림없어요. 맞아요, 그럼 대충 들어맞는군요. 엘던 부인의 여동생은 메러디스 양이 데번서 어딘가로 갔다는 것밖에 기억 못 하더군요. 누구네로, 그리고 어느 지역으로 갔는지는 정확히 모르고 있었습니다."

"한 가지 궁금한 게 있습니다. 그 엘던 부인은 산만한 사람이었습니까?"

푸아로가 묻자 배틀은 호기심 어린 눈초리로 그를 쳐다보았다.

"그걸 물어보시다니 신기하군요, 무슈 푸아로. 어떻게 아셨는지 모르겠네요. 깔끔한 쪽은 그 여동생이었지요. 만나 얘기할 때 '우리 언니는 지독하게 산만하고 성급하다.'라고 했어요. 그런데 무슈 푸아로가 그걸 어떻게 아셨습니까?"

"가정부를 둔 것 때문이겠죠."

올리버 부인이 끼어들자, 푸아로는 고개를 저었다.

"아니, 그건 아닙니다. 별로 중요한 건 아닙니다. 그냥 궁금해서 물어보았을 뿐입니다. 계속하십시오, 배틀 총경."

"하여간 나는 메러디스 양이 와이트 섬에서 곧바로 도스 양의 숙모 댁으로 간 것으로 넘겨짚고 말았습니다. 그 아가씨 참 교활하네. 나를 감쪽같이 속였어. 내내 거짓말을 하면서."

"거짓말했다고 해서 반드시 죄가 있다고 할 수는 없습니다."

푸아로가 지적했다.

"그건 알고 있습니다, 무슈 푸아로. 거짓말을 숨 쉬듯 자연스럽게 하는 사람도 있으니까요. 사실 이 아가씨도 그런 부류인 것 같습니다. 가장 그럴듯하게 들릴 만한 얘기를 둘러대는 거죠. 그렇다 해도 이런 사실을 숨긴 건 위험을 감수하겠다는 뜻입니다."

"총경님이 과거의 범죄 사실을 전혀 모를 거라고 넘겨짚었겠죠."

올리버 부인이 말했다.

"그렇다면 더더욱 감출 이유가 없습니다. 진짜 사고사로 받아들였을 테니까요. 진짜 죄를 저지르지 않은 다음에야 걱정할 것도 없을 테고."

"데번셔에서 일어난 사건의 범인이 아니라면 총경님 말씀이 맞지요."

푸아로가 말했다.

배틀은 고개를 돌려 푸아로를 바라보았다.

"아, 무슨 말씀이신지 나도 압니다. 설령 그 사고가 타살로 밝혀지더라도, 메러디스 양이 셰이터나 씨를 죽였다고 할 수는 없지요. 하지만 이것도 어쨌든 살인은 살인입니다. 나는 범인들이 죄의 대가를 치르는 걸 두 눈으로 보고 싶다, 이겁니다."

"셰이터나 씨의 말에 따르면 그건 불가능합니다."

푸아로가 대뜸 말했다.

"로버츠 선생의 경우는 가능합니다. 메러디스 양의 경우는 두고 봐야겠군요. 내일 데번셔에 가 봐야겠습니다."

"데번셔 어딘지 아세요? 로다 양에게 더 자세한 건 물어보지 않았거든요."

올리버 부인이 물었다.

"아뇨, 잘하셨습니다. 찾기 어렵지는 않을 겁니다. 심리가 있었을 테니, 심리 보고서에 나와 있을 겁니다. 일상적인 업무나 마찬가지니 내일 아침이면 내 책상에 올라와 있을 겁니다."

"데스파드 소령은요? 그 사람에 대해서는 뭐 좀 알아냈나요?"

올리버 부인이 다시 물었다.

"레이스 대령의 보고를 기다리고 있었습니다. 물론 미행을 붙여 두긴 했습니다. 한 가지 재미있는 정보가 있는데, 소령이 월링포드에 있는 메러디스 양을 방문했답니다. 메러디스 양을 그날 밤에 처음 만났다고 한 거 기억합니까?"

"예쁜 아가씨니까 넘어갔나 보군요."

푸아로가 중얼거렸다.

배틀 총경은 웃음을 터뜨렸다.

"네, 그런 거겠죠. 그건 그렇고 데스파드 소령은 가만히 앉아 있지 않을 생각인가 봅니다. 벌써 변호사를 선임했답니다. 아무래도 문제가 생길 걸 예상하고 있는 것 같습니다."

"데스파드는 앞을 내다보는 사람이니까요. 모든 경우에 대비하는 사람이죠."

푸아로의 말에 배틀이 한숨을 내쉬고 말했다.

"따라서 허둥지둥 칼로 찌르고 도망갈 사람은 아니라는 말씀을 하려는 겁니까?"

"그 방법밖에 없다면 또 모르지요. 행동이 재빠르지 않습니까?"

배틀은 테이블 맞은편에 앉은 푸아로를 바라보았다.

"자, 그러면 무슈 푸아로가 가지고 있는 카드는 무엇입니까? 아직 테이블에 내놓지 않으셨지요?"

푸아로는 미소 지었다.

"내놓을 것도 없습니다. 제가 어떤 사실을 숨기고 있다고 생각하십니까? 그렇지 않습니다. 사실 알아낸 것이 많지 않습니다. 로버츠 선생과 로리머 부인, 데스파드 소령과 차례로 얘기해 봤지요. 메러디스 양은 이제 만나 봐야 하고요. 뭘 알아냈냐고요? 바로 이겁니다! 로버츠 선생은 굉장히 날카로운 관찰력을 가진 반면, 로리머 부인은 집중력이 놀라울 정도로 뛰어난 대신 집중하는 것 외에는 주변 상황을 거의 인식하지 못합니다. 하지만 꽃을 참 좋아하더군요. 데스파드는 관심 있는 것만 주의해서 봅니다. 카펫이나 사냥 전리품 따위에 관심이 많죠. 제가 외부적 시각이라고 부르는 것도 없더군요. (주변의 세세한 것들을 알아차리는 관찰력이 뛰어난 사람들에게서 볼 수 있지요.) 내부적 시각, 즉 한 가지에 주의를 집중하지도 않습니다. 스스로 한정된 것만 보기 때문에 자기 기호에 맞는 것만 눈에 들어오는 겁니다."

"알아낸 사실들이 그겁니까?"

배틀이 재미있다는 듯 물었다.

"그렇습니다. 사소하지만, 사실은 사실이죠."

"메러디스 양은요?"

"마지막으로 남겨 두었습니다. 하지만 마찬가지로 방에서 본 것 중에 기억나는 게 뭐냐고 물어볼 생각입니다."

배틀이 생각에 잠겨 말했다.

"접근하는 방식이 특이하군요. 순전히 심리적인 방법이에요. 용의자들이 당신을 속이면 어떡합니까?"

푸아로는 웃으며 고개를 저었다.

"그럴 수는 없습니다. 도와주려 하건 방해하려 하건 자신을 드러내게 마련입니다."

배틀이 여전히 생각에 잠겨 말했다.

"물론 그 방법으로 뭔가를 알아낼 수 있겠지요. 하지만 나는 그런 식으로는 수사 못 할 것 같습니다."

푸아로가 여전히 미소를 띠고 말했다.

"총경과 올리버 부인, 레이스 대령에 비해 저는 별로 한 게 없군요. 보아하니 제가 내놓은 카드는 끗수가 아주 낮은 것 같습니다."

배틀은 눈을 빛내며 대꾸했다.

"하지만 무슈 푸아로, 그 트럼프는 끗수는 낮지만 에이스 세 장을 물리칠 수 있지 않습니까? 그건 그렇고, 수사와 관련해서 한 가지 부탁할 게 있습니다."

"뭡니까?"

"럭스모어 교수의 미망인을 면담해 주셨으면 합니다."

"왜 직접 하지 않는 겁니까?"

"아까도 말했지만 나는 데번셔에 가 봐야 합니다."

"왜 직접 하지 않는 겁니까?"

푸아로가 재차 물었다.

"포기하지 않으시는군요. 좋아요, 사실대로 말하겠습니다. 나보다 무슈 푸아로가 더 많이 알아낼 것 같아서 그럽니다."

"제 방식이 더 우회적이라서요?"

"그렇게 말할 수도 있지요. 재프 경감이 무슈 푸아로를 두고 복잡한 심리를 가진 사람이라고 했다지요?"

배틀이 씩 웃으며 말했다.

"죽은 셰이터나 씨처럼요?"

"셰이터나 씨가 정말 럭스모어 부인에게서 뭔가를 캐냈을까요?"

푸아로가 천천히 대답했다.

"분명 뭔가 알아냈을 겁니다."

"왜 그렇게 생각하시죠?"

배틀이 날카롭게 물었다.

"데스파드 소령이 흘린 말 때문입니다."

"무심코 속을 드러낸 거로군요. 그답지 않네요."

"하지만 속을 드러내지 않는 것이 오히려 불가능하답니다. 그러려면 아예 입을 다물고 있어야 하거든요! 비밀을 드러내게 하는 가장 효과적인 무기는 바로 말을 하게 하는 겁니다."

"거짓말을 하더라도요?"

올리버 부인이 물었다.

"그렇습니다, 마담. 그 사람이 어떤 거짓말을 하는지 즉시 알 수 있거든요."

"듣다 보니 은근히 불편해지는군요."

이렇게 말하며 올리버 부인은 자리에서 일어났다.

배틀 총경은 부인을 문까지 바래다주고 악수를 했다.

총경이 말했다.

"부인이 오늘의 주인공이십니다. 그 키만 홀쩍 크고 호리호리한 라플란드(유럽 최북단 지역 ― 옮긴이) 탐정보다 훨씬 뛰어나시네요."

"정확히 말하면 핀란드인이에요. 그 사람이 좀 어리숙한 건 사실이지만, 그래도 사람들에게 인기가 많답니다. 그럼, 이만."

"저도 가 봐야겠습니다."

푸아로도 일어섰다.

배틀은 종이 쪽지에 주소를 적어 푸아로에게 건넸다.

"여기 있습니다. 가서 마음껏 구워삶아 보십시오."

푸아로가 미소 지으며 말했다.

"제가 뭘 알아냈으면 합니까?"

"럭스모어 교수의 죽음을 둘러싼 진상이요."

"몽 셰르(친애하는) 배틀! 대체 우리 중 한 사람이라도 진실을 알아내긴 한 건가요?"

"이번에 데번셔에 가서는 꼭 진실을 알아낼 작정입니다."

총경이 결의에 찬 목소리로 말했다.

"과연 그럴 수 있을지."

푸아로가 중얼거렸다.

럭스모어 부인의 증언

사우스켄싱턴에 있는 럭스모어 부인의 집 문을 연 하녀는 얼굴을 잔뜩 찌푸리고 못마땅한 듯 푸아로를 바라보았다. 집 안으로 들일 생각이 눈곱만큼도 없다는 기세였다.

푸아로는 아랑곳 않고 명함을 내밀었다.

"부인께 전해 주세요. 저를 만나겠다고 할 겁니다."

그것은 푸아로가 과시용으로 따로 만든 화려한 명함이었다. 한쪽에 '사립 탐정'이라는 글자가 새겨져 있는데, 여성들과 쉽게 면담하기 위해 특별히 새겨 넣은 것이었다. 거의 모든 여성이, 무죄를 증명하기 위해서건 혹은 다른 이유에서건, 이 사립 탐정이라는 사람을 직접 대면하고 그가 뭘 원하는지 알아내고 싶어 했다.

모욕적이게도 현관 앞에 그대로 남겨진 푸아로는, 덕지덕지 때가 낀 문고리를 경멸스러운 눈초리로 쳐다보며 중얼거렸다.

"세제하고 걸레만 있으면 되는 걸 이렇게……."

그때 숨을 헐떡이며 뛰어나온 하녀가 푸아로에게 안으로 들어오라고 알렸다.

푸아로는 시든 꽃과 비우지 않은 재떨이에서 나는 냄새가 배어 있는 어둑어둑한 2층의 어느 방으로 안내되었다. 선명한 진녹색 벽지에 천장을 가짜 청동으로 마감한 방에 화려한 색감의 실크 쿠션이 여기저기 잔뜩 널려 있었는데, 하나같이 세탁해야 하는 것들이었다.

벽난로 옆에 서 있던 키가 크고 매력적인 여성이 다가와 잔뜩 쉰 목소리로 말했다.

"무슈 에르퀼 푸아로?"

푸아로는 고개 숙여 인사했다. 평소와 사뭇 다른 태도였다. 조금 다른 정도가 아니라, 바로크 시대 신사들을 흉내 내듯 과장된 몸짓이었다. 어렴풋이, 아주 어렴풋이 죽은 셰이터나의 몸짓이 엿보였다.

"무슨 일로 나를 보자고 했지요?"

푸아로는 또 한 번 고개 숙이며 말했다.

"먼저 앉아도 되겠습니까? 이야기가 조금 길어질 것 같아서……."

부인은 조급하게 손을 흔들어 의자를 가리키고는 자신도 소파 끝에 걸터앉았다.

"그래, 무슨 일이죠?"

"그게 말입니다, 마담. 제가 어떤 사건을 조사하고 있는데…… 그게 개인적인 일이라서 말입니다. 이해하시겠습니까?"

푸아로가 느긋하게 이야기할수록 부인은 점점 더 조바심을 냈다.
"그래서요?"
"돌아가신 럭스모어 교수님의 죽음에 대해 조사하고 있습니다."
숨을 헉 하고 들이마신 부인의 얼굴에 놀란 기색이 역력했다.
"그게 무슨 뜻이죠? 그 일이 무슈 푸아로와 무슨 상관이 있죠?"
푸아로는 부인의 얼굴을 찬찬히 살핀 다음 말을 이었다.
"책을 쓰고 있습니다. 저명하신 럭스모어 교수님의 생애를 다룬 책이지요. 당연히 작가로서는 정확한 사실을 담고 싶습니다. 예를 들어 부군의 죽음에 얽힌 정황이라든가……."
럭스모어 부인이 말을 자르고 끼어들었다.
"남편은 열병으로 죽었어요. 아마존에서요."
푸아로는 몸을 젖혀 의자 등받이에 깊숙이 기댔다. 그리고 천천히, 아주 천천히 고개를 가로저었다. 지루하고 느린 움직임으로 조바심을 불러일으키려는 것이었다.
"마담……."
푸아로가 타이르듯 입을 열었다.
"사실이에요! 그때 내가 거기 있었으니까."
"네, 그러시겠죠. 부인께선 분명 그 자리에 계셨죠. 네, 제가 수집한 정보에 의하면 그렇다고 하더군요."
럭스모어 부인이 외쳤다.
"정보라니요?"
날카로운 눈빛으로 부인을 주시하며 푸아로가 대답했다.

"죽은 셰이터나 씨가 제공한 정보 말입니다."

그러자 부인은 채찍에 맞은 듯 뒤로 움찔 물러나 중얼거렸다.

"셰이터나라고요?"

"그렇습니다. 여러 가지 방대한 정보를 많이 가지고 있던 사람이지요. 대단한 사람입니다. 많은 비밀을 손에 쥐고 있었지요."

"그런가요?"

럭스모어 부인은 혀끝으로 바싹 마른 입술을 적셨다.

푸아로는 몸을 앞으로 숙이고 부인의 무릎을 가볍게 툭 쳤다.

"그 사람은 부군께서 열병으로 죽은 게 아니라는 것도 알고 있었습니다."

럭스모어 부인은 푸아로를 노려보았다. 그러나 그 눈에는 이제 숨길 수 없다는 절박한 심정이 담겨 있었다.

푸아로는 등을 의자에 기대고 부인의 반응을 살펴보았다.

럭스모어 부인은 가까스로 마음을 추스르고 대꾸했다.

"무슨 얘긴지 통 모르겠군요."

거짓말임이 뻔히 드러나는 대꾸였다.

"마담, 제가 먼저 털어놓겠습니다."

푸아로는 미소 지어 보이고는 말을 이었다.

"제가 가진 카드를 전부 내놓겠습니다. 부군은 열병으로 돌아가신 게 아닙니다. 총에 맞아 돌아가셨죠!"

"오!"

럭스모어 부인이 큰 소리로 내뱉었다.

그러고는 두 손으로 얼굴을 감싸고 몸을 들썩거렸다. 몹시 고통스러워하고 있었다. 하지만 마음 깊은 곳에서 그 고통을 은근히 즐기고 있음을 푸아로는 알 수 있었다.

"그러니 부인께서도 모든 걸 털어놓으시는 게 좋을 겁니다."

푸아로가 사무적인 투로 말했다.

럭스모어 부인은 얼굴에서 손을 떼고 말했다.

"무슈 푸아로가 생각하시는 그런 게 아니에요."

또 한 번 푸아로는 몸을 앞으로 숙이고 부인의 무릎을 툭 쳤다.

"제 말뜻은 그런 게 아니었습니다. 제 얘길 잘못 알아들으셨군요. 부인이 쏜 게 아니라는 건 저도 알고 있습니다. 총을 쏜 건 데스파드 소령이었죠. 하지만 그 원인은 부인 때문이었고요."

"모르겠어요. 저도 모르겠어요. 아마 그랬나 봐요. 정말 끔찍했어요. 마치 불운이 저를 따라다니는 것 같아요."

푸아로가 언성을 높였다.

"아, 정말 맞는 말입니다. 제가 그런 경우를 얼마나 많이 봤는지 아십니까? 그런 여자들이 있습니다. 어딜 가나 불행이 따라다니는 거죠. 하지만 그건 그 여자들 잘못이 아닙니다. 자신들도 어쩔 수 없는 일이지요."

럭스모어 부인은 숨을 깊이 들이쉬었다.

"이해하시는군요. 이해하신다는 걸 알겠어요. 정말 저도 모르게 일어난 일이었어요."

"함께 아마존 오지로 들어가셨죠?"

"네, 남편이 희귀 식물에 대해 책을 쓰고 있었거든요. 탐험을 해야 했는데 안내를 맡을 사람으로 그 지역을 잘 아는 데스파드 소령을 소개받았어요. 남편도 소령을 꽤 마음에 들어 해 우리 모두 함께 출발했죠."

침묵이 내려앉았다. 푸아로는 잠자코 있다가, 혼잣말하듯 중얼거렸다.

"그림이 그려지는군요. 굽이치는 강, 후끈한 열대의 밤, 웅웅거리는 이국의 벌레 소리, 강인하고 듬직한 남자, 그리고 아름다운 여인……."

럭스모어 부인은 한숨을 내뱉었다.

"남편은, 물론, 저보다 훨씬 나이가 많았어요. 저는 철이 들기도 전에 결혼했거든요……."

푸아로는 서글프다는 듯 고개를 저었다.

"압니다. 흔히 있는 일이니까요."

부인이 계속했다.

"우리 둘 다 우리에게 일어나고 있는 일을 외면하려 했어요. 존 데스파드는 한마디도 입 밖에 내지 않았어요. 명예를 지키는 사람이죠."

푸아로가 은근슬쩍 부추겨 보았다.

"하지만 여자들은 말하지 않아도 알게 마련이죠."

"맞아요…… 여자들은 그런 것을 알아차리게 마련이에요……. 하지만 저는 소령에게 내비치지 않았어요. 우리는 끝까지 데스파드 소령과 럭스모어 부인으로 지냈어요……."

부인은 새삼 소령의 고매한 처신에 감동한 나머지 잠시 할 말을 잃었다.

"그렇습니다. 어떤 상황에서도 정정당당하게 행동해야 옳지요. 옛 시인도 노래하지 않았습니까. '내가 당신을 덜 사랑하는 게 아니오. 정당함을 더 사랑할 뿐.'"

푸아로가 나직이 말했다.

"'명예를 더 사랑할 뿐'이에요."

부인이 미간을 살짝 찌푸리며 지적했다.

"아, 그렇죠. 명예지요. '명예를 더 사랑할 뿐.'"

"우리를 위해 쓰인 시나 다름없었어요. 아무리 괴로워도 우리는 그 운명적인 말을 절대 입 밖에 내지 않기로 굳게 결심했어요. 그런데……."

럭스모어 부인의 목소리가 가라앉았다.

"그런데요……?"

푸아로가 재촉했다.

"그 끔찍한 밤에……."

부인은 몸을 부르르 떨었다.

"무슨 일이 있었죠?"

"두 사람이 크게 싸운 모양이에요. 존과 티모시 말이에요. 제가 텐트에서 나왔을 때…… 텐트에서 나왔을 땐……."

"그래서요? 어떻게 됐나요?"

럭스모어 부인의 눈동자가 더욱 커지면서 어둡게 변했다. 마치 눈앞에서 그날 밤의 일이 되살아나는 것 같았다.

"제가 텐트에서 나왔을 때, 존과 티모시는……."

또 한 번 몸을 부르르 떨었다.

"정확하게 기억나진 않아요. 제가 두 사람 사이를 가로막으면서 이렇게 말했어요. '아니, 아니에요. 그건 사실이 아니에요!' 하지만 티모시는 듣지 않으려 했어요. 계속 존을 위협했죠. 존은 총을 쏠 수밖에 없었어요. 자기가 살기 위해서 말이에요. 아!"

부인은 신음을 토하며 손으로 얼굴을 감쌌다.

"죽어 버렸어요. 정신을 차렸을 땐 완전히 죽어 있었다고요. 총알이 심장을 관통한 거예요."

"괴로운 순간이었겠군요."

"죽어도 잊지 못할 거예요. 존은 자수하려고 했지만 제가 용납하지 않겠다고 했죠. 우리는 밤새 싸웠어요. '나를 위해 참아 줘요.' 저는 계속 이렇게 빌었어요. 결국 그 사람도 납득했지요. 제가 고통스러워하는 것을 두고 볼 수 없었던 거예요. 세상에 알려지면 얼마나 시끄럽게 떠들어 댈까. 이런 기사가 나가겠죠. '깊은 정글에 따로 떨어진 두 남자와 한 여자. 원초적 열정이 싹트다.'

제가 존에게 하나하나 설명했고, 존은 결국 뜻을 굽혔어요. 다른 사내들은 아무것도 보거나 듣지 못했죠. 그때 티모시에게 열병 증세가 조금 있었기 때문에, 우리는 그가 열병으로 죽었다고 했어요. 그리고 아마존 부근에 시신을 묻었죠."

고통 어린 깊은 한숨이 터져 나왔다.

"그러고는 문명 세계로 돌아와 영원한 이별을 고한 거예요."

"그래야만 했습니까, 부인?"

"그럼요. 티모시는 살아 있을 때만큼이나 무겁게 우리 사이를 가로막았어요. 오히려 살아 있을 때보다 더했지요. 우리는 영원히 안녕을 고했어요. 그러고 나서도 존 데스파드와 몇 번 마주치긴 했어요. 우리는 서로 미소를 짓거나 정중히 인사를 나누었죠. 어느 누구도 우리 사이를 눈치채지 못했을 거예요. 하지만 그 사람의 눈을 보면 알 수 있어요. 그 사람도 제 눈을 보면 알겠죠. 영원히 잊지 못하리라는 것을……."

오랜 침묵이 흘렀다. 푸아로는 원하는 자백을 이끌어 낸 자신의 연기에 소리 없는 찬사를 보냈다.

그러나 이내 럭스모어 부인이 화장품 상자를 꺼내 화장을 고치기 시작했고, 분위기는 깨져 버렸다.

"가슴 아픈 비극입니다."

말은 그렇게 했지만 푸아로는 이미 일상적인 말투로 돌아가 있었다.

"이제 아시겠죠, 무슈 푸아로? 진실이 알려지면 안 된다는 것을요."

럭스모어 부인이 진지하게 말했다.

"상당히 괴롭겠군요."

"절대로 알려져선 안 돼요. 그 친구분, 작가라는 분 말이에요. 설마 죄 없는 여자의 인생을 망치려 들지는 않겠죠?"

"죄 없는 남자를 교수대로 보내는 것도 안 될 말이죠."

푸아로가 중얼거렸다.

"그렇게 생각하신다니 기쁘군요. 그 사람은 죄가 없어요. 정념에 사로잡힌 죄는 진짜 범죄가 아니라고요. 게다가 그건 정당방위였어요. 쏠 수밖에 없었다고요. 이해하시겠죠, 무슈 푸아로? 세상 사람들이 티모시가 열병으로 죽었다고 믿게끔 내버려 둬야 한다는 것을요."

푸아로가 나직이 대꾸했다.

"작가라는 자들은 그런 일에 좀 냉담한 편이지요."

"그 친구분이 여자를 싫어하나요? 우리가 고통받길 원하는 거예요? 무슈 푸아로가 막아 주셔야 해요. 제가 용납하지 않겠어요. 필요하다면 제가 죄를 뒤집어쓰겠어요. 제가 티모시를 쐈다고 할 거예요."

럭스모어 부인은 어느새 자리에서 일어나 고개를 뒤로 젖히고 열변을 토하고 있었다.

푸아로도 따라 일어나, 부인의 손을 잡고 조용히 말했다.

"마담, 그런 고귀한 희생을 할 필요는 없을 듯합니다. 사실이 알려지지 않도록 최선을 다하겠습니다."

부드러운 미소가 럭스모어 부인의 얼굴에 떠올랐다. 부인은 손을 슬쩍 들어 올렸고, 푸아로는 원하건 원하지 않건 그녀의 손등에 입을 맞추어야 했다.

"불행한 한 여자가 마음 깊이 감사드립니다, 무슈 푸아로."

그것은 박해받던 여왕이 권좌에서 물러나며 총애하는 신하에게 던지는 마지막 말이었다. 무대의 퇴장을 알리는 대사임을 눈치챈 푸아로는 얼른 자리에서 물러났다.

거리로 나오자마자 푸아로는 신선한 공기를 한껏 들이마셨다.

데스파드 소령

"켈르 꽘므(대단한 여자야). 세 포브르 데스파드(불쌍한 데스파드)! 세 퀼 아 뒤 수프리르(얼마나 괴로웠을까)! 켈 보야주 에푸방타블(얼마나 끔찍한 여행이었을까)!"

에르퀼 푸아로는 중얼거리다가 갑자기 웃음을 터뜨렸다.

브롬프턴로(路)를 걷고 있던 푸아로는 멈춰 서서 시계를 들여다보며 속으로 계산했다.

'아직 시간이 있군. 조금 기다린다고 그 친구에게 해될 건 없겠지. 이 일을 먼저 처리해야겠어. 경시청의 내 친구가 벌써 40년째 허구한 날 부르던 노래가 뭐였더라? '새에게 설탕 한 덩이를', 뭐 이런 가사였던가?'

오래전 유행했던 노래를 흥얼거리면서 에르퀼 푸아로는 여성 의류와 장식물을 주로 취급하는 호화로운 상점으로 들어가 스타킹 매대로 갔다.

푸아로는 오만해 보이는 아가씨 대신 인정 많게 생긴 점원에게 자신이 원하는 물건을 보여 달라고 했다.

"실크 스타킹이요? 어머, 그럼요. 아주 좋은 상품이 들어왔어요. 100퍼센트 실크예요."

푸아로는 점원이 보여 주는 것을 마다하고, 다시 한번 능숙하게 원하는 것을 설명했다.

"프랑스제 실크 스타킹 말씀이죠? 아시겠지만 관세가 붙어서 상당히 비싼데요."

점원은 새로 가져온 상자들을 진열대에 한가득 올려놓았다.

"아주 예쁘군요, 마드무아젤. 하지만 내가 생각한 건 이것보다 더 고운 실크인데."

"이것도 100퍼센트 실크예요. 물론 이것보다 더 좋은 최고급 물건이 있긴 하죠. 하지만 조금 고가라 한 켤레에 35실링 정도 해요. 게다가 내구성도 떨어지죠. 거미줄만큼이나 약하거든요."

"세 사(그래요). 세 사, 에그작트망(바로 그거예요)."

젊은 아가씨는 더 오래 자리를 비웠다.

마침내 돌아온 아가씨는 물건을 내놓으며 말했다.

"알고 보니 한 켤레에 37실링 6펜스네요. 하지만 정말 아름답죠?"

그러면서 얇은 종이 포장지에서 조심스럽게 꺼낸 것은, 지금까지 본 것 중 가장 결이 곱고 가장 얇은 스타킹이었다.

"앙펭(드디어), 바로 이겁니다!"

"너무 예쁘죠? 몇 켤레나 드릴까요?"

"가만있자, 열아홉 켤레 주세요."

계산대 뒤에 서 있던 어린 점원은 놀라 거의 쓰러질 뻔했다. 그러나 어떤 상황에서도 냉정함을 잃지 않는 훈련을 오랫동안 받아 온 터라 꼿꼿이 버틸 수 있었다.

"두 다스 하시면 할인해 드려요."

점원은 눈치를 보며 슬며시 말했다.

"아니요, 열아홉 켤레면 됩니다. 여러 가지 색으로 챙겨 주세요."

점원은 말없이 물건을 챙겨 곱게 포장한 뒤 영수증을 뽑았다.

물건을 챙겨 들고 나가는 푸아로의 등 뒤에서, 옆에 있던 다른 아가씨가 속삭였다.

"저걸 받게 될 행운의 아가씨는 누굴까? 저 사람 젊은 여자만 상대하는 음흉한 노인네가 틀림없어. 뭐, 여자 쪽도 있는 대로 뽑아내는 모양이네. 한 켤레에 37실링 6펜스나 하는 스타킹을 무더기로 사 주는 것 좀 봐!"

하비 로빈슨 씨 가게의 젊은 아가씨들이 자신을 저열한 늙은이라고 말하는 소리를 전혀 듣지 못한 채, 푸아로는 가벼운 걸음으로 집에 돌아왔다.

30분쯤 지났을까. 현관 벨이 울렸다. 몇 분 후 데스파드 소령이 방으로 들어왔다.

화를 간신히 참고 있는 표정이었다.

"대체 무슨 생각으로 럭스모어 부인을 찾아간 겁니까?"

소령이 따져 물었다.

푸아로는 미소 지으며 대답했다.

"럭스모어 교수의 죽음에 대해 진실을 알고 싶어서입니다."

"진실이요? 그 여자가 진실을 말할 정신이 있다고 보십니까?"

데스파드 소령은 몹시 화난 목소리로 다그쳤다.

"에 비엥(그래요), 저도 그 점이 궁금하긴 했습니다."

푸아로가 순순히 인정했다.

"무슈 푸아로라면 눈치챘을 텐데요? 그 여자는 제정신이 아니에요."

푸아로는 그 말에 난색을 표했다.

"그렇지 않습니다. 그저 낭만적인 여자일 뿐이에요."

"낭만이고 뭐고 필요 없습니다. 그 여자는 구제 불능의 거짓말쟁이입니다. 심지어 가끔은 자기 거짓말에 자기가 빠져들어 사실이라고 믿는다니까요."

"그럴 수도 있습니다."

"소름 끼치는 여자예요. 그 여자와 함께 있는 동안 마치 지옥에 있는 것 같았습니다."

"그 또한 믿을 만한 얘기군요."

데스파드는 의자에 털썩 주저앉았다.

"보십시오, 무슈 푸아로. 내가 진실을 말씀드리겠습니다."

"소령이 만들어 낸 진실 말입니까?"

"내 말이 진실입니다."

푸아로가 대답하지 않자, 데스파드는 무덤덤하게 말했다.

"지금 와서 진실을 밝힌다 한들 득이 될 게 없다는 거, 나도 잘 압니다. 하지만 지금 와서 이렇게 얘기하는 이유는, 이 상황에서 별다른 도리가 없기 때문입니다. 믿든 말든 그건 무슈 푸아로에게 달렸습니다. 내 얘기가 사실이라는 증거는 없으니까요."

소령은 잠시 숨을 고르더니 이야기를 시작했다.

"럭스모어 부부의 탐험 여행을 준비한 건 나였습니다. 럭스모어 교수는 이끼와 식물 같은 것에 푹 빠진 서글서글한 노인네였죠. 그런가 하면 럭스모어 부인은…… 보셨으니 잘 아시겠죠. 그 여행은 한마디로 악몽이었습니다. 나는 부인에게 눈곱만큼도 호감을 가지고 있지 않았습니다. 솔직히 말하면, 오히려 싫어했지요. 항상 모든 일에 지나치게 감정적이어서 주변 사람을 짜증 나고 성가시게 만드는 여자였어요. 처음 2주일은 모든 게 순조로웠죠. 그런데 우리 모두 열병에 걸린 겁니다. 부인과 나는 증세가 미미했지만, 럭스모어 씨는 상당히 심했어요. 어느 날 밤, 여기서부터 잘 들으셔야 합니다, 텐트 밖에 앉아 있는데, 갑자기 저만치에서 럭스모어 씨가 휘청거리며 강가 덤불로 뛰어드는 거예요. 열에 들떠 제정신이 아니었고 자기가 뭘 하는지도 모르는 것 같았어요. 몇 발짝만 더 가면 강물에 빠질 기세였습니다. 게다가 그 지점에서는 물에서 끄집어낼 수도 없었지요. 쫓아가서 말릴 틈이 없었어요. 할 수 있는 건 한 가지뿐이었죠. 평소처럼 바로 옆에 둔 라이플총을 집어 들었죠. 내 사격 실력은 꽤 수준급입니다. 다리를 맞춰 넘어뜨릴 자신이 있었어요. 그런데 막 쏘려는 순간 난데없이 그 멍청한 여자가 튀어나와 나를 덮치면서 '쏘지 마세요. 제발 쏘지 마세요.'라고 소리 지르는 거예요. 그러면서 총알이 발사되는 순간 내 팔을 확 잡아당긴 겁니다. 결국 총알이 럭스모어 씨의 등을 관통하고 말았죠!

정말이지 그렇게 머리가 하얘진 순간은 내 생전 처음이었습니다. 게다가 그 멍청한 여자는 자기가 무슨 짓을 저질렀는지도 모르는 거예요. 자기 때문에 남편이 죽은 줄은 까맣게 모르고, 내가 그 노인네를 쏴 죽이려 했다고 굳게 믿고 있지 뭡니까. 그것도 내가 자기를 사랑한 나머지 그랬다고 생각하는 거예요! 거기서 우리 둘은 옥신각신했습니다. 부인은 남편이 열병으로 죽은 걸로 하자고 우기더군요. 자신이 얼마나 엄청난 짓을 저질렀는지 모르는 부인이 참 딱해 보였습니다. 진실이 알려져 대가를 치른다 해도 깨닫게 만들었어야 하는데! 하지만 내가 자기한테 완전히 빠져 있다고 굳게 믿고 있다는 걸 알게 된 순간, 뒤통수를 맞은 것 같더군요. 그런 얘기를 여기저기 떠들고 다니면 훨씬 더 난처해질 게 뻔했어요. 그래서 원하는 대로 해 주기로 했죠. 골치 아픈 일을 피하려고만 했다는 걸 인정합니다. 결국엔 이러나저러나 큰 차이가 없어 보이더군요. 열병이든 사고사든 말입니다. 잘 알지도 못하는 여자를 고통스럽게 하고 싶지 않았습니다. 아무리 바보 같은 여자라도 말입니다. 다음 날 교수가 열병으로 죽었다고 알리고 그를 묻었습니다. 짐꾼들은 물론 진실을 알고 있었지만 모두 나에게 헌신적인 사람들이었습니다. 필요하면 비밀을 지키겠다고 맹세할 수 있는 사람들이었죠. 그렇게 불쌍한 럭스모어 교수를 묻고 우리는 귀국했습니다. 그때부터 상당히 오랜 시간 부인을 피해 다녔죠."

데스파드 소령은 잠시 멈추었다가 조용히 말했다.

"이게 전부입니다, 무슈 푸아로."

푸아로는 천천히 대꾸했다.

"그날 밤 저녁 식사에서 셰이터나 씨가 말한 사건이, 아니면 셰이터나 씨가 말하는 거라고 생각한 사건이 바로 이겁니까?"

데스파드는 고개를 끄덕였다.

"럭스모어 부인한테 들은 게 틀림없습니다. 그 여자한테 그런 얘기를 끄집어내는 것쯤이야 식은 죽 먹기죠. 셰이터나가 즐겼을 만한 얘기고요."

"셰이터나 씨 같은 사람이 알면 위험한 얘기였군요. 특히 당신한테는."

데스파드는 어깨를 으쓱했다.

"셰이터나 따위 한 번도 두려워한 적 없습니다."

푸아로는 아무 말도 하지 않았다.

데스파드가 낮은 목소리로 말을 이어 갔다.

"이 말도 믿고 안 믿고는 무슈 푸아로 마음입니다. 셰이터나를 죽일 만한 이유가 된다는 건 인정해야겠군요. 자, 이제 진실을 말했으니 믿거나 말거나 마음대로 하십시오."

푸아로가 한 손을 내밀며 말했다.

"믿겠습니다, 데스파드 소령. 남아메리카에서 일어난 일이 소령이 말한 그대로라는 걸 믿습니다."

데스파드의 표정이 밝아졌다.

"고맙습니다."

그는 짧게 대답하고 푸아로가 내민 손을 덥석 잡았다.

콤비커에서 찾아낸 증거

얼굴이 상기된 하퍼 경위는 콤비커 경찰서를 방문한 배틀 총경에게 붙임성 있는 데번셔 사투리로 느릿느릿 이야기했다.

"그때 얘기한 그대로입니다, 총경님. 수사는 순조롭게 진행되는 것 같았죠. 의사 양반도 의심스러운 점은 없다고 했고 모두 만족했습니다. 만족 못 할 게 뭐 있겠습니까?"

"병 두 개에 관해 다시 말해 주게. 정확한 사실을 알고 싶네."

"하나는 무화과 시럽이었죠. 병에 붙은 상표가 그랬습니다. 늘 두고 먹은 것 같았습니다. 그것 말고 부인이 쓰던 모자용 페인트 병이 있었어요. 아니, 그 말동무 아가씨가 쓴 거라고 해야 하나? 정원용 모자에 밝게 칠하는 겁니다. 페인트가 많이 남아 있었는데 병이 깨져서 벤슨 부인이 '오래된 병에 옮겨 담아. 무화과 시럽 병에.'라고 직접 지시했습니다. 네, 그렇게 말했습니다. 하인들이 다 들었거든요. 그 메러디스 양인가 하는 아가씨랑 하녀, 가정부의 말이 모두 일치했습니다. 페인트를 무화과 시럽 병에 담아 욕실 맨 꼭대기 선반, 다른 잡동사니 틈에 올려놓았다고요."

"라벨을 다시 붙이지는 않았나?"

"아뇨, 경솔하게도 말이죠. 검시관도 그 점을 지적했습니다."

"계속하게."

"사건 당일 희생자는 욕실에서 무화과 시럽 병을 꺼내 양껏 덜어 마셨습니다. 그러고는 곧바로 실수를 알아차리고 의사를 불렀습니다. 의사가 외진을 나간 바람에, 한참 후에야 데려올 수 있었답니다. 최선을 다했지만 결국 부인은 숨을 거두었죠."

"본인도 사고라고 믿었나?"

"그럼요. 모두 사고로 여겼습니다. 원래 있던 자리가 뒤바뀐 게 분명합니다. 하녀가 먼지를 털고 나서 잘못 바꿔 놓은 게 아닐까 했지만, 하녀는 부인하더군요."

배틀 총경은 입을 다물고 생각에 빠졌다. 이 얼마나 쉬운가. 병이 놓여 있던 자리를 슬쩍 바꿔 놓기만 하면 되니 말이다. 그런 실수는 어떻게 된 일인지 밝혀내기가 힘들다. 아마 장갑을 끼고 했을 것이다. 그렇지 않더라도 마지막으로 묻은 지문은 벤슨 부인 본인의 것일 터였다. 너무나 쉽고, 너무 간단했다. 하지만 어찌 됐건 살인은 살인이었다. 그야말로 완전범죄였다.

하지만 이유가 뭘까? 그 질문이 여전히 총경을 괴롭혔다. 왜 그랬을까?

"그 젊은 말동무 아가씨 있잖나? 메러디스 양이라고. 혹시 벤슨 부인의 죽음으로 유산을 받진 않았나?"

하퍼 경위는 고개를 저었다.

"아닙니다. 그 집에는 겨우 6주 정도 머물렀을 뿐입니다. 오래 머물기 힘들었죠. 젊은 아가씨들은 하나같이 짧게 머물다 떠났습니다."

배틀은 여전히 의문을 풀 수 없었다. 젊은 아가씨들은 오래 머물지 않았다. 대하기 힘든 부인이었던 모양이었다. 하지만 앤 메러디스가 그곳에서 지내기 힘들었다면, 그냥 다른 아가씨들처럼 떠나면 그만 아닌가. 죽일 필요까진 없었다. 순전히 아무런 이유 없이 앙심을 품은 게 아니라면 말이다. 총경은 고개를 저었다. 그런 추리는 왠지 들어맞지 않았다.

"벤슨 부인의 유산을 물려받은 게 누구였나?"

"모르겠습니다, 총경님. 조카들이 받은 것 같은데요. 하지만 큰 액수는 아니었을 겁니다. 여럿이 나눠 가졌으니까요. 게다가 부인의 수입은 대부분 연금이었다고 들었습니다."

그럼 거기에도 동기가 될 만한 건 없는 셈이다. 하지만 벤슨 부인은 사망했고, 앤 메러디스는 그 당시 콤비커에 있었다는 말을 하지 않았다.

모든 게 만족스럽지 못했다.

총경은 인내심을 가지고 계속 조사해 나갔다. 의사의 진술은 명확하고 단호했다. 사고사가 아니라고 할 만한 이유가 없다는 것이었다. 의사는 앤 메러디스의 이름을 기억하지는 못했지만 그 아가씨가 마음씨 곱고 딱하게도 의지할 곳 없는 처녀였는데, 당시 큰 충격을 받고 몹시 괴로워했다고 했다.

그 후 총경은 교구 목사를 만났다. 목사는 벤슨 부인이 마지막으로 고용한 말동무를 똑똑히 기억했다. 착하고 정숙해 보이는 아가씨였다고 했다. 벤슨 부인은 딱히 대하기 어려운 건 아니었고, 다만 젊은 사람들을 조금 엄하게 대했다고 했다. 부인은 고지식한 기독교인이었다.

배틀 총경은 그 외 한두 명을 더 만났지만 소득이 없었다. 앤 메러디스를 기억하는 사람이 별로 없었던 것이다. 그곳에 몇 달밖에 살지 않았고, 성격이 그다지 튀지 않아서 인상이 오래 남지 않았던 것이다. '착한 아가씨'라는 게 그나마 공통된 기억이었다.

그에 반해 죽은 벤슨 부인에 대해선 누구나 기억했다. 자기만 옳다고 생각하는 돌격대 같은 여자, 말동무 해 주는 아가씨들을 못살게 괴롭히고 걸핏하면 하인들을 갈아 치우는 안주인, 성미 고약한 여자라고. 하지만 그게 다였다.

배틀 총경은 어떤 알 수 없는 이유로 앤 메러디스가 자신을 고용한 부인을 살해했다고 굳게 믿으며 데번셔를 떠났다.

실크 스타킹의 증거

배틀 총경이 탄 기차가 영국을 동쪽으로 가로지르는 동안, 앤 메러디스와 로다 도스는 에르퀼 푸아로의 집 거실에 앉아 있었다.

앤은 그날 아침 우편으로 도착한 푸아로의 초대를 거절하려고 했지만, 로다의 설득으로 결국 고집을 꺾었다.

"앤, 넌 겁쟁이야. 그래, 겁쟁이. 그렇게 외면해 봤자 좋을 거 하나 없어. 살인 사건은 일어났고, 너는 용의자 중 한 명이야. 혐의가 가장 적어 보이기는 하지만."

"그게 가장 안 좋은 거야. 가장 아닐 것 같은 사람이 항상 범인으로 밝혀지잖아."

앤이 농담 투로 말했다.

로다는 앤의 말에 아무런 대꾸도 하지 않고 하던 말을 계속했다.

"아무튼 너도 용의자는 용의자야. 상관없는 척 인상만 쓰고 있어

봤자 득 될 게 없다니까."

"나랑 상관없는 건 사실이잖아. 경찰이 어떤 걸 물어보든 대답할 준비가 돼 있어. 하지만 이 에르퀼 푸아로라는 사람은 경찰이 아니잖니."

앤이 주장했다.

"그렇다고 피하려고만 하면 그 사람이 너를 어떻게 보겠어? 죄책감 때문에 일부러 피하는 거라고 생각할 거 아냐."

"죄책감 같은 건 없어."

앤이 차갑게 말했다.

"앤, 그건 나도 알아. 너는 곧 죽어도 다른 사람을 못 죽일 애야. 하지만 고약하고 의심 많은 외국인들은 그런 걸 모를 거 아니니? 내 생각엔 잠자코 가는 게 좋을 것 같아. 안 그러면 여기까지 찾아와서 하인들한테 이것저것 캐내려고 할 거야."

"우린 하인이 없잖아?"

"애스트웰 부인이 있잖니! 상대가 누구건 아무 말이나 해 댈걸! 자 앤, 어서 가자. 오히려 재미있을 거야."

"도대체 나를 왜 보자고 하는지 모르겠네."

앤은 고집스럽게 중얼거렸다.

"경찰한테 한 방 먹이려고 하는 거지. 아마추어 탐정들은 늘 그래. 런던 경시청 경관들이 전부 머리를 장식으로 달고 다니는 줄 안다니깐."

로다가 답답하다는 듯 말했다.

"푸아로라는 사람, 머리가 좋은 것 같던?"

"셜록 홈즈만큼은 아닌 것 같던데. 아마 전성기 때는 이름깨나 날렸겠지. 하지만 이젠 노망난 늙은이 같아. 적어도 예순은 돼 보이더라. 서둘러, 앤. 어서 가서 노인네 상대해 주고 오자고. 다른 세 명에 관해 끔찍한 얘기를 들려줄지도 모르잖아."

"알았어."

대답하고 나서 앤은 한마디 덧붙였다.

"너 이 일을 너무 즐기는 것 같다, 로다."

"나한테 해될 게 없어서 그런가 보지. 넌 참 바보야, 앤. 기회를 엿보다가 약삭빠르게 굴었으면, 남은 인생을 공작 부인처럼 편하게 살 텐데."

그렇게 해서 그날 오후 3시 로다 도스와 앤 메러디스는 깔끔하게 정돈된 푸아로의 집 거실에 다소곳이 앉아 구식 찻잔에 따라 준 블랙베리 시럽을 홀짝이며(둘 다 싫어했지만 차마 예의상 거절하지 못했다.) 앉아 있었다.

"이렇게 제 부탁에 응해 주다니 마음이 너그러우십니다, 마드무아젤."

푸아로가 말했다.

"어떤 식으로든 도울 수 있다면 저도 기쁘지 않겠어요?"

앤이 낮은 목소리로 애매하게 대꾸했다.

"사실 이건 기억력이 필요한 일입니다."

"기억력이요?"

"네. 이미 똑같은 질문을 로리머 부인과 로버츠 선생, 데스파드 소령에게도 했습니다. 그런데 셋 중에 아무도 내가 원하는 대답을 못 하지 뭡니까."

앤은 호기심에 찬 눈빛으로 푸아로를 계속 바라보았다.

"마드무아젤이 그날 밤 셰이터나 씨 댁 응접실을 다시 한번 떠올려 주었으면 합니다."

앤의 얼굴에 지겨운 기색이 잠시 떠올랐다가 사라졌다. 이 악몽에서 언제쯤 벗어날 수 있을까?

푸아로는 그 표정을 놓치지 않았다.

"세 페니블, 네 스 파(괴로우시겠지요, 그렇지 않습니까)? 당연합니다. 젊은 사람이 난생처음 그런 끔찍한 일에 얽히게 되었으니. 아마 그런 끔찍한 죽음은 들어 보지도 못했겠지요."

로다의 두 발이 불안하게 움쩍거렸다.

앤이 물었다.

"어떻게 하라는 거죠?"

"그날로 돌아가 보십시오. 그 방에서 본 것 중 기억나는 게 있습니까?"

앤은 의아한 표정으로 푸아로를 쳐다보았다.

"무슨 말씀이신지?"

"의자나 테이블, 장식품, 벽지, 커튼, 불쏘시개 같은 것들 말입니다. 뭔가 보기는 봤을 거 아닙니까? 본 것들을 있는 그대로 말해 줄 수 있겠습니까?"

"아, 알겠어요."

앤은 얼굴을 찌푸리고 잠시 뜸을 들였다.

"어렵네요. 별로 기억나는 게 없어서요. 벽지가 어땠는지는 전혀 기억나지 않고요. 벽이 눈에 띄지 않는 색으로 칠해져 있었던 것 같아요. 바닥에는 카펫이 깔려 있었고, 피아노가 한 대 있었어요."

그러고는 고개를 흔들었다.

"더 이상은 기억이 안 나요."

"좀 더 애써 보세요, 마드무아젤. 장식품이나 골동품 한두 개 정도는 기억나지 않나요?"

앤이 천천히 말했다.

"그러고 보니 이집트 장신구가 있었네요. 창가에 있었어요."

"아, 맞아요. 작은 단검이 놓여 있던 테이블 정반대편 구석에 있었지요."

앤이 푸아로를 빤히 쳐다보다 대꾸했다.

"그게 어느 테이블에 있었는지는 모르겠어요."

푸아로는 속으로 중얼거렸다.

'파 시 베트(그렇게 멍청하진 않군). 하지만 에르퀼 푸아로도 바보는 아니라고! 내가 그렇게 뻔한 피에주(함정)를 놓을 사람이 아니라는 걸 모르는군!'

그리고 겉으로는 이렇게 말했다.

"이집트 장신구라고 했나요?"

앤은 조금 전보다 의욕적으로 대답했다.

"네, 몇 개는 정말 아름다웠어요. 푸른색과 붉은색이었죠. 에나멜을 입힌 것도 있었고요. 예쁜 반지도 두어 개 있었어요. 갑충석도 있었고요. 하지만 저는 갑충석을 별로 안 좋아해요."

"셰이터나 씨는 대단한 수집가였지요."

푸아로가 중얼거렸다.

"맞아요, 굉장한 수집가였던 모양이에요. 수집품이 방에 하나 가득이었어요. 제대로 보려면 몇 날 며칠이 걸릴 정도였지요."

앤이 동조했다.

"그럼 그것 외에 특별히 눈에 띈 물건은 없었습니까?"

앤은 희미하게 미소 지으며 말했다.

"물을 갈아 줄 때가 한참 지난 꽃병에 국화 한 다발이 꽂혀 있었던 기억이 나요."

"아, 그렇죠. 하인들이 그런 걸 꼬박꼬박 챙기지는 않더군요."

푸아로가 잠시 말이 없자, 앤이 머뭇거리며 말했다.

"원하시던 대답을 못 드려 죄송하군요."

푸아로는 따뜻한 미소를 지었다.

"마음 쓸 거 없어요, 몽 앙팡(아가씨). 별로 기대 안 했으니까. 그건 그렇고 최근에 데스파드 소령을 만난 적이 있나요?"

푸아로는 앤의 얼굴이 다홍색으로 달아오르는 것을 알아챘다.

"며칠 후에 저희 집에 다시 오겠다고 했어요."

앤이 대답하기 무섭게 로다가 끼어들었다.

"그 사람은 범인이 아니에요! 앤이랑 나는 확신해요."

푸아로는 장난스러운 눈빛으로 말했다.

"행운의 사나이로군요. 매력적인 두 아가씨가 결백을 확신해 주니 말입니다."

'맙소사! 또 프랑스 사람처럼 굴려고 하잖아. 정말 듣고 있기 민망하다니까.'

로다는 이런 생각을 하며 일어서서 벽에 걸린 에칭 작품들을 감상했다.

"정말 근사한데요?"

"봐 줄 만하지요?"

푸아로는 로다의 말에 대꾸해 주고는 앤을 보면서 잠시 머뭇거리다 마침내 입을 열었다.

"마드무아젤, 큰 부탁 하나 들어주셨으면 하는데…… 아, 살인 사건과는 상관없는 일입니다. 개인적인 일이지요."

앤은 조금 놀란 기색이었다. 푸아로는 조금 쑥스러운 몸짓으로 말을 이었다.

"크리스마스가 다가오고 있지 않습니까? 조카딸들과 그 딸들에게 줄 선물을 준비했는데, 요즘 젊은 아가씨들이 어떤 걸 좋아할지 몰라 고르기가 여간 어렵지 않더군요. 이거야 원, 제 취향은 너무 구식이라 못 쓰겠어요."

"어떤 걸 준비하셨는데요?"

앤이 상냥하게 물었다.

"실크 스타킹입니다. 그걸 주면 좋아할까요?"

"그럼요, 스타킹은 어떤 경우에도 무난한 선물이에요."

"덕분에 한시름 놓았습니다. 부탁이란 게 이겁니다. 여러 가지 색으로 사긴 했는데, 한 열대여섯 켤레 되거든요. 한번 보시고 가장 예쁜 걸로 여섯 켤레만 골라 주시겠습니까?"

"얼마든지요."

앤이 가볍게 웃으며 자리에서 일어섰다.

푸아로는 앤을 벽감 안 테이블로 안내했다. 테이블에는 서로 묘하게 어울리지 않는 물건들이 놓여 있었다. 그것들을 에르퀼 푸아로만의 정돈법으로 늘어놓았다는 걸 앤이 알 턱이 없었다. 뒤죽박죽 쌓여 있는 스타킹 더미와 모피를 덧댄 장갑 여러 짝, 달력과 사탕과자 상자 들이 보였다.

"저는 선물을 아 라방스(일찌감치) 보내 버린답니다. 자, 마드무아젤, 이 스타킹 중에 여섯 켤레만 골라 주세요."

그러고는 뒤로 돌아서서 따라온 로다를 가로막았다.

"아가씨에게는 조금 다른 선물을 보여 드리지요. 마드무아젤 메러디스는 달가워하지 않을 선물이지요."

"뭔데요?"

로다가 큰 소리로 묻자 푸아로는 목소리를 낮췄다.

"칼입니다, 마드무아젤. 열두 명이 한 남자를 찔러 죽이는 데 사용한 것이지요(애거서 크리스티의 작품 『오리엔트 특급 살인』의 내용—옮긴이). 콩파니 앵테르나시오날 데 바공 리(오리엔트 특급열차를 운영한 회사—옮긴이)에서 기념으로 준 겁니다."

"끔찍해라."

앤이 외쳤다.

"와우! 보여 주세요."

로다가 외쳤다.

푸아로는 로다를 다른 방으로 데려가면서 계속 이야기했다.

"콩파니 앵테르나시오날 데 바공 리에서 나한테 그것을 준 이유는……."

두 사람은 거실을 나갔다가 3분 후에 돌아왔다. 앤이 다가오며 말했다.

"이 여섯 개가 제일 예쁘네요, 무슈 푸아로. 이 두 개는 어두운색으로 적당하고, 이건 밝은색이라 여름에 신으면 햇살을 받아 아주 환하고 예뻐 보일 거예요."

"밀 레메르시망(대단히 감사합니다), 마드무아젤."

푸아로가 블랙베리 시럽을 더 마시겠냐고 권했으나 두 사람은 거절했다. 세 사람은 다정하게 이야기하면서 마침내 문까지 이르렀다.

두 사람이 떠나자마자 푸아로는 거실로 돌아와 곧장 물건이 쌓여 있는 테이블로 갔다. 스타킹 더미는 조금 전과 마찬가지로 뒤죽박죽이었다. 푸아로는 앤이 골라 놓은 여섯 켤레를 확인한 다음 나머지를 세어 보았다.

낮에 사 온 스타킹은 총 열아홉 켤레였는데, 남아 있는 것은 전부해서 열일곱 켤레였다.

푸아로는 천천히 고개를 끄덕였다.

제외된 세 명의 살인자

런던에 도착하자마자 배틀 총경은 곧장 푸아로를 찾아갔다. 앤과 로다가 집으로 돌아간 지 한 시간이 지난 뒤였다.

총경은 다른 말은 하지 않고 곧바로 데번셔에서 알아낸 것들을 자세히 이야기했다.

"제대로 맞힌 겁니다. 확실해요."

총경이 결론을 내리고는 덧붙였다.

"셰이터나 씨가 암시한 게 그거였어요. '집에서 일어난 사고' 운운한 거요. 그런데 이해가 안 되는 건 동기입니다. 도대체 왜 부인을 죽인 걸까요?"

"그건 제가 설명할 수 있을 것 같습니다, 친구."

"말씀하십시오, 무슈 푸아로."

"오늘 오후에 작은 실험을 하나 해 봤습니다. 메러디스 양과 그 친구를 여기로 불러 그날 밤 브리지 게임을 했던 방에 어떤 물건들이 있었는지 물어봤습니다."

배틀은 호기심 어린 눈으로 푸아로를 바라보았다.

"그 질문에 너무 집착하시는군요."

"유용하기 때문입니다. 많은 걸 말해 주지요. 마드무아젤 메러디스는 의심이 많은 아가씨예요. 조금 많은 정도가 아니라 굉장히 많습니다. 아무것도 있는 그대로 받아들이지 않아요. 그러니 엉큼한 에르퀼 푸아로 이 양반이 속임수를 쓴다고 생각했겠죠. 어설프게 덫을 놓았다고 넘겨짚은 거에요. 메러디스 양이 장신구 얘기를 하길래, 제가 '단검이 놓여 있던 테이블 정반대편 구석에 있었지요.' 라고 떠봤더니 안 걸려들더군요. 아주 약삭빠르게 함정을 피해 갔습니다. 그런데 그러고 나서 의기양양해진 나머지 경계심이 풀어진 겁니다. 그래, 이게 오라고 한 이유였구나. 단검이 어디 있는지 알고 있었다는 사실을 슬쩍 흘리게 하려고! 제 의도를 알아채고 절 이겼다고 생각한 메러디스 양은 기분이 좋아져서, 그때부터 거리낌 없이 장신구 얘기를 하기 시작했습니다. 세세한 것까지 기억하더군요. 그 밖에 다른 건 거의 기억 못 했습니다. 국화 꽃병의 물을 갈아 줄 때가 지났다는 것만 빼고."

"그게 어때서요?"

배틀이 물었다.

"아주 중요합니다. 우리가 이 아가씨에 대해 아무것도 모른다고 가정해 봅시다. 상대의 성격을 알 수 있는 건 그 사람의 말뿐이지요.

메러디스 양은 꽃을 인지했습니다. 그렇다고 꽃을 좋아하느냐? 그건 아닙니다. 꽃을 좋아하는 사람이라면 때 이른 튤립이 가득 담긴 커다란 꽃병을 당연히 눈치챘을 텐데, 메러디스 양은 튤립 얘기는 아예 하지 않았으니까요. 메러디스 양은 고용된 말동무의 입장에서 이야기한 겁니다. 꽃병의 물을 갈아 주는 일을 맡아 하던 아가씨의 입장에서요. 더불어 장신구를 좋아하고 그것을 유의해서 보는 아가씨라는 점도 드러났지요. 이 모든 게 뭔가를 말해 주고 있지 않습니까?"

"아하, 뭘 말씀하시려는 건지 이제 알 것 같군요."

배틀이 감탄했다.

"바로 그겁니다. 지난번에도 말했지만, 저는 제 카드를 테이블에 내놓았습니다. 총경이 메러디스 양의 과거를 쭉 이야기하고 올리버 부인이 충격적인 사실을 밝혔을 때, 어떤 생각이 뇌리를 스쳤습니다. 그건 돈을 얻기 위해 저지른 것이 아니었습니다. 왜냐하면 메러디스 양은 여전히 생계를 위해 돈을 벌어야 했기 때문입니다. 그렇다면 왜 부인을 죽였을까? 저는 겉으로 드러난 메러디스 양의 성격을 하나하나 따져 봤습니다. 소심하고, 가난하지만 옷을 잘 차려입고, 예쁜 것들에 관심이 많은 아가씨라……. 살인보다는 좀도둑에 더 어울리는 성격이지요. 그래서 엘던 부인이 정리 정돈을 잘하는 깔끔한 성격이냐고 물어봤지요. 총경은 아니라고 대답했고요. 저는 가설을 하나 세워 봤습니다. 앤 메러디스에게 한 가지 결함이 있고, 그게 바로 큰 상점에 가면 자잘한 물건을 슬쩍하는 버릇이라는 겁니다. 가난하지만 예쁜 물건을 너무 좋아하는 그녀가 주인집에서 물건을 한두 번 슬쩍한 적이 있다고 합시다. 브로치나 굴러다니는 반 크라운짜리 동전 한두 개, 구슬 팔찌 따위요. 엘던 부인은 어수선하고 단정하지 않은 성격이니 자신이 잘못해서 잃어버렸다고 생각했겠죠. 성격이 온순한 보모가 훔쳤다고는 꿈에도 생각하지 않았을 겁니다. 그런데 이제 꼼꼼하고 성격도 깐깐한 다른 고용주, 그러니까 물건이 없어진 것을 눈치챈 고용주가 앤 메러디스를 추궁했다고 합시다. 그 정도면 충분히 살인을 저지를 만합니다. 지난번에도 말했듯이 메러디스 양은 두려움을 느꼈을 때 살인을 저지르는 성격입니다. 자신이 도둑질했다는 증거를 고용주가 가지고 있다는 걸 안 이상, 빠져나가기 위해 할 수 있는 건 한 가지밖에 없습니다. 고용주를 죽이는 거지요. 그래서 메러디스 양은 원래 병이 놓여 있던 자리를 슬쩍 바꿨고, 벤슨 부인은 아이러니하게도 자신의 실수라고 믿으면서 죽어 간 겁니다. 보모가 겁먹은 나머지 저지른 일이라고는 추호도 생각지 못하고 말이지요."

"가능한 얘기입니다. 충분히 있을 법한 가설이에요."

배틀 총경이 말했다.

"가능한 정도가 아니라, 거의 확실합니다. 오늘 낮에 제가 가짜로 놓은 덫을 메러디스 양이 교묘하게 피해 간 후, 제대로 된 진짜 덫을 놓아 봤습니다. 제 추측이 맞는다면 앤 메러디스는 비싼 실크 스타킹에 손을 안 댈 수 없을 거라고 생각했지요. 그래서 저를 좀 도와 달라고 했습니다. 먼저 스타킹이 정확히 몇 켤레 있는지 모르는 것처럼 꾸민 다음, 메러디스 양만 남겨 놓고 방을 잠시 비웠습니다. 결과가 어땠는지 아십니까, 친구? 원래 열아홉 켤레가 있어야 하는데 열일곱 켤레밖에 없었습니다. 나머지 두 켤레는 앤 메러디스의 핸드백에 들어갔습니다."

"휘유! 꽤 대담하네요."

배틀 총경이 휘파람을 불었다.

"파 드 투(천만에요). 제가 자신을 살인자로 의심한다고 생각했을 텐데, 스타킹 한두 켤레 훔치는 게 그렇게 큰 모험이겠습니까? 제가 좀도둑을 찾고 있는 게 아닌데요. 게다가 좀도둑, 아니 도벽이 있는 사람은 항상 자신이 절대 잡히지 않을 거라고 확신하는 특징이 있습니다."

배틀은 고개를 끄덕였다.

"그건 맞습니다. 한심할 정도로 어리석죠. 꼬리가 길면 밟히는 줄도 모르고 저지르고 또 저지르지요. 그럼, 우리 두 사람 생각일 뿐이지만 어쨌든 진실에 거의 도달한 것 같습니다. 도둑질하다 들킨 앤 메러디스가 선반에 놓여 있던 병을 바꿔치기했다. 살인이 분명하죠. 하지만 증명할 수 없다는 게 문제입니다. 또 한 건의 완전범죄라. 로버츠 선생이 빠져나갔고, 이제는 앤 메러디스가 빠져나가는군요. 그건 그렇고 셰이타나는요? 앤 메러디스가 셰이타나도 죽였을까요?"

배틀은 잠시 아무 말도 없다가 고개를 흔들며 말했다. 내키지 않지만 어쩔 수 없다는 투였다.

"뭔가 들어맞지 않아요. 앤 메러디스는 위험을 무릅쓸 사람이 아닙니다. 병을 바꿔치기하는 정도는 괜찮겠지요. 아무도 자기를 의심하지 않을 테니까요. 들킬 위험이 전혀 없었습니다. 누가 그랬는지 증명할 수 없으니까요. 물론 실패할 확률도 있었습니다. 벤슨 부인이 다른 병인 걸 알아챘을 수도 있고, 아니면 마셨다가 살아났을 수도 있지요. 성공할 수도 있고 실패할 수도 있었단 말입니다. 아니, 결국 성공했지요. 하지만 셰이터나의 경우는 다릅니다. 이건 계획적이고 대담하며 고의적인 살인입니다."

푸아로는 고개를 끄덕였다.

"제 생각도 그렇습니다. 범죄의 성격이 전혀 다르죠."

배틀은 콧잔등을 문지르며 말을 이어 나갔다.

"그럼 셰이터나 사건에 한해 앤 메러디스는 용의 선상에서 제외되는군요. 로버츠와 앤 메러디스 둘 다 말입니다. 데스파드는 어떻습니까? 럭스모어 부인한테 뭘 좀 알아내셨습니까?"

푸아로는 전날 오후의 만남을 자세히 얘기해 주었다.

배틀이 씩 웃으며 한마디 했다.

"그런 사람을 잘 압니다. 그런 사람들이 기억하는 것과 꾸며 낸 것을 구별하기란 어렵죠."

푸아로는 계속해서 데스파드 소령이 찾아와 이야기한 것까지 소상히 털어놓았다.

"그 사람 말을 믿으십니까?"

배틀이 불쑥 물었다.

"저는 믿습니다."

배틀은 한숨을 쉬고 말했다.

"나도 마찬가지입니다. 여자를 차지하려고 그 여자의 남편을 쏴 죽일 사람은 아니죠. 이혼하면 될 걸 굳이 왜 그러겠습니까? 너도나도 이혼하는 세상에 말입니다. 전문적인 일을 하는 것도 아니니, 이혼녀와 결혼했다고 해서 약점 잡힐 일도 없고요. 이건 셰이터나 씨가 잘못 짚은 것 같습니다. 살인자 3번은 사실 살인자가 아니었어요."

그러고는 푸아로를 쳐다보며 말했다.

"그렇다면 남은 건……."

"로리머 부인이지요."

그때 전화벨이 울렸다. 푸아로는 일어나 수화기를 집어 들었다. 수화기에 대고 몇 마디 하고는 잠시 듣고만 있다가, 다시 몇 마디 했다. 전화를 끊고 나서 푸아로는 배틀을 향해 돌아섰다. 표정이 심상치 않았다.

"로리머 부인입니다. 저더러 좀 와 달라는군요. 지금 당장 말입니다."

푸아로와 배틀은 서로를 쳐다보았다. 배틀이 천천히 고개를 젓고는 물었다.

"내가 틀린 겁니까? 아니면 선생은 이렇게 될 줄 이미 알고 계셨습니까?"

"짐작은 했습니다. 그뿐입니다. 짐작하고 있었어요."

"어서 가 보셔야겠습니다. 마침내 당신이 진실을 알아낼지 모르겠군요."

로리머 부인의 증언

날이 화창하지 않은 탓에 로리머 부인의 집은 어둡고 생기가 없어 보였다. 부인의 표정도 어두웠고, 푸아로가 마지막으로 봤을 때보다 훨씬 나이 들어 보이기까지 했다.

그래도 로리머 부인은 평소처럼 자신감 있는 태도로 웃으며 손님을 맞이했다.

"이렇게 빨리 와 주시다니 고맙습니다, 무슈 푸아로. 바쁘실 텐데요."

"말씀하시면 언제든 오겠습니다, 마담."

푸아로가 고개를 살짝 숙이며 말했다.

로리머 부인은 벽난로 옆에 있는 벨을 눌렀다.

"차를 준비시키죠. 무슈 푸아로는 어떨지 모르지만, 저는 제대로 인사도 하지 않고 곧바로 용건부터 털어놓는 건 실례라고 생각한답니다."

"털어놓을 얘기가 있다는 뜻입니까, 부인?"

로리머 부인은 대답하지 않았다. 마침 가정부가 달려왔기 때문이다. 가정부가 지시를 받고 방을 나가자 로리머 부인이 냉담하게 말했다.

"기억하시겠지만, 지난번 여기 오셨을 때 제가 부르면 언제든 오겠다고 하셨지요? 제가 부를 것을 이미 짐작하셨던 것처럼요."

가정부가 차를 내오는 바람에 이야기는 잠시 끊겼다. 로리머 부인은 차를 따라 주고 요즘 화제가 되는 일들에 대해 이야기했다.

그러다 잠시 이야기가 멈춘 틈을 타 푸아로가 말을 꺼냈다.

"부인께서 어제 마드무아젤 메러디스와 차를 함께 나눴다고 들었습니다."

"그랬지요. 최근에 메러디스 양을 만나 보셨나요?"

"바로 오늘 오후에 만났습니다."

"그럼 메러디스 양이 런던에 있는 모양이군요. 아니면 무슈 푸아로가 월링포드까지 갔다 오신 건가요?"

"아닙니다. 메러디스 양과 그 친구분이 친절하게도 제 집까지 와 주었습니다."

"아, 그 친구요? 그 아가씨는 만난 적이 없어요."

푸아로는 희미하게 미소를 띠고 말했다.

"이번 사건은 사람들의 친목을 다져 주는 효과가 있더군요. 부인과 마드무아젤 메러디스가 차를 함께하질 않나, 데스파드 소령도 나서서 메러디스 양과 친분을 맺으려 했지요. 로버츠 선생만 가담하지 않았습니다."

"며칠 전 브리지 모임에서 선생을 봤어요. 여전히 쾌활해 보이던데요."

로리머 부인이 말했다.

"여전히 브리지에 열을 올리던가요?"

"여전히 비딩 할 때 허세가 심하더군요. 그러면서도 자주 잃는 것 같지는 않았어요."

로리머 부인은 잠시 입을 다물고 있다가 불쑥 물었다.

"최근에 배틀 총경을 만났나요?"

"총경도 오늘 오후에 봤지요. 전화 거셨을 때 바로 옆에 있었습니다."

한 손을 들어 벽난로 불꽃의 뜨거운 열기로부터 얼굴을 가리면서 부인이 물었다.

"수사는 잘 진행되고 있나요?"

푸아로가 진지하게 대답했다.

"배틀은 기민한 사람이 아닙니다. 조금 느리게 움직이는 편이지요. 하지만 결국 해내고 말죠."

"그럴까요?"

로리머 부인의 입술이 곡선을 그리면서 어렴풋이 비꼬는 듯한 미소를 지었다.

부인은 이야기를 시작했다.

"배틀 총경이 저 때문에 땀 좀 뺐죠. 제 과거를 거의 뒤집다시피 조사해서 어린 시절 일들까지 파고들었어요. 제 친구들을 만나 면담하고 우리 집 하인들에게 접근해서 이것저것 캐물었어요. 지금 있는 하인들뿐만 아니라 예전에 일하던 하인들까지요. 뭘 알고 싶었는지는 몰라도, 결국엔 못 알아냈나 보더군요. 처음부터 제 말을 있는 그대로 받아들였으면 좋았을걸. 사실대로 말했으니까요. 셰이터나 씨와는 조금 아는 사이일 뿐이에요. 말했다시피 룩소르에서 만났는데, 그냥 아는 사이 그 이상은 아니었어요. 배틀 총경은 다른 사실을 찾아내지 못할 겁니다."

"그럴지도 모르죠."

"무슈 푸아로는요? 많이 조사하셨나요?"

"부인에 대해서요?"

"네, 그래요."

푸아로는 천천히 고개를 저었다.

"조사해 봤자 아무 소용없었을 겁니다."

"무슨 뜻이죠, 무슈 푸아로?"

"솔직히 말씀드리겠습니다, 마담. 그날 셰이터나 씨의 방에 있었던 네 명 중 가장 머리가 좋고 냉철한 사람은 부인이라는 것을 진작에 알고 있었습니다. 넷 중에 살인을 계획하고 완벽하게 실행할 수 있는 사람이 있다면 바로 부인이지요."

로리머 부인의 눈썹이 추켜올려졌다.

"그렇게 치켜세우면 제가 좋아할 거라고 생각했나요?"

푸아로는 아무 말도 못 들은 척 계속했다.

"완전범죄를 저지르려면 보통은 철저한 계획이 필요합니다. 사전에 세세한 것까지 모두 준비해야 하거든요. 타이밍이 정확해야 하고, 장소도 신중하게 선택해야 합니다. 로버츠 선생 같으면 서두르거나 자만하다가 일을 그르칠 수 있고, 데스파드 소령은 너무 신중한 나머지 실행하지 못합니다. 메러디스 양은 냉정을 잃고 벌써 발각됐겠죠. 하지만 부인은 다릅니다. 결코 냉정을 잃지 않고 결단력 또한 강하며, 한 가지 생각에 집중하면서도 끝까지 이성을 잃지 않는 여성입니다."

로리머 부인은 희미하게 미소를 띠고 말없이 앉아 있더니, 이윽고 입을 열었다.

"저를 그렇게 보시는군요, 무슈 푸아로. 완전범죄를 저지를 만한 여자로요."

"적어도 그 말을 기분 나쁘게 받아들이지 않을 만큼 융통성도 있으시지요."

"꽤 흥미로운 얘기라서 말이에요. 그러니까 무슈 푸아로가 보기에, 셰이터나를 감쪽같이 살해하고도 들키지 않을 사람은 저뿐이라는 건가요?"

푸아로가 천천히 말했다.

"그런데 한 가지 문제가 있습니다."

"그게 뭐죠?"

"방금 제가 이런 말을 했던 걸 기억하실지 모르겠군요. '완전범죄를 저지르려면 보통은 철저한 계획이 필요합니다. 사전에 세세한 것까지 모두 준비해야 하거든요.'라고 말입니다. '보통은' 그렇다는 데 주목하셔야 합니다. 왜냐하면 완전범죄가 성사되는 또 다른 경우도 있거든요. 혹시 이런 적 있으십니까? 옆에 있는 사람에게 '돌멩이를 던져 저 나무를 맞혀 보라'고 했는데, 그 사람이 생각도 안 해 보고 바로 돌멩이를 던져 진짜 나무를 맞히는 겁니다. 그런데 다시 한번 해 보라고 하면 잘되지 않습니다. 왜냐하면 두 번째부터는 생각을 하기 시작하거든요. 힘은 이 정도 줘서, 아니 더 세게는 안 돼, 더 오른쪽으로, 거기서 조금만 왼쪽으로 하는 식으로요. 첫 번째는 거의 무의식적인 행동이었습니다. 마치 동물이 본능에 따라 움직이듯, 몸이 머리의 명령에 즉각 복종한 거죠. 에 비엥(그런데) 마담, 꼭 그런 식으로 이루어지는 범죄, 순간적으로 저지르게 되는 범죄가 있습니다. 갑자기 영감이 떠올라 고민하거나 생각할 틈도 없이 저지르는 겁니다. 셰이터나 씨를 죽인 것도 바로 그렇게 저질러진 범죄였습니다. 갑자기 절실해졌고 순간적으로 영감이 떠올라 재빨리 실행에 옮긴 거죠."

푸아로는 고개를 저으며 말을 이었다.

"그런데 그건 부인의 성향과 맞지 않습니다. 부인이 셰이터나 씨를 죽이기로 마음먹었다면 사전에 철저하게 계획을 세웠겠지요."

"그렇군요."

로리머 부인은 불꽃의 열기를 쫓느라 손부채질을 멈추지 않았다.

"계획된 살인이 아니니 제가 죽였을 리 없다, 이거군요, 무슈 푸아로?"
　푸아로는 머리를 숙였다.
"바로 그겁니다, 마담."
"그런데 어쩌죠?"
부인은 부채질하던 손을 멈추고 몸을 앞으로 내밀었다.
"제가 셰이터나 씨를 죽였는데요, 무슈 푸아로……."

진실

 오랜 침묵이 흘렀다.
 방 안에 내려앉은 어둠은 점점 더 짙어졌고 벽난로 불꽃이 넘실거리며 춤을 췄다.
 로리머 부인과 에르퀼 푸아로는 서로의 얼굴 대신 불꽃을 응시했다. 마치 시간이 멈춘 것 같았다.
 그러다 에르퀼 푸아로가 한숨을 내쉬며 입을 열었다.
 "그렇게 된 거였군요. 왜 죽였습니까, 마담?"
 "아실 텐데요, 무슈 푸아로."
 "셰이터나 씨가 부인에 대해 어떤 것, 그것도 아주 오래전에 일어난 어떤 일을 알고 있었기 때문에?"
 "네."
 "그 일이란 또 다른 살인인가요, 마담?"

로리머 부인은 고개를 끄덕였다.

푸아로가 조용히 말했다.

"왜 제게 털어놓으시는 겁니까? 무엇 때문에 오늘 저를 오라고 하셨지요?"

"지난번에 제가 당신을 부르게 될 거라고 무슈 푸아로 자신이 말하지 않았나요?"

"네, 그랬죠. 정확히 말하면 그러기를 바랐습니다. 부인에 관해 진실을 알 길은 단 한 가지밖에 없다는 걸 알고 있었으니까요. 바로 부인의 입을 통해 직접 듣는 것이지요. 부인이 원하지 않는다면 끝까지 입을 열지 않을 테고, 진실도 영영 묻혀 버릴 겁니다. 하지만 부인이 진실을 털어놓고 싶어 할 가능성이, 아주 작지만 분명 있다는 걸 알았거든요."

로리머 부인은 고개를 끄덕였다.

"그걸 간파하다니 날카로우시군요. 이런 삶이 얼마나 지치고 외로운지……."

부인의 목소리가 점점 잦아들었다.

푸아로는 탐색하듯 부인의 얼굴을 들여다보며 말했다.

"지금까지 계속 그렇게 살아온 겁니까? 네, 조금은 이해할 것 같군요……."

"전 철저하게 혼자예요. 저처럼 오래도록 과거를 혼자 간직한 채 살아온 사람이 아니고서야 죽었다 깨어나도 그 외로움을 모를 거예요."

푸아로가 부드럽게 말했다.

"주제넘은 게 아니라면, 조금이나마 동정하는 마음을 표현하고 싶습니다."

로리머 부인은 고개를 약간 숙였다.

"고마운 말씀이에요, 무슈 푸아로."

다시 침묵이 흐르고, 이번에는 조금 무뚝뚝하게 푸아로가 말했다.

"그럼 그날 셰이터나 씨가 저녁 식사 자리에서 흘린 말을 부인이 직접적인 협박으로 받아들이신 걸로 이해해도 되겠습니까?"

로리머 부인은 고개를 끄덕였다.

"초대받은 사람 중 한 사람을 두고 한 말이라는 것을 단번에 알아차렸지요. 그게 바로 저였고요. 여자의 무기는 독약이라는 말은 저를 두고 한 소리였어요. 그 사람은 알고 있었던 거예요. 전에도 한 번 그런 느낌을 받은 적이 있지요. 이야기를 나누다가 당시 아주 유명했던 사건을 슬쩍 언급하더니 제 반응을 주시하더군요. 뭔가 섬뜩한 의도가 담긴 눈빛이었어요. 그러다 그날 밤에 확신하게 됐지요."

"셰이터나 씨가 나중에 어떻게 하려는지도 짐작하셨나요?"

로리머 부인은 냉담하게 대답했다.

"배틀 총경과 무슈 푸아로가 그 자리에 나타난 게 우연이 아니라는 것쯤은 금방 알 수 있었죠. 아무도 모르는 비밀을 자신이 알아냈다고 발표하면서 당신들 둘에게 자신의 능력을 과시하려는 속셈이구나 싶었어요."

"셰이터나 씨를 죽일 결심은 언제 하셨습니까, 부인?"

로리머 부인은 잠시 주저했다.

"언제부터 그런 생각을 했는지 정확히 말씀드리기는 힘들어요. 저녁 식사를 하러 가기 전에 단검이 놓여 있는 걸 봤어요. 식사를 마치고 응접실로 돌아오면서 그걸 집어 소매 속에 숨겼고요. 아무도 안 볼 때 재빨리 슬쩍한 거죠."

"굉장히 민첩한 손놀림이었겠군요."

"그때 마음을 정했어요. 실행에 옮기는 일만 남아 있었죠. 물론 들킬 위험이 있었지만, 해 볼 만하다고 판단했어요."

"부인의 냉철한 판단과 결단력이 발휘된 거로군요."

로리머 부인은 차갑고 감정 없는 목소리로 계속했다.

"그러고 나서 브리지 게임이 시작됐어요. 마침내 기회가 왔지요. 제가 더미를 맡은 거예요. 저는 일어나서 방을 슬슬 가로질러 벽난로로 다가갔어요. 셰이터나는 얕은 잠이 들어 있었어요. 뒤돌아보니 모두 게임에 열중해 있더군요. 그래서 몸을 숙이고 일을 저지른 거예요."

목소리가 희미하게 떨렸지만 로리머 부인은 곧 냉정을 찾았다.

"저는 셰이터나 씨한테 말을 걸었어요. 알리바이로 써먹을 수 있겠다는 생각에서요. 난롯불에 대해 한마디 한 다음, 대답을 들은 척하고 이렇게 말했어요. '저도 그래요. 방열기는 영 싫더군요.'"

"셰이터나 씨가 비명을 지르진 않았습니까?"

"아뇨, 신음 소리를 조금 낸 것 같았는데, 그것뿐이었어요. 멀리서는 말하는 걸로 들었을 수도 있어요."

"그러고 나서는요?"

"그리고 브리지 테이블로 돌아왔어요. 마지막 판이 막 시작되었을 때였죠."

"그대로 앉아 다시 카드를 한 겁니까?"

"네."

"이틀 후에 제게 모든 패와 비딩을 거의 그대로 재현해 주실 정도로 집중하면서요?"

"그래요."

로리머 부인이 짧게 대답했다.

"에파탕(놀랍군요)!"

에르퀼 푸아로가 외치고는 의자 등받이에 깊숙이 기대앉아 고개를 몇 번 끄덕였다. 그러고는 갑자기 뭔가 생각난 듯 고개를 흔들었다.

"그런데 이해할 수 없는 점이 하나 있습니다, 마담."

"뭐죠?"

"제가 놓친 게 하나 있는 것 같습니다. 부인은 모든 것을 철저히 분석하고 재어 보는 성격이시죠. 어떤 이유로든 엄청난 위험을 감수하기로 결심했고, 실제로 실행에 옮겼습니다. 그것도 성공했지요. 그런데 2주 후에 마음이 변한 겁니다. 솔직히 마담, 뭔가 들어맞지 않습니다."

로리머 부인의 입술이 묘한 웃음으로 뒤틀렸다.

"맞습니다, 무슈 푸아로. 한 가지 모르고 계신 것이 있습니다. 혹시 메러디스 양이 요전 날 저를 어디에서 만났는지 얘기하지 않던가요?"

"올리버 부인 댁 근처에서 우연히 만났다고 하더군요."

"맞아요. 하지만 저는 어느 거리였는지를 물은 겁니다. 앤 메러디스가 저와 마주친 곳은 할리가였어요."

"아!"

푸아로는 로리머 부인의 얼굴을 새삼 주의 깊게 들여다보았다.

"이제 무슨 말씀이신지 알겠군요."

"금방 알아채실 줄 알았습니다. 그곳에 전문의를 만나러 간 거였어요. 예상하고 있던 얘기를 들었지요."

갑자기 로리머 부인의 얼굴이 환해지면서 더 이상 비틀리거나 씁쓸한 미소가 아닌, 밝은 미소가 번졌다.

"이제 브리지를 할 날도 얼마 남지 않았어요. 아, 물론 의사 선생님이 그렇게 말한 건 아니랍니다. 조심하면 몇 년 더 살 수 있다는 둥 달콤한 말로 진실을 포장하더군요. 하지만 그렇게 조심하며 살지는 않겠어요. 저는 그런 사람이 아니에요."

"그래요, 이제 어느 정도 이해할 수 있겠군요."

"그날 모든 것이 변했어요. 남은 건 한 달, 잘해 봐야 두 달이었어요. 그런데 막 의사 선생을 만나고 나오는 길에 메러디스 양과 마주친 거예요. 그래서 차 한잔하자고 했죠."

부인이 잠시 입을 다물었다가 이야기를 계속했다.

"어찌 됐건 저는 그렇게 사악한 여자가 아니에요. 차를 마시는 동안 이런 생각이 들더군요. 그날 제 행동은 셰이터나의 목숨을 앗아가는 데 그친 게 아니라 (그건 이미 엎질러진 물이니 되돌릴 수 없겠죠.) 여러 면에서 나머지 세 사람에게도 해가 되고 있구나. 제가 한 짓 때문에, 저한테 아무런 해도 끼치지 않은 로버츠 선생과 데스파드 소령, 앤 메러디스 양이 힘든 시간을 보내고 있고, 위험에 처할 수도 있겠구나. 적어도 그건 제가 해결할 수 있는 일이었어요. 로버츠 선생이나 데스파드 소령을 딱히 안됐다고 여긴 건 아니에요. 물론 둘 다 저보다는 살날이 훨씬 많이 남아 있지만, 그 둘은 남자이고 어느 정도는 자기 앞가림을 할 수 있잖아요. 그런데 앤 메러디스를 봤을 땐……."

부인은 잠시 주저하더니 다시 천천히 말을 이었다.

"앤 메러디스는 아직 어린 아가씨예요. 이제 막 인생을 시작한 거나 다름없죠. 이런 고약한 일은 그 아가씨의 인생을 망칠 수도 있어요. 그런 생각이 들자 마음이 편치 않았어요. 다음 순간 깨달았죠. 무슈 푸아로가 암시한 게 실현됐다는 것을. 모든 걸 털어놓고 싶은 생각이 든 거예요. 그래서 오늘 전화를 건 거고요……."

몇 분이 흘렀다.

에르퀼 푸아로는 몸을 앞으로 숙이고, 점점 더 짙어 가는 어둠을 뚫고 로리머 부인을 똑바로 쳐다보았다. 부인은 조용히 그리고 조금도 동요하지 않고 마주 바라보았다.

마침내 푸아로가 입을 열었다.

"로리머 부인, 정말이십니까? 셰이터나 씨를 우발적으로 죽였다고 자신 있게 말할 수 있습니까? (거짓말은 아니겠죠?) 혹시 범죄를 미리 계획한 건 아닌가요? 그러니까 어떻게 죽일지 이미 머릿속에 그려 놓고 저녁 파티에 간 건 아닙니까?"

로리머 부인은 가만히 푸아로를 쳐다보다 짧게 고개를 흔들었다.

"아니에요."

"사전에 계획한 게 아니란 말씀이죠?"

"그렇습니다."

"그렇다면 거짓말을 하고 있는 겁니다. 거짓말이 분명합니다!"

로리머 부인의 목소리가 푸아로의 말을 날카롭게 잘랐다.

"가당치도 않은 소리 말아요."

푸아로는 벌떡 일어나 혼자 중얼거리고 한숨을 내쉬며 방 안을 이리저리 서성거렸다.

그러다 불쑥 말했다.

"실례 좀 하겠습니다."

푸아로는 성큼성큼 걸어가 전등불을 켜고 돌아왔다. 의자에 앉아 양손을 무릎에 올리고 로리머 부인을 똑바로 바라보았다.

"문제는 이것입니다. 에르퀼 푸아로가 틀릴 수도 있는가?"

"항상 옳기만 한 사람은 없어요."

로리머 부인이 차갑게 대꾸했다.

"저는 언제나 옳습니다. 한 번도 틀린 적이 없어요. 그래서 더 놀랍군요. 이번에는 제가 틀린 것 같으니까요. 정말 혼란스럽습니다. 부인이 하신 얘기가 사실이라면, 분명 부인은 살인자예요! 그렇다면 대단한 일이로군요. 에르퀼 푸아로가 살인범보다 살인이 어떻게 일어났는지 더 잘 알고 있으니."

"대단한 게 아니라 말이 안 되는 거지요."

로리머 부인의 목소리는 더욱 차가웠다.

"그렇다면 제가 미쳤나 보군요. 그래, 미친 게 분명해. 아니지! 사크레 농 덩 프티 보놈므(빌어먹을)! 미친 게 아니야! 내가 옳아. 틀릴 리가 없어. 부인이 셰이터나를 죽였다는 건 믿을 수 있어요. 하지만 부인이 얘기한 방식으로 죽였을 리는 없습니다. 자기 성향에서 벗어난 행동을 하는 사람은 없다는 말입니다!"

푸아로가 말을 멈추자, 로리머 부인은 노기에 차 숨을 크게 들이마시고는 입술을 굳게 다물었다. 그녀가 다시 입을 열려 하자 푸아로가 가로막았다.

"둘 중 하나입니다. 살인을 사전에 계획했거나 아니면 부인이 죽이지 않은 겁니다!"

로리머 부인이 날카롭게 대꾸했다.

"제정신이 아니군요, 무슈 푸아로. 제가 죄를 고백하면 했지, 뭣하러 꾸며 내겠어요? 대체 그럴 이유가 어디 있습니까?"

푸아로는 또다시 일어나 방을 한 바퀴 돌았다. 다시 자리로 돌아왔을 땐 태도가 달라져 있었다. 그는 조용하고 부드럽게 말했다.

"부인은 셰이터나를 죽이지 않았습니다. 이제야 알겠어요. 모든 게 분명해졌습니다. 할리가에 처량하게 서 있던 앤 메러디스. 비슷한 처지에 있던 또 한 명의 아가씨가 눈앞에 보이는 것 같습니다. 아주 오래전에 의지할 데 없이 혼자 외롭게 인생을 헤쳐 나가야 했던 아가씨죠. 네, 이해할 수 있습니다. 하지만 한 가지 이해할 수 없는 게 있습니다. 어째서 앤 메러디스가 범인이라고 확신하시죠?"

"무슈 푸아로, 정말이지······."

"부인해도 소용없습니다. 계속해서 거짓말하는 것도 안 통하고요. 마담, 저는 진실을 알고 있습니다. 그날 할리가에 서서 앤 메러디스를 보며 어떤 감정들이 떠올랐는지 충분히 알 수 있습니다. 그게 로버츠 선생이었다면 이러시지 않았겠죠. 어림도 없죠! 데스파드 소령도 농 플뤼(마찬가지고요). 하지만 앤 메러디스는 다릅니다. 부인은 앤 메러디스에게 동정심을 느낀 겁니다. 왜냐하면 앤 메러디스 양이 저지른 일을 부인도 과거에 저지른 적이 있기 때문입니다. 부인은 메러디스가 왜 그랬는지도 모르고 있습니다. 아니, 모른다고 생각합니다. 어쨌든 메러디스 양이 범인이라고 믿고 계시죠. 그날 저녁, 배틀 총경이 사건을 어떻게 생각하느냐고 부인에게 물었을 때, 그때 이미 확신하고 있었던 겁니다. 네, 다 압니다. 그러니 더 거짓말해 봤자 소용없다는 거, 이제 아시겠죠?"

푸아로가 대답을 기다렸지만 부인은 아무 말도 하지 않았다. 푸아로는 만족스러운 표정으로 고개를 끄덕였다.

"이 모든 걸 알고 나서 이런 결정을 내리다니 현명하십니다. 자신이 죄를 뒤집어쓰고 젊은 아가씨를 빠져나가게 해 준 건 참으로 고귀한 행동입니다."

"한 가지 잊으셨네요."

로리머 부인이 무덤덤하게 말했다.

"저는 죄 없는 여자가 아니라는 것을요. 몇 년 전 저는 제 남편을 죽였어요……."

잠시 침묵이 흘렀다.

"그렇군요. 결국 정의를 실현하겠다는 거군요. 부인은 합리적인 분이지요. 그러니 과거에 지은 죗값을 치를 생각이신 거고요. 희생자가 누구든 살인은 살인이다, 이런 말씀이시죠. 부인, 당신은 용기도 있고 냉철한 판단력도 가지고 있습니다. 한 번 더 묻겠습니다. 어째서 그렇게 확신하시죠? 셰이터나 씨를 죽인 게 앤 메러디스라고 어떻게 확신하시는 겁니까?"

깊은 한숨이 로리머 부인의 입에서 흘러나왔다. 푸아로가 집요하게 다그치자 마지막 남은 고집이 꺾인 것이다. 부인은 아이처럼 단순하게 대답했다.

"제가 봤거든요."

목격자

 푸아로는 갑자기 웃음을 터뜨렸다. 고개를 한껏 젖힌 모습이 터져 나오는 웃음을 도저히 못 참겠다는 기세였다. 프랑스어를 쓰는 사람 특유의 높은 웃음소리가 방 안을 가득 채웠다.
 "파르동(실례했습니다), 마담."
 푸아로가 눈가를 훔치고는 계속 말했다.
 "저도 모르게 그만. 그동안 얼마나 열심히 입씨름을 하고 추론을 했는데, 질문은 또 얼마나 많이 해 댔고, 심지어 심리 분석까지 동원했는데, 그러는 내내 범행을 직접 목격한 사람이 있다는 생각은 추호도 못 했습니다. 자, 부탁이니 이야기해 주십시오."
 "꽤 늦은 시각이었어요. 더미를 맡은 앤 메러디스가 일어나 파트너의 패를 본 다음 방 안을 돌아다녔어요. 별 흥이 나지 않는 판이었고, 결과는 뻔했지요. 저로서는 카드에 집중할 필요도 없었죠. 마지막 세 트럭만 남겨 뒀을 때, 벽난로 쪽을 쳐다봤어요. 앤 메러디스가 몸을 숙이고 셰이터나 씨를 들여다보고 있었어요. 금세 몸을 일으키긴 했는데, 손이 셰이터나 씨의 가슴팍을 짚고 있는 거예요. 그걸 본 순간 무척 놀랐죠. 몸을 일으키면서 이쪽을 살피는 앤 양의 표정을 봤어요. 죄책감과 두려움이 역력했죠. 물론 그때는 무슨 일이 벌어진 건지 몰랐어요. 저 아가씨가 저기서 뭘 하고 있는 걸까, 이런 생각만 했지요. 그러다 나중에 알게 된 거예요."

푸아로는 고개를 끄덕였다.

"하지만 메러디스 양은 부인이 알아챈 걸 몰랐군요. 목격자가 있다는 걸 모른 거죠."

로리머 부인이 중얼거렸다.

"불쌍한 것, 어린 것이 잔뜩 겁을 집어먹고는…… 세상에 의지할 데 없이 혼자 막막했겠죠. 혹시 제가 계속 입을 다물어야 했다고 생각하시나요?"

"아닙니다, 전혀 그렇지 않습니다."

"특히 제가…… 저도 똑같이……."

로리머 부인은 말을 맺지 못하고 어깨를 으쓱했다.

"그런 마당에 남을 고발하는 건 제가 할 일이 아니었어요. 경찰이 할 일이죠."

"맞는 말씀입니다. 하지만 오늘 부인은 그보다 더 고결한 일을 하셨습니다."

로리머 부인이 어두운 표정으로 말했다.

"제 평생 누군가를 따뜻하게 대하거나 동정심을 베푼 적이 없는데, 나이가 들면 사람이 변하는 모양이에요. 분명히 말씀드리는데, 연민에 휩쓸려 이런 짓을 한 건 이번이 처음입니다."

"동정심에 좌우되는 게 현명한 일은 아니지요, 마담. 마드무아젤 앤은 젊고 연약하고, 또 소심하고 겁에 질린 것처럼 보이죠. 누군들 도와주고 싶지 않겠습니까. 하지만 저는 동조할 수 없습니다. 앤 메러디스 양이 왜 셰이터나 씨를 죽였는지 얘기해 드릴까요? 셰이터나 씨가 앤 양이 과거에 자기를 말동무로 고용한 노인을 죽였다는 사실을 알고 있었기 때문입니다. 도둑질을 하다가 그 노인한테 들키자 겁먹은 나머지 죽인 거였죠."

로리머 부인은 조금 놀란 표정을 지었다.

"그게 사실인가요, 무슈 푸아로?"

"그렇습니다. 앤 양이 상냥하고 연약하다고요? 사실 그 아가씨는 아주 위험한 인물입니다, 마담. 자신의 안위가 걸린 일이라면 물불 안 가리고 무섭게 달려드는 사람이지요. 마드무아젤 앤에게는 그 두 건의 범죄가 결코 끝이 아닙니다. 점점 자신감을 얻어서……."

로리머 부인이 날카롭게 끼어들었다.

"끔찍한 말씀이군요, 무슈 푸아로. 끔찍해요!"

푸아로는 자리에서 일어났다.

"마담, 이제 가 봐야겠습니다. 제 얘기를 잘 생각해 보십시오."

로리머 부인은 마음이 조금 흔들리는 듯하더니, 곧 침착을 되찾으려고 애썼다.

"상황이 바뀌면 오늘 했던 얘기를 모두 부인할 테니 그렇게 아세요, 무슈 푸아로. 다른 목격자가 없다는 걸 잊지 마세요. 그날 밤 제가 목격했다고 말한 건 전적으로 무슈 푸아로와 저만 아는 일이에요."

푸아로가 진지하게 대꾸했다.

"부인의 허락 없이는 어떤 행동도 하지 않겠습니다. 하지만 염려 놓으십시오. 나름대로 수사할 방법이 있으니까요. 이제 실마리가 풀리기 시작했으니……."

푸아로는 로리머 부인의 손을 들어 손등에 입을 맞췄다.

"부인은 참으로 훌륭한 여성입니다. 경의와 존경을 표합니다. 천 명 중에 한 명 있을까 말까 한 대단한 여성이고말고요. 다른 구백아흔아홉 명의 여자들이 결국 하고야 말았을 일을 부인은 끝내 안 하셨거든요."

"그게 뭐죠?"

"남편을 왜 죽였는지, 왜 그럴 수밖에 없었는지 구구절절 설명하지 않았죠."

그러자 로리머 부인은 몸을 꼿꼿이 세우고 딱딱하게 대꾸했다.

"그건 저만 알고 있으면 될 일입니다."

"마니피크(멋지십니다)!"

푸아로는 다시 한번 부인의 손등에 입을 맞춘 뒤 그곳을 나왔다.

밖은 꽤 쌀쌀했다. 푸아로는 두리번거리며 택시를 찾았지만 한 대도 보이지 않아 킹스로(路) 방향으로 걸어갔다.

깊은 생각에 잠긴 푸아로는 이따금 고개를 끄덕이다가, 한 번은 세차게 흔들기도 했다.

그러다 어깨 너머를 흘끔 돌아보니, 누군가 로리머 부인 집 현관 계단을 올라가는 것이 보였다. 얼핏 보기에 앤 메러디스 같았다. 푸아로는 다시 가 봐야 할지 말아야 할지 잠시 고민하다 결국 가던 길을 가기로 했다.

집에 도착한 푸아로는 배틀이 왔다가 메시지도 남기지 않고 돌아갔다는 말을 듣고는 곧바로 총경에게 전화를 걸었다.

"안녕하십니까. 뭐 좀 알아내셨습니까?"

배틀의 목소리가 수화기를 타고 흘러나왔다.

"즈 크루아 비엥(알아내고말고요), 몬 아미(친구). 메러디스 양에게 가 봐야겠습니다. 되도록 빨리."

"그렇잖아도 가려고 했습니다. 그런데 되도록 빨리라니, 무슨 뜻이지요?"

"위험하기 때문입니다."

배틀은 잠시 침묵하더니 이내 입을 열었다.

"무슨 뜻인지 압니다. 하지만 이제 남은 건 아무도…… 아 뭐, 그래도 안심해선 안 되겠죠. 실은 벌써 전갈을 보냈습니다. 내일 만나러 가겠다고 공문을 보냈지요. 약간 당황하게 만드는 것도 좋을 것 같아서요."

"그것도 하나의 방법이군요. 제가 동행해도 괜찮겠습니까?"

"물론이죠. 모시게 되어 오히려 영광입니다, 무슈 푸아로."

푸아로는 생각에 잠겨 수화기를 내려놓았다. 마음이 편치 않았다. 그렇게 잔뜩 찌푸린 얼굴로 벽난로 앞에 한참을 앉아 있다가 마침내 별일 없을 거라고 자신을 안심시키며 잠자리에 들었다.
"아침이 되면 알게 되겠지."
푸아로는 혼자 중얼거렸다.
그러나 정작 아침에 닥친 일은 전혀 생각지 못한 일이었다.

자살

푸아로가 모닝커피와 롤빵을 먹으려고 자리에 앉는 순간 전화벨이 울렸다.

수화기를 들자 배틀의 목소리가 들려왔다.

"무슈 푸아로?"

"그렇습니다만, 퀘 스 퀼 리 야(지금 어디 계십니까)?"

총경의 목소리는 무슨 일이 일어났음을 말해 주고 있었다. 이내 전날 느꼈던 알 수 없는 불안감이 떠올랐다.

"어서 말해 보십시오."

"로리머 부인 말입니다."

"로리머 부인이요? 무슨 일입니까?"

"어제 도대체 부인한테 무슨 말씀을 하신 겁니까? 아니면 부인이 무슨 얘기를 했습니까? 어제 나한테 아무런 언질도 주지 않았잖습니까? 아니, 메러디스 양이 범인인 것처럼 말씀하셨죠."

푸아로는 조용히 물었다.

"무슨 일이 일어난 겁니까?"

"자살했습니다."

"로리머 부인이 자살했다고요?"

"그렇습니다. 듣자 하니 최근 심한 우울증에 시달렸던 모양입니다. 주치의가 예전에 처방해 준 수면제를 어젯밤 한꺼번에 복용했더군요."

푸아로는 깊은 한숨을 내쉬었다.

"사고사일 가능성은 없습니까?"

"전혀요. 자살을 미리 준비한 게 분명합니다. 세 사람에게 유서를 남겼거든요."

"세 사람이요?"

"나머지 셋이요. 로버츠와 데스파드 그리고 메러디스 양 말입니다. 아주 당당하게, 단도직입적으로 썼더군요. 이 사건의 실마리를 비로소 풀어 주겠다면서 자기가 셰이터나를 죽였다고 고백하고는 자기 때문에 힘들었을 세 사람에게 사죄한다고 했어요. 네, 무려 사과씩이나 했더군요. 아주 침착하고 냉정한 투였어요. 로리머 부인이라면 그럴 만도 하지요. 뻔뻔하기 그지없어요."

잠시 푸아로는 말이 없었다.

그래, 이것이 로리머 부인의 마지막 유언이었다. 결국 끝까지 앤 메러디스를 감싸 주기로 작정한 것이었다. 질질 끄는 고통스러운 죽음 대신 짧고 편안한 죽음, 게다가 마지막 행동은 이타적이기까지 했다. 자신이 은밀하게 동정심을 느낀 아가씨를 구제해 주면서 말이다. 이 모든 일을 무자비할 정도로 치밀하게 계획하고 실행한 데다, 나머지 세 용의자에게 자살을 선언했다. 대단한 여자였다! 푸아로는 로리머 부인에게 더욱 경외심을 느꼈다. 참으로 그녀다웠다. 명쾌한 결단력, 이미 결심한 일은 무슨 일이 있어도 밀고 나가는 고집스러움.

푸아로는 자신이 로리머 부인을 설득하는 데 성공했다고 생각했다. 그러나 부인은 결국 자신의 판단을 더 믿었던 것이다. 어느 면으로 보나 의지가 강한 여자였다.

깊은 상념을 뚫고 배틀 총경의 목소리가 들려왔다.

"어제 대체 부인한테 무슨 얘기를 하신 겁니까? 부인이 동요한 것 같은데. 하지만 어제 부인을 만나고 나서 메러디스 양이 범인인 것 같다고 넌지시 내비치지 않았습니까?"

푸아로는 아무 말도 할 수 없었다. 마치 로리머 부인이, 살아서는 그러지 못했지만 죽은 뒤에는 자신의 뜻에 따르도록 조종하고 있는 것 같았다.

한참 후 푸아로는 천천히 대꾸했다.

"제가 잘못 생각한 모양입니다……."

발음하면서도 너무나 익숙하지 않은 말이었고, 기분 또한 좋지 않았다.

배틀이 말했다.

"천하의 무슈 푸아로가 실수를 했다고요? 그건 그렇다 해도, 로리머 부인은 무슈 푸아로가 뭔가 알아냈다고 생각한 게 틀림없습니다. 아무튼 이거 경찰 얼굴에 먹칠하게 생겼습니다. 이런 식으로 빠져나가게 하다니."

"로리머 부인이 죽지 않았으면 경찰도 범행을 밝혀내지 못했을 텐데요."

"아마도 그랬겠죠. 어쩌면 잘된 일인지도 모릅니다. 혹시 이런 일이 일어나도록 유도하신 건 아닙니까, 무슈 푸아로?"

푸아로는 자존심이 상한 투로 부인했다. 그리고 이어서 말했다.

"어떻게 된 일인지 정확하게 말씀해 보십시오."

"로버츠 선생이 아침 8시 조금 안 돼서 편지를 읽고는, 곧바로 차를 몰고 로리머 부인 댁으로 갔답니다. 가정부에게 미리 경찰에 연락하라고 해 놓고요. 가정부는 지시를 따랐죠. 도착해서는 부인의 기척이 느껴지지 않는 것을 알고 방으로 얼른 달려갔지만 이미 늦었답니다. 선생이 인공호흡을 시도했지만 소용없었습니다. 몇 분 후 런던 경시청 경찰 공의가 도착해 사망을 확인했습니다."

"어떤 수면제였습니까?"

"베로날인 것 같습니다. 바르비탈 수면제 중 하나죠. 침대 머리맡에서 베로날 정제 약병이 발견됐습니다."

"다른 두 명은요? 연락 없었습니까?"

"데스파드 소령은 집에 없었습니다. 아침에 우편물을 받지도 않았고요."

"메러디스 양은요?"

"방금 전화했습니다."

"에 비엥(그래서요)?"

"제 전화를 받기 몇 분 전에 편지를 읽었답니다. 거기는 우편물이 늦게 도착하지 않습니까."

"어떤 반응을 보이던가요?"

"예상한 것에서 한 치도 벗어나지 않았죠. 감추려고 하지만 뻔히 드러나는 안도감이며, 충격과 애도, 뭐 그런 것들이요."

푸아로는 잠시 생각하고는 다시 물었다.

"지금 어디 계십니까?"

"체인 레인에 있습니다."

"비엥(좋습니다). 지금 그곳으로 가겠습니다."

푸아로가 체인 레인에 도착해 현관으로 들어서자 마침 로버츠 선생이 나오고 있었다. 평소의 쾌활한 모습은 온데간데없고, 조금 창백하고 충격을 받은 것 같았다.

"이 무슨 험한 일입니까, 무슈 푸아로? 내 입장에선 마음이 놓이기도 하지만 솔직히 충격이 큽니다. 셰이타나 씨를 찔러 죽인 게 로리머 부인일 거라고는 한순간도 생각해 본 적이 없는데 말입니다. 정말 예상하지 못한 일이군요."

"놀란 건 저도 마찬가지입니다."

"차분하고 교양 있고 이성적인 부인이 이런 험한 짓을 저지를 거라고 누가 상상이나 했겠습니까. 왜 그랬을까요? 이제는 영영 알 수 없게 됐군요. 그래도 궁금합니다."

"이 일로 큰 부담을 덜었겠군요."

"말할 필요도 없지요. 아니라고 하면 위선이겠죠. 살인 혐의를 받는다는 게 결코 유쾌한 일이 아니니까요. 로리머 부인은 중병에 걸린 딱한 처지였으니 오히려 잘된 겁니다."

"부인도 그렇게 생각한 것 같습니다."

로버츠는 고개를 끄덕이며 말했다.

"양심의 가책을 느꼈겠죠, 아마."

로버츠가 떠난 뒤 푸아로는 생각에 잠겨 고개를 설레설레 저었다. 로버츠 선생은 상황을 잘못 이해하고 있었다. 로리머 부인이 자살한 것은 양심의 가책 때문이 아니었다.

위층으로 올라가던 푸아로는 잠시 멈춰 서서, 조용히 흐느끼고 있는 나이 든 가정부에게 위로의 말을 건넸다.

"끔찍한 일이에요, 선생님. 너무나 끔찍해요. 우리가 마님을 얼마나 각별히 모셨는데. 어제 선생님과 차를 마실 때만 해도 멀쩡하셨는데, 오늘 돌아가시다니. 오늘 아침 일은 평생 잊히지 않을 거예요. 의사 선생님이 벨을 요란스럽게 누르면서 악몽이 시작됐죠. 벨을 세 번이나 누르시더라고요. 문을 열자마자 '부인 어디 계시오?'라고 다짜고짜 묻는 거예요. 저는 너무 당황해서 대답도 제대로 못 했어요. 아침에 마님이 먼저 종을 울리시기 전에는 절대 침실에 안 들어가거든요. 처음부터 철저하게 지시해 두셔서요. 아무 말도 못 하고 있는데, 그분이 또 '부인 방이 어디요?'라고 묻더니 곧장 위층으로 올라가는 거예요. 하는 수 없이 따라가서 방문을 가리켰죠. 의사 선생님은 노크도 안 하고 방으로 뛰어들어서 마님 얼굴을 한 번 보더니 '너무 늦었어.'라고 하시더라고요. 마님은 이미 돌아가신 거예요. 그래도 그분은 저한테 브랜디와 뜨거운 물을 준비해 오라고 했어요. 그러고는 마님을 되살려 보려고 애썼지만 소용없었죠. 그러더니 경찰이 방까지 들이닥쳐서는…… 이런 몹쓸 일이…… 이건 정말 경우 없는 짓이에요, 선생님. 마님은 그런 모습을 보이고 싶지 않으셨을 거예요. 그리고 경찰은 또 왜 온 거죠? 실수로 수면제를 과다 복용한 걸 가지고 경찰이 무슨 볼일이 있다고요."

푸아로는 대답하지 않고 오히려 이것저것 캐물었다.

"어젯밤 부인이 평소와 다름없이 행동했습니까? 혼란스러워하거나 걱정하는 것 같지는 않았어요?"

"아뇨, 그런 건 못 느꼈어요. 다만 피곤해하시긴 했어요. 제 생각엔 편찮으셨던 것 같아요. 요즘 건강이 많이 안 좋아지셨거든요."

"저도 알고 있습니다."

동정 어린 말투에 힘을 얻어 가정부는 계속 말했다.

"마님은 한 번도 아픈 내색을 하지 않았어요. 그래도 요리사와 저는 꽤 오래전부터 걱정하고 있었죠. 기력이 예전 같지 않은 데다 쉽게 피로해하시는 거예요. 어쩌면 선생님이 다녀가시고 나서 들른 아가씨 때문에 진이 빠졌는지도 모르지요."

푸아로는 한 발을 층계에 올려놓다가 뒤를 휙 돌아보았다.

"어제저녁 젊은 아가씨가 다녀갔다고요?"

"네, 선생님이 가시고 바로요. 이름이 메러디스 양이었어요."

"오래 머물렀나요?"

"한 시간쯤이요."

푸아로는 잠시 말이 없다가 또 물었다.

"그다음엔?"

"마님께서 잠자리에 드셨어요. 저녁 식사는 침대에서 하시고요. 많이 피곤하다고 하시면서."

푸아로는 이번에도 잠시 침묵한 뒤 말했다.

"혹시 부인께서 어제저녁 편지를 쓰지 않았습니까?"

"침실에 드신 뒤에요? 아닐걸요."

"확실하지는 않습니까?"

"부쳐야 할 편지 몇 개가 현관 테이블에 놓여 있긴 했어요. 항상 뒷정리를 하고 문을 잠그기 전에 마지막으로 우편물을 처리하거든요. 하지만 제 기억에 그 편지들은 그날 낮부터 거기 있었어요."

"편지가 몇 통이나 있었나요?"

"두 통 아니면 세 통…… 정확히는 모르겠어요, 선생님. 아마 세 통이었을 거예요."

"혹시 수취인이 누군지 봤습니까? 너무 기분 나쁘게 듣지는 마십시오. 아주 중요한 일입니다."

"제가 직접 우체국에 가서 부쳤어요. 맨 위에 있던 편지만 슬쩍 봤는데, 받는 곳이 포트넘 앤드 메이슨(런던 피커딜리에 있는 유서 깊은 백화점 — 옮긴이)이었어요. 나머지는 못 봤고요."

말투로 보아 진심인 것 같았다.

"편지가 세 통밖에 없었던 게 확실한가요?"

"네, 선생님. 그건 확실해요."

푸아로는 심각한 표정으로 고개를 끄덕이고는, 계단을 올라가며 말했다.

"부인이 수면제를 복용하는 걸 알고 있었습니까?"

"그럼요. 의사 선생님 처방이었거든요. 랭 선생님이요."

"평소에 수면제를 어디에 보관했지요?"

"마님 침실에 있는 조그만 벽장에요."

푸아로는 더 물어보지 않고 심각한 표정으로 계단을 올라갔다.

위층에서 배틀 총경이 기다리고 있었다. 근심과 피곤에 찌든 표정이었다.

"와 주셔서 고맙습니다, 무슈 푸아로. 이쪽은 데이비슨 선생입니다."

푸아로와 악수를 나눈 지역 경찰 공의는 키가 크고 침울해 보이는 얼굴로 말했다.

"운이 나빴어요. 한두 시간만 빨리 왔어도 살릴 수 있었을 텐데."

"흠, 공식적인 입장은 아니지만, 별로 안타깝지 않군요. 로리머 부인은 그러니까…… 참으로 대단한 여인이었습니다. 무슨 이유로 셰이터나를 죽였는지는 몰라도, 가장 적절한 대가를 치른 겁니다."

배틀이 말했다.

"그러지 않았다 해도 재판 때까지 버티지 못했을 겁니다. 건강이 많이 악화된 상태였으니까요."

푸아로의 말에 데이비슨 선생이 고개를 끄덕였다.

"맞습니다. 그러니 어쩌면 더 잘된 건지도 모르죠."

그렇게 말하고 의사는 층계를 내려갔다.

배틀 총경이 쫓아 내려갔다.

"잠시만 기다려 주십시오, 선생님."

푸아로가 침실 문을 잡은 채 배틀 총경에게 물었다.

"좀 들어가 봐도 되겠지요?"

배틀은 고개를 끄덕이며 어깨 너머로 대꾸했다.

"괜찮고말고요. 현장 조사는 다 마쳤습니다."

허락을 받은 푸아로는 방으로 들어가 조용히 문을 닫았다.

그리고 침대로 다가가 이제는 말이 없는, 죽은 여인의 얼굴을 가만히 내려다보았다.

여전히 혼란스러웠다.

부인은 앞날이 창창한 아가씨를 죽음과 불명예에서 구하겠다고 결심하고 스스로 목숨을 끊은 것일까, 아니면 악의를 품은 누군가가 개입된 것일까?

들어맞지 않는 게 몇 가지 있었다.

푸아로는 갑자기 몸을 숙여 죽은 부인의 팔에 난 검푸른 멍 자국을 살펴보았다.

다시 고개를 든 푸아로의 눈이 고양이의 눈처럼 번득였다. 오랜 친구라면 푸아로가 무슨 생각을 하고 있는지 단번에 알아맞힐 그런 눈빛이었다.

푸아로는 즉시 아래층으로 내려갔다. 배틀 총경과 부하 경관 한 명이 전화기 옆에 서 있었다. 경관이 수화기를 내려놓고 말했다.

"아직 안 돌아왔답니다, 총경님."

배틀이 푸아로에게 설명했다.

"데스파드 말입니다. 계속 연락하고 있는데 닿질 않네요. 역시나 첼시 우체국 소인이 찍힌 우편물이 와 있답니다."

푸아로는 엉뚱한 질문을 던졌다.

"로버츠 선생이 여기 왔을 때 아침을 먹었다고 했습니까?"

배틀은 멍하니 푸아로를 쳐다보았다.

"아뇨, 아침밥도 못 먹고 달려왔다고 말한 기억이 나는군요."

"그럼 지금쯤 집으로 돌아갔겠군요. 통화할 수 있겠어요."

"로버츠 선생은 왜……?"

푸아로는 이미 수화기를 들어 다이얼을 돌리고 있었다.

"로버츠 선생님? 로버츠 선생님 맞습니까? 메 위(그렇습니다), 푸아로입니다. 한 가지 여쭤볼 게 있습니다. 로리머 부인의 필체를 아십니까?"

"로리머 부인의 필체요? 그걸…… 아니요, 한 번도 본 적이 없습니다만."

"즈 부 르메르시(감사합니다)."

푸아로는 수화기를 재빨리 내려놓았다.

배틀은 여전히 그를 뚫어지게 바라보았다.

"무슨 꿍꿍이로 그러십니까, 무슈 푸아로?"

푸아로는 배틀의 팔을 움켜잡았다.

"잘 들으세요. 어제 제가 여기를 떠나고 몇 분 후에 앤 메러디스가 왔습니다. 현관으로 올라가는 걸 제가 직접 봤으니까요. 물론 어제는 누군지 확실하지 않았지만 말입니다. 하여튼 앤 메러디스가 떠나고 곧바로 로리머 부인은 잠자리에 들었어요. 가정부 말로는 그때 부인은 편지를 한 통도 쓰지 않았다고 합니다. 그리고 제가 방문하기 전에도 편지를 쓰지 않았다고 확신합니다. 왜 그런지는 어제 부인과 나눈 이야기를 들려주면 당신도 이해할 겁니다. 아무튼 그렇다면 부인이 대체 언제 편지를 썼겠습니까?"

"하인들이 모두 잠자리에 든 후에요? 그런 다음 다시 일어나 직접 부쳤을지 모르죠."

"그럴 가능성도 있군요. 하지만 다른 가능성도 있습니다. 바로 부인이 편지를 쓰지 않았다는 겁니다."

배틀은 감탄한 듯 휘파람을 불었다.

"맙소사! 그렇다면……."

그때 전화벨이 울렸다. 경사가 얼른 수화기를 집어 들더니, 잠시 듣고 있다가 배틀에게 말했다.

"데스파드 소령의 아파트에서 오코너 경사입니다, 총경님. 데스파드가 월링포드에 간 것 같답니다."

푸아로가 배틀의 팔을 잡은 손에 힘을 주었다.

"서둘러요. 우리도 당장 월링포드에 가야 합니다. 이거, 뭔가 불안합니다. 큰일이 터질지도 모르겠어요. 제가 다시 한번 말하는데, 이 아가씨 아주 위험한 사람입니다."

사고

"앤."

로다가 불렀다.

"응?"

"어머 얘, 십자말풀이 하면서 건성으로 대꾸하지 말라고 했잖아. 내 얘길 제대로 들어야지."

"듣고 있어."

앤은 똑바로 앉으며 신문을 내려놓았다.

"훨씬 낫다. 내 말 좀 들어 봐, 앤."

로다는 조금 머뭇거리다 본론을 꺼냈다.

"오늘 그 사람이 우리 집에 오기로 했잖니."

"배틀 총경님 말이야?"

"그래. 그런데 앤, 벤슨가(家)에서 지낸 얘기를 안 한 게 자꾸 마음에 걸린다."

앤의 목소리가 차갑게 변했다.

"헛소리 마. 내가 그 애길 왜 해야 하니?"

"왜냐니? 뭔가 숨기는 것처럼 보이잖아. 말하는 게 나을 것 같은데?"

"이제 와서 그럴 순 없잖아."

앤이 차갑게 쏘아붙였다.

"처음부터 말했으면 좋았을걸."

"그런 걱정 하기엔 너무 늦었어."

"그건 그래."

로다는 확신이 서지 않는 투였다.

앤이 짜증스럽게 말했다.

"그런데 그 얘기를 왜 해야 한다는 건지 모르겠구나. 이 사건과 아무 상관 없잖아."

"그거야 그렇지."

"거기엔 두 달 정도밖에 머물지 않았어. 총경이 옛날 일을 물어보고 다니는 건, 신원 조회를 하기 위한 거라고. 두 달 머문 건 얘기해 봤자 별 도움도 안 돼."

"나도 알아. 내가 괜한 걱정 하는 걸 수도 있지. 하지만 마음에 걸리는 걸 어떡하니. 아무래도 얘기해야 할 것 같아. 생각해 봐. 다른데서 알아내면 수상하게 여길 거 아냐. 일부러 숨겼다고 말이야."

"그걸 어디서 알아내겠어. 너밖에 모르잖아."

"그…… 그래?"

앤은 로다의 목소리에서 어렴풋이 망설이는 기색을 감지하고 물었다.

"왜, 또 누가 아는데?"

로다는 잠시 생각한 끝에 대답했다.

"글쎄, 콤비커에 사는 사람들은 다 알 테고."

앤은 가볍게 어깨를 으쓱했다.

"아, 그거! 설마 총경이 거기까지 가서 사람들을 만날 것 같지는 않아. 그럴 일은 없을 거야."

"그럴 수도 있잖아."

"로다, 너 정말 이상하다. 얘기 안 해도 괜찮대도."

"미안해, 얘. 네가 뭘 숨기고 있다고 생각하면 경찰이 어떻게 나올지 너도 알잖니."

"알아내지 못할 거야. 말할 사람이 어딨어? 너 말고는 아는 사람도 없는데."

앤이 그 말을 입에 올린 게 벌써 두 번째였다. 그런데 이번엔 뭔가 의심스러워하는 기색이었다.

"얘, 난 네가 그냥 얘기해 버렸으면 좋겠다."

로다가 침울하게 한숨을 내쉬었다.

그러면서 뭔가 양심에 찔린 눈초리로 앤을 흘끔 쳐다봤지만, 앤은 그것을 보지 못했다. 앤은 뭔가 궁리하는 듯 미간을 찌푸린 채 앉아 있었다.

"재미있지? 데스파드 소령이 갑자기 찾아오고 말이야."

로다가 말했다.

"뭐? 아, 그거."

"앤, 그 사람 진짜 멋있더라. 너 그 사람 안 좋아하면 제발 제발 제발 나한테 양보해!"

"농담하지 마, 로다. 그 사람 나한테 눈곱만큼도 관심 없어."

"그럼 왜 자꾸 찾아오는데? 당연히 너한테 푹 빠져서 그러는 거지. 남자들이 너처럼 연약한 여자를 얼마나 보살펴 주고 싶어 하는데. 넌 정말 보호 본능을 자극한다니까."

"너한테도 똑같이 잘해 주던데, 뭘."

"그건 그냥 친절을 베푸는 거고. 아무튼 네가 그 사람이 싫다면, 내가 편안한 친구처럼 다가갈래. 실연당한 마음을 위로해 주다 보면 가까워질 수도 있잖아. 잘될지 누가 알아?"

로다가 주책맞게 떠벌렸다.

"아마 그쪽도 반길 거야."

앤이 웃으며 대꾸했다.

"그 사람 등이며 목이며 뒷모습이 너무 멋있더라. 짙은 구릿빛에 근육도 적당하고."

그러면서 로다는 한숨을 내쉬었다.

"로다, 너 너무 감상적인 거 아니니?"

"앤, 너 그 사람 좋아하니?"

"응, 많이 좋아해."

"우리도 이만하면 꽤 여자답고 얌전하지 않니? 내가 보기에 그 사람, 나도 조금은 좋아하는 것 같아. 너만큼은 아니고 아주 조금."

"어머, 그 사람은 너도 좋아해."

이번에도 앤은 평소와는 다른 억지스러운 말투로 대꾸했지만, 로다는 알아채지 못했다.

"우리 형사 나리께서 몇 시에 온다고 했지?"

"12시에."

앤은 조금 있다가 덧붙였다.

"아직 10시 30분밖에 안 됐네. 강에나 나가 볼까?"

"그런데 데스파드 소령이 11시쯤 온다고 하지 않았니?"

"집에서 기다릴 필요 뭐 있어? 애스트웰 부인한테 말해 놓으면 강변을 따라 알아서 찾아오겠지."

"그래, 엄마가 늘 말씀하셨듯이 비싸게 구는 거야!"

로다가 깔깔거리며 맞장구쳤다.

"빨리 가자."

로다가 먼저 방을 나와 정원 문으로 나갔고, 앤도 그 뒤를 따라 나갔다.

10분 후 데스파드 소령이 웬던 코티지에 도착했다. 약속 시간보다 조금 일렀던 터라, 두 아가씨가 벌써 나갔다는 말에 소령은 적잖이 놀랐다.

소령은 정원으로 나와 들판을 가로질러 가다가 오른쪽으로 꺾어 강변을 따라 걸어갔다.

애스트웰 부인은 다시 일하러 들어갈 생각은 않고 소령의 뒷모습을 바라보며 혼자 중얼거렸다.

"둘 중 한 아가씨에게 마음이 있는 게로군. 앤 양인 것 같은데, 혹시 모르지. 저 사람 표정만 봐선 알 수 없으니까. 게다가 둘한테 똑같이 잘해 주고. 두 아가씨도 똑같이 마음이 있는 건 아닌지 모르겠네. 그렇다면 앞으로는 지금처럼 친하게 지내기 어려울 텐데. 젊은 청년 하나가 끼어들어 두 아가씨 사이가 멀어지는 게 한두 번 있는 일인가."

청춘 남녀 사이에 다리를 놓아 줄 생각에 들뜬 애스트웰 부인이 다시 집 안으로 들어가 아침 먹은 설거지를 하고 있는데, 또다시 벨이 울렸다.

애스트웰 부인은 투덜거렸다.

"저놈의 벨소리, 일부러 저런다니까, 저거. 소포겠지. 아니면 전보가 왔거나."

부인은 천천히 나가 문을 열어 주었다.

밖에는 두 신사가 서 있었다. 한 명은 키가 작달막한 외국인이고, 다른 한 명은 한눈에 영국인임을 알 수 있는, 덩치가 크고 건장한 남자였다. 덩치 큰 남자는 전에 본 적이 있는 사람이었다.

"메러디스 양 있습니까?"

몸집이 큰 남자가 물었다.

애스트웰 부인은 고개를 저었다.

"방금 나갔어요."

"그래요? 어느 쪽으로요? 못 봤는데요."

작달막한 신사의 콧수염을 곁눈으로 흘끔흘끔 쳐다보던 애스트웰 부인은 속으로 '이 얼마나 어울리지 않는 한 쌍인가.'라고 감탄하며 대답했다.

"강으로 나갔어요."

그러자 다른 신사가 불쑥 물었다.

"다른 아가씨는요? 도스 양 말입니다."

"같이 갔는데요."

"아, 고맙습니다. 그런데 강으로 가려면 어느 쪽으로 가야 하죠?"

배틀이 물었다.

애스트웰 부인이 즉시 대답했다.

"우선 왼쪽으로 돌아 골목길을 내려가다가 강변길이 나오면 오른쪽으로 가세요. 그리로 간다고 말한 것 같아요."

그러고는 도움이 될까 싶어 덧붙였다.

"15분도 안 됐으니, 금방 따라잡을 수 있을 거예요."

"이상하군."

멀어지는 두 사람의 뒷모습을 한참 동안 쳐다보다가 마지못해 현관문을 닫으면서 부인이 중얼거렸다.

"저 사람들은 또 누구야. 기억이 안 나네."

애스트웰 부인은 부엌 싱크대 앞으로 돌아갔고, 배틀과 푸아로는 부인이 설명한 대로 왼쪽으로 돌아 골목길로 들어섰다. 구불구불하고 좁은 길이 잠시 이어지다가 이내 강변길이 나왔다.

푸아로는 그답지 않게 서두르고 있었다. 배틀은 호기심 어린 눈으로 푸아로를 쳐다보았다.

"무슨 문제 있습니까, 무슈 푸아로? 굉장히 서두르시는 것 같아서요."

"맞습니다. 굉장히 불안합니다."

"뭐 짚이는 거라도 있습니까?"

푸아로는 고개를 저었다.

"아닙니다. 하지만 무슨 일이 일어날 수도 있습니다. 그걸 누가 알겠습니까……."

"뭔가 짚이는 게 있군요. 오늘 아침에도 얘기할 새도 없이 빨리 여기로 와야 한다고 하더니. 세상에, 하도 재촉해서 터너 순경이 과속까지 했다고요! 뭐가 걱정돼서 그러는 겁니까? 그 아가씨는 이미 쓸 수 있는 카드를 다 쓰지 않았습니까?"

푸아로는 대답하지 않았다.

"뭐가 걱정돼서 그러는 겁니까?"

배틀이 재차 물었다.

"이런 상황에서 항상 염려해야 할 게 뭐겠습니까?"

배틀은 무슨 말인지 알겠다는 듯 고개를 끄덕였다.

"맞습니다. 나도 혹시나……."

"혹시나…… 뭡니까?"

푸아로가 되묻자 배틀이 천천히 대답했다.

"혹시 도스 양이 올리버 부인에게 자신의 비밀을 말해 버렸다는 것을 메러디스 양이 알아차린 게 아닐까 하는 생각이 들었습니다."

푸아로는 힘주어 고개를 끄덕였다.

"어서 갑시다, 친구."

두 사람은 강둑을 따라 걸음을 재촉했다. 물에 떠 있는 배는 아직 한 척도 보이지 않았다. 그런데 굽은 길을 따라 돌자마자 푸아로는 걸음을 뚝 멈췄다. 뒤따라오던 배틀도 재빨리 알아차렸다.

"데스파드 소령이군요."

배틀이 중얼거렸다.

200미터쯤 앞에서 데스파드가 강둑을 따라 성큼성큼 걸어가고 있었다.

조금 더 멀리 두 아가씨가 뱃놀이를 하는 게 보였다. 로다가 노를 젓고 앤은 비스듬히 누워 로다를 올려다보며 웃고 있었다. 두 사람 다 강둑 쪽으로는 눈길을 주지 않았다.

그런데 사고가 일어났다. 앤이 손을 갑자기 뻗자 로다가 휘청거리더니 곧 중심을 잃고 물로 첨벙 고꾸라졌다. 로다는 다급하게 앤의 옷소매를 움켜잡았고, 배가 심하게 흔들리다가 확 뒤집혔다. 다음 순간 둘 다 물속에서 버둥거렸다.

"보셨습니까?"

배틀이 외치며 달리기 시작했다.

"메러디스 양이 로다 양의 발목을 잡아채 물에 빠뜨렸어요. 맙소사, 저게 벌써 네 번째 살인이잖아!"

두 사람은 전속력으로 달려갔다. 그런데 저만치 앞서 달리는 사람이 또 하나 있었다. 두 아가씨 모두 수영을 못하는 게 분명했다. 다행히 먼저 강가에 닿은 데스파드가 재빨리 뛰어들어 두 사람을 향해 헤엄치기 시작했다.

"몽 디외(저런), 이거 흥미롭게 됐군."

푸아로가 외쳤다. 그는 배틀의 팔을 잡으며 물었다.

"누굴 먼저 구할 것 같습니까?"

두 여자는 10미터 남짓 떨어져 허우적거리고 있었다.

데스파드는 둘을 향해 힘차게 헤엄쳐 가더니 조금도 주저하지 않고 곧장 로다에게 갔다.

배틀도 가장 가까운 강둑에서 물로 뛰어들었다. 로다를 물가로 끌고 온 데스파드는 그녀를 들쳐 올리고 나서, 곧바로 다시 뛰어들어 앤이 가라앉은 지점으로 헤엄쳐 갔다.

"조심해요. 수초가 많습니다."

배틀이 소리쳤다.

데스파드와 배틀이 그 지점에 이르렀지만, 앤은 이미 가라앉은 지 오래였다.

두 사람은 물속에서 간신히 앤을 끌어 올려, 몸뚱이를 끌고 강가로 헤엄쳐 나왔다.

로다는 푸아로가 보살폈다. 그녀는 일어나 앉아 여전히 숨을 헐떡거리고 있었다.

데스파드와 배틀은 앤 메러디스를 바닥에 똑바로 눕혔다.

"인공호흡을 해야겠어요."

배틀이 다급하게 말했다.

"그 수밖에 없어요. 하지만 이미 늦은 것 같긴 합니다."

배틀이 인공호흡을 시작했고, 푸아로는 즉시 교대하려고 옆에서 기다렸다.

로다 옆에 털썩 주저앉은 데스파드가 쉰 목소리로 물었다.

"괜찮아요?"

로다는 천천히 대답했다.

"당신이 날 구했어요. 날 먼저 구하다니……."

로다는 데스파드를 향해 떨리는 팔을 뻗었다. 데스파드가 말없이 로다를 감싸 안자 그녀는 울음을 터뜨렸다.

"로다……."

두 사람은 서로의 손을 꼭 움켜쥐었다.

데스파드의 머릿속에 갑자기 어떤 광경이 떠올랐다. 잡목이 우거진 아프리카의 숲과, 그의 옆에서 모험심에 들떠 해맑게 웃고 있는 로다의 얼굴…….

살인

I

로다는 도무지 믿어지지 않는다는 표정이었다.

"그럼 앤이 일부러 저를 밀었단 말이에요? 그런 것 같긴 했어요. 게다가 제가 수영 못하는 걸 앤도 알거든요. 하지만 정말 일부러 그랬을까요?"

"분명 고의였습니다."

푸아로가 말했다.

일행은 차를 타고 런던 교외를 달리고 있었다.

"하지만…… 하지만 왜요?"

푸아로는 대답하지 않았다. 앤이 왜 그랬는지 알 것도 같았다. 그리고 그 동기가 지금 로다 옆에 앉아 있었다.

배틀 총경이 헛기침을 한 번 하고 말했다.

"지금부터 하는 얘기, 마음 단단히 먹고 들으세요, 도스 양. 메러디스 양이 함께 지냈던 벤슨 부인 말입니다. 그 부인은 사고로 죽은 게 아닙니다. 증명할 순 없지만, 적어도 그렇게 볼 근거는 있습니다."

"그게 무슨 말씀이세요?"

"우리는 앤 메러디스가 문제의 병을 바꿔치기했다고 믿고 있습니다."

푸아로가 설명했다.

"어머나, 세상에…… 어떻게 그런 끔찍한 짓을! 말도 안 돼요. 앤이? 앤이 왜 그런 짓을?"

"이유가 있었죠. 중요한 건 그 사건에 대해 우리에게 말할 사람은 도스 양뿐이라는 겁니다. 혹시 올리버 부인에게 말했다고 털어놓지 않았나요?"

배틀이 말했다.

"아뇨. 말하면 화낼 것 같아서요."

"아마 화내는 정도가 아니었을 겁니다."

배틀이 무서운 표정으로 말했다.

"그녀는 유일하게 남은 위험이 도스 양이라고 생각했고, 그래서 도스 양을 죽이려고 한 겁니다."

"죽여요? 저를요? 세상에, 그런 끔찍한 짓을! 믿을 수가 없어요."

"이제 죽었으니 그냥 이대로 덮어 두는 게 좋겠지요. 하지만 도스 양, 앤 메러디스는 친구로 지낼 만한 사람이 아니었습니다. 그건 사실입니다."

배틀 총경이 말했다.

차가 어느 집 앞에 이르러 멈췄다.

"모두 무슈 푸아로 댁에 들어가 잠시 이야기를 나누죠."

배틀 총경이 제안했다.

응접실에 들어서자 로버츠 선생과 얘기를 나누고 있던 올리버 부인이 반갑게 일행을 맞이했다. 그들은 셰리주를 마시고 있었다. 올리버 부인은 새로 산 크고 꼴사나운 모자와 가슴팍에 리본이 달린 벨벳 드레스 차림이었다. 리본에는 아니나 다를까 큰 사과 씨 하나가 붙어 있었다.

"어서 들어와 앉아요."

올리버 부인은 자기 집인 양 손님들을 맞아들였다.

"연락 받자마자 로버츠 선생님한테 전화해 이리로 오라고 했어요. 선생님은 급한 환자들도 버려두고 곧장 달려왔죠. 환자들은 알아서 낫겠죠, 뭐. 어떻게 된 건지 궁금해서 미치겠어요."

"맞습니다. 정말 얼떨떨하네요."

로버츠가 말했다.

"에 비엥(그렇습니다). 사건은 종결됐습니다. 마침내 셰이터나 씨를 살해한 범인을 밝혀냈거든요."

푸아로가 입을 열었다.

"올리버 부인께 들었습니다. 그 여리디여린 앤 메러디스 양이 범인이라니, 믿을 수가 없어요. 그렇게 순진하게 생긴 살인범도 없을 겁니다."

"그냥 살인범이 아닙니다. 이미 세 번이나 저질렀고, 네 번째도 운이 나빠 우리한테 들킨 것뿐이에요."

배틀이 말했다.

"놀랍군요!"

로버츠가 중얼거렸다.

"그렇지도 않아요. 가장 아닐 것 같은 사람이 항상 범인이잖아요. 추리 소설뿐만 아니라 현실에서도 이 법칙이 들어맞는다니까."

올리버 부인이 말했다.

"오늘은 참, 충격에 충격의 연속이로군요. 아침엔 로리머 부인의 편지에 놀라고…… 그럼 그 편지는 위조한 거겠군요?"

로버츠가 말했다.

"그렇습니다. 세 장 모두 위조한 겁니다."

"그럼 자신에게도 써서 보낸 건가요?"

"그렇겠죠. 실력이 워낙 뛰어나서 전문가도 속아 넘어가겠더군요. 하지만 전문가를 부를 이유가 없었습니다. 모든 증거를 종합해 볼 때 로리머 부인의 죽음은 자살로 보였으니 말입니다."

"너무 캐물어서 죄송합니다만, 무슈 푸아로, 어떤 점에서 자살이 아니라고 의심하신 겁니까?"

"체인 레인의 가정부와 나눈 사소한 대화 때문입니다."

"전날 저녁 앤 메러디스가 다녀갔다고 말했군요?"

"그 얘기도 했지요. 하지만 저는 이미 범인이 누구인지 짐작하고 있었습니다. 셰이터나 씨를 살해한 범인 말입니다. 그런데 그건 로리머 부인이 아니었습니다."

"어떤 점 때문에 메러디스 양을 의심했습니까?"

푸아로는 한 손을 들어 올렸다.

"잠깐, 제 방식대로 풀어 보도록 하지요. 나머지 세 명을 제외하면 됩니다. 셰이터나 씨를 살해한 범인은 로리머 부인도, 데스파드 소령도 아니고, 뜻밖에 앤 메러디스 양도 아니었습니다······."

푸아로는 몸을 앞으로 숙이고 고양이처럼 낮고 부드러운 목소리로 말했다.

"셰이터나 씨를 죽인 사람은 로버츠 선생, 바로 당신입니다. 그리고 당신은 로리머 부인도 죽였지요······."

II

3분가량 침묵이 흘렀다. 그런데 갑자기 로버츠가 웃음을 터뜨렸다. 서슬 푸른 웃음이었다.

"제정신입니까, 무슈 푸아로? 난 셰이터나 씨를 죽이지도 않았고, 로리머 부인은 더더구나 죽이지 않았습니다."

그는 총경을 향해 고개를 돌리고 물었다.

"당신도 같은 생각입니까?"

"무슈 푸아로 얘기를 끝까지 들어 보는 게 좋을 것 같군요."

배틀이 조용히 말했다.

푸아로가 말을 이었다.

"셰이터나 씨를 죽였을 법한 사람이 당신밖에 없다고 생각한 지는 한참 됐지만, 그것을 증명하기는 쉽지 않았습니다. 하지만 로리머 부인의 경우는 달랐지요."

다시 몸을 앞으로 숙였다.

"제가 알고 모르고의 문제가 아니었어요. 훨씬 간단했으니까요. 왜냐하면 당신이 부인을 죽이는 것을 목격한 사람이 있기 때문입니다."

로버츠는 입을 다물었다. 다음 순간 그는 눈을 무섭게 빛내며 날카롭게 대꾸했다.

"말도 안 되는 소리요!"

"그렇지 않습니다. 오늘 이른 아침, 당신은 큰일이 난 척하며 로리머 부인의 침실로 들이닥쳤습니다. 부인은 전날 밤 복용한 수면제 때문에 아직 못 일어나고 있었지요. 당신은 또 한 번 가정부를 속였어요. 흘깃 한번 보고는 부인이 죽었다고 말한 겁니다! 브랜디와 뜨거운 물을 준비해 오라고 가정부를 내보낸 뒤 혼자 방에 남았습니다. 가정부는 제대로 보지도 못했지요. 그러고 나서 당신은 뭘 했지요?

로버츠, 당신은 몰랐겠지만, 이른 아침에 창문닦이 서비스를 하는 회사가 있어요. 그러니까 당신이 부인 집에 들이닥쳤을 때, 마침 창문닦이도 도착해서 사다리를 놓고 올라가고 있었습니다. 그리고 맨 먼저 닦기 시작한 게 로리머 부인의 침실 창문이었지요. 창문닦이는 그 안에서 벌어지는 광경을 목격하고는, 즉시 옆 창문으로 옮겨 갔습니다. 하지만 이미 똑똑히 보고 난 후였어요. 직접 들어 보십시오."

푸아로는 한 걸음 옆으로 물러나 문을 열고 누군가를 불렀다.

"들어와요, 스티븐."

빨간 머리에 몸집이 큰 남자가 들어왔다. 그는 거북한 표정을 짓고 있었다. 그리고 어색한 듯 '첼시 창문닦이 조합'이라는 로고가 박힌 모자를 자꾸만 비틀었다.

푸아로가 물었다.

"여기 전에 본 적 있는 사람이 있나요?"

남자는 방 안에 있는 사람들을 휘 둘러보고는 쭈뼛거리며 고갯짓으로 로버츠 선생을 가리켰다.

"저 사람이요."

"마지막으로 봤을 때 저 사람이 뭘 하고 있었는지 말해 주세요."

"오늘 아침 8시에 체인 레인의 로리머 부인 댁에 일이 있었습니다. 그 집 창문을 닦기 시작했는데, 그때 부인은 아직 침대에 누워 계셨죠. 안색이 안 좋아 보이더군요. 부인이 고개를 돌리는데 갑자기 저분, 저 의사 선생님이 부인의 소매를 걷고는 주삿바늘을 여기쯤에 푹 찔러 넣었습니다."

그는 자기 팔을 가리켰다.

"부인이 곧 베개에 머리를 떨궜습니다. 그걸 보고 얼른 옆 창문으로 옮겨 갔습니다. 제가 뭐 잘못한 건 아니겠죠?"

"아니, 아주 잘했어요, 친구."

푸아로가 창문닦이를 안심시키고는 다시 조용히 말했다.

"에 비엥(그래서), 로버츠 선생?"

"강장제를 놓아 준 건데……. 살려 보려고 그랬습니다. 정말 끔찍한……."

로버츠가 더듬거리며 말하자 푸아로가 가로막았다.

"그냥 강장제였을 뿐이라고요? N메틸시클로헥센일메틸말로닐요소이지요."

푸아로의 입에서 생소한 단어가 술술 흘러나왔다.

"'에비판'으로 더 잘 알려져 있지요. 간단한 수술에서 마취제로 이용합니다. 그런데 정맥을 통해 다량 투여하면 즉시 의식을 잃게 되는 겁니다. 베로날을 비롯한 바르비탈 계열의 수면제를 복용한 후 투여하면 아주 치명적이지요. 저는 로리머 부인의 팔에서 정맥주사로 생긴 듯한 멍을 발견했어요. 경찰의에게 슬쩍 말을 흘리자, 곧바로 조사해서 주입된 약물을 알아내더군요. 다른 사람도 아닌, 내무부 소속 해부학자 찰스 임퍼리 경이 직접 밝혀낸 겁니다."

"이제 더 이상 빠져나갈 구멍이 없는 것 같군요. 셰이터나 씨 살인 혐의를 증명할 필요도 없겠습니다. 필요하면 찰스 크래독 씨 살인 혐의를 추가할 수도 있으니까요. 크래독 부인의 살해 혐의까지 말입니다."

배틀 총경이 말했다.

크래독 부부의 이름이 나오자 로버츠는 의자 등받이에 털썩 기댔다.

"졌소. 잘도 알아내셨군! 그날 저녁, 당신이 오기 전에 그 악랄한 셰이터나가 언질을 준 모양이지? 입막음하는 데 성공한 줄 알았는데……."

"셰이터나 씨가 알려 준 게 아닙니다. 이게 다 무슈 푸아로 덕분이지요."

배틀이 문을 열자 남자 둘이 성큼성큼 들어왔다.

공식적으로 범인을 검거하는 총경의 목소리는 사무적이었다.

끌려가는 피의자 뒤로 문이 닫히자마자, 올리버 부인이 의기양양하게 소리쳤다.

"저 사람이 범인인 줄 알았다니까!"

테이블 위의 카드

기대에 찬 시선들이 푸아로에게 집중되는 순간이었다.

푸아로가 만족스러운 미소를 지으며 말했다.

"제 공으로 돌리다니, 고맙습니다. 제가 좋아하는 강의 시간이 돌아왔군요. 여러분도 알다시피 저는 설교를 좋아하는 노인네잖습니까. 이번 사건은 이제까지 겪어 본 것 중 가장 흥미로운 사건이었습니다. 더 이상 흥미로울 수가 없었습니다. 용의자가 넷이고, 그중 한 명이 살인을 저질렀습니다. 과연 넷 중 누구일까? 범인을 가려낼 단서가 있는가? 단서가 될 만한 물증은 전혀 없었습니다. 지문도 없고, 서류나 문서도 없고, 눈에 보이는 증거는 하나도 없었습니다. 유일한 단서는 용의자들 자신이었습니다.

그리고 눈에 보이는 단서가 하나 있다면, 그건 바로 브리지 점수표였죠.

제가 처음부터 브리지 점수표에 특별히 관심을 보였다는 걸 기억하실 겁니다. 그 점수표는 그것을 작성한 사람들에 대해 뭔가를 말해 주었습니다. 그런데 점수표를 보고 알아낸 것은 그뿐이 아니었습니다. 거기에는 아주 중요한 단서가 하나 숨어 있었지요. 저는 세 번째 러버의 점수표에서 '1500'이라는 숫자를 발견했습니다. 눈에 띌 만큼 큰 숫자였죠. 그 숫자는 한 가지를 의미했습니다. 누군가 그랜드 슬램을 비딩 했다는 겁니다. 자, 생각해 보십시오. 만약 누군가 이런 특수한 상황에서, 그러니까 브리지 게임을 하면서 살인을 저지르려 했다고 합시다, 이 경우 그 사람은 두 가지 큰 위험을 무릅써야 합니다. 첫 번째는 희생자가 비명을 지를 수 있다는 것이고, 두 번째는 희생자가 소리를 내지 않더라도 나머지 세 명이 결정적인 순간에 우연히 고개를 들었다가 범행을 목격할 수 있다는 것입니다.

우선 첫 번째 위험은 어떻게 할 도리가 없습니다. 완전히 운에 달린 것이죠. 그러나 두 번째 위험은 대책을 세울 수 있습니다. 판이 흥미롭게 흘러가거나 게임이 치열해질 경우 나머지 세 명의 정신이 판에 쏠리는 것은 당연한 이치지요. 반대로 판이 지루하면 플레이어들도 정신을 딴 데 팔면서 이리저리 둘러볼 테고요. 그런데 그랜드 슬램을 비딩 한 판은 흥미진진할 수밖에 없습니다. 게다가 이번 경우처럼 더블이 되기 십상이고요. 세 사람 모두 온 신경을 집중해야 합니다. 디클레어러는 자기가 비딩 한 계약을 성사하기 위해, 상대편은 신중하게 카드를 골라 버리면서 상대방을 다운 시키기 위해 말입니다. 판이 이렇게 돌아가고 있을 때 범행이 일어났을 가능성이 크다고 생각했습니다. 그래서 저는 그 판의 비딩이 어떻게 진행됐는지 알아내려고 했던 것이죠. 그리고 얼마 안 있어 그 판의 더미가 로버츠 선생이었다는 것을 알아냈습니다. 그 사실을 염두에 두고 두 번째, 또 다른 각도에서 접근했습니다. 심리적으로 가능성을 따지기 시작한 겁니다. 제가 보기에 용의자 넷 중 살인을 가장 철저하게 계획하고 실행할 만한 사람은 로리머 부인이었습니다. 하지만 그 순간에 운이 따라 주어야 하는 범행을 저지를 사람으로 보이지 않았습니다. 그런데 그날 밤 부인의 태도가 미심쩍었습니다. 부인 자신이 살인을 했거나 아니면 범인이 누군지 아는 것처럼 행동했거든요. 물론 메러디스 양과 데스파드 소령, 로버츠 선생 모두 심리적으로 가능성이 있었습니다. 전에도 말했듯이 각각 전혀 다른 각도에서 범행을 실행했겠지만 말입니다.

저는 두 번째 실험을 했습니다. 그 방에 있던 것들을 기억나는 대로 말해 보라고 했지요. 네 사람의 대답에서 저는 중요한 정보를 얻었습니다. 먼저 단검을 봤을 가능성이 가장 큰 사람은 로버츠 선생이라는 것이었습니다. 로버츠 선생은 의식하지 않고도 자잘한 것들을 인지하는 사람입니다. 한마디로 관찰력을 타고난 사람이지요. 그런데 브리지 패에 한해서는 거의 아무것도 기억하지 못했습니다. 별로 기대하지 않았지만, 그 정도로 기억 못 한다는 것은 그날 밤 내내 다른 것에 마음을 쏟고 있었다는 것을 의미합니다. 이 또한 로버츠 선생이 유력한 용의자라는 것을 말해 줍니다.

그런가 하면 로리머 부인은 놀라울 정도로 카드 패를 잘 기억했습니다. 그 정도 집중력이면 바로 옆에서 살인이 일어나도 부인은 전혀 알아채지 못할 거라는 생각이 들었습니다. 부인은 제게 귀중한 정보를 하나 주었습니다. 그랜드 슬램을 비딩 한 것이 로버츠라는 사실이었습니다. 게다가 꽤 부당한 비딩이기도 했습니다. 왜냐하면 선생 자신의 패가 아니라 파트너인 부인의 패를 가지고 비딩 한 거였거든요. 부인은 하는 수 없이 그랜드 슬램 비딩을 목표로 플레이하는 수밖에 없었고요.

세 번째 실험은 배틀 총경과 제가 승부수를 건 것이었습니다. 과거의 살인 사건을 조사해서 비슷한 유형의 살인을 저지른 용의자를 가려내는 것이었습니다. 이 조사에는 배틀 총경과 올리버 부인, 레이스 대령이 수고해 주셨습니다. 이 문제를 의논하면서 배틀 총경은 과거 세 건의 살인 사건과 셰이타나의 죽음 사이에 비슷한 점이 없어서 실망했다고 했지요. 그런데 그렇지 않습니다. 면밀히 관찰해 보면, 특히 물적 증거가 아닌 심리적 관점에서 보면, 로버츠 선생의 혐의가 의심되는 두 건의 살인 사건은 셰이타나의 살인과 거의 일치합니다. 그 두 건의 살인도 제가 '공공연한 살인'이라고 부르는 것이었습니다. 왕진 온 의사가 대담하게도 희생자의 드레스룸에서 손을 씻는 척하면서 면도솔을 감염시키는가 하면, 장티푸스 예방 접종을 해 준다면서 치명적인 병균을 주사해 크래독 부인을 죽음에 이르게 했지요. 둘 다 아주 공공연하게, 이를테면 세상이 다 지켜보는 가운데 이루어졌습니다. 게다가 범행이 이루어진 과정도 아주 비슷합니다. 막다른 길에 몰리자 기회를 포착해 즉시 행동했다는 점에서요. 아주 대담하고 뻔뻔하게 허세를 부리는 것이, 브리지 게임을 하는 방식과 일치합니다. 선생은 브리지를 할 때, 셰이터나를 살해했을 때와 마찬가지로 작은 확률에 크게 걸고 가진 패를 능숙하게 이용했습니다. 그리고 아주 적절한 순간에 완벽하게 한 방을 날린 거죠.

그런데 로버츠 선생이 범인이 틀림없다고 판단한 순간, 로리머 부인이 와 달라고 요청하더니 자기가 범인이라고 그럴듯하게 주장하지 뭡니까! 그 말을 거의 믿을 뻔했습니다. 아주 잠깐 동안 저는 부인의 말을 믿었습니다. 그런데 다음 순간 제 작은 회색 뇌세포들이 가동하기 시작했지요. 말이 되지 않았습니다. 따라서 부인의 주장은 사실이 아니라고 판단했죠!

그러나 부인의 주장은 진위 여부를 판가름하기가 상당히 어려웠습니다. 그녀는 앤 메러디스가 범행을 저지르는 것을 실제로 목격했다고 했거든요.

다음 날 아침, 죽은 로리머 부인의 시신을 살펴보고 나서야 어떻게 해서 제 판단이 옳았으며 동시에 로리머 부인의 주장도 진실일 수 있는지 깨달았습니다.

앤 메러디스는 벽난로 쪽으로 다가갔다가 셰이터나 씨가 죽어 있는 걸 본 겁니다. 메러디스 양은 가까이 들여다보느라 상체를 숙여 손을 뻗었습니다. 아마도 장식 단추처럼 보이는 단검의 머리 부분을 만져 보느라 그랬을지도 모르지요.

소리를 지르려고 입을 벌렸지만 메러디스 양은 곧 입을 다물었습니다. 저녁 식사 자리에서 셰이터나 씨가 했던 말이 떠올랐기 때문이죠. 어쩌면 어딘가에 기록으로 남겨 뒀을지도 모른다는 생각이 든 겁니다. 앤 메러디스는 셰이터나를 살해할 동기가 있었으니까요. 모두 자기를 범인으로 지목할 걸 생각하니 차마 소리를 지르지 못했겠죠. 두려움과 불안에 떨며 메러디스 양은 자리로 돌아와 앉았습니다.

따라서 범행을 목격했다는 로리머 부인의 말도 맞고, 실제로 범행을 목격한 게 아니므로 제 말도 맞는 겁니다.

로버츠 선생이 속을 드러내지 않고 가만히 있었다면, 우리는 영영 그 사람의 죄를 밝혀내지 못했을지도 모릅니다. 어쩌면 할 수 있었을지도 모르죠. 브리지에서처럼 허세를 부려 선생을 속이거나 아니면 여러 가지 교묘한 장치를 이용해 범행을 밝혀냈을 수도 있습니다. 어쨌든 저라면 최소한 시도는 했을 겁니다.

하지만 로버츠 선생은 냉정을 잃고 그만 또 한 번 가진 패보다 높게 비딩 하고 말았습니다. 그런데 이번에는 패가 좋지 않았고, 결국 로버츠 선생은 꼼짝없이 다운 되고 만 것이죠.

가만히 있으려니 불안했던 겁니다. 배틀 총경이 이것저것 캐묻고 다니는 걸 알았으니까요. 그런 불안한 상황이 지속되리라는 것을 막연하게 예견했던 겁니다. 경찰이 수사를 계속하고, 그러다가 혹시 기적적으로 과거 자신이 저지른 범행을 밝혀낼지도 몰랐던 거죠. 그래서 선생은 로리머 부인을 희생양으로 만들자는 기막힌 생각을 실행에 옮겼습니다. 분명 의사의 날카로운 눈으로, 부인이 병에 걸

렸으며 죽을 날이 멀지 않았다는 것을 눈치챘을 겁니다. 고통 없는 죽음을 선택하고, 게다가 죽기 전에 범행을 자백하면 얼마나 자연스러워 보이겠습니까! 선생은 부인의 필체를 구해 편지 세 장을 위조해서 부친 다음, 아침 일찍 부인의 집에 급히 들이닥친 겁니다. 방금 편지를 받고 달려왔다면서요. 자신의 가정부에게 경찰에 연락하라고 지시해 두고 말입니다. 선생은 한발 앞서 도착하면 되는 거였고, 실제로 그렇게 했습니다. 아무튼 지역 경찰 공의가 도착했을 땐 이미 모든 것이 끝난 후였습니다. 로버츠 선생은 미리 생각해 둔 대로 인공호흡을 시도했으나 실패했다고 말했습니다. 그럴듯하고 의심할 여지가 없는 시나리오였죠.

그 와중에 선생은 앤 메러디스를 희생시킬 생각은 조금도 하지 못했습니다. 전날 밤 메러디스 양이 로리머 부인을 방문한 것도 전혀 몰랐으니까요. 오로지 부인이 자살한 것으로 위장해 위험에서 빠져나오는 것만 생각했지요.

제가 로리머 부인의 필체를 아느냐고 물었을 때, 로버츠 선생은 무척 당황했을 겁니다. 위조가 의심될 경우, 부인의 필체를 본 적이 없다고 재빨리 부인해야 혐의에서 벗어날 수 있겠지요. 그런데 그 순간 머리를 재빨리 굴렸지만, 대답이 빨리 나오지 못했던 겁니다.

저는 월링포드에서 올리버 부인에게 전화를 걸어, 로버츠 선생을 안심시켜 이리로 데려오라고 했습니다. 선생이 비록 계획한 것에서 조금 빗나가긴 했지만 모든 게 해결됐다고 생각하고 의기양양해 있을 때, 에르퀼 푸아로가 한 방 날린 겁니다. 그리하여 도박꾼은 더 이상 내기에 건 돈을 회수하지 못하게 된 거죠. 테이블에 가진 카드를 모두 내놓을 수밖에 없게 된 겁니다. 세 피니(이것이 끝입니다).”

정적이 감돌았다. 로다가 한숨을 내쉬며 침묵을 깼다.

"창문닦이가 마침 거기 있었던 게 행운이었네요."

"행운? 행운이라고 했습니까? 그건 운이 아닙니다, 마드무아젤. 에르퀼 푸아로의 회색 뇌세포가 작동한 결과지요. 그러고 보니 깜빡했는데……."

푸아로는 일어나 문 쪽으로 걸어갔다.

"들어와요. 어서 들어와요, 젊은이. 당신이 맡은 역할을 아 메르베유(훌륭하게) 해냈어요.”

그는 창문닦이와 함께 방으로 들어왔다. 그런데 빨간 가발을 손에 든 젊은이는 사뭇 다른 사람으로 보였다.

"제 친구 제럴드 헤밍웨이 씨를 소개합니다. 장래가 촉망되는 젊은 배우지요.”

"그럼 애초에 창문닦이 같은 건 없었다는 말씀이세요? 목격한 사람이 없었다고요?"

로다가 소리쳤다.

푸아로가 자랑스럽게 대꾸했다.

"제가 목격했잖습니까. 육안으로 볼 수 없는 것까지 모두 포착해 내는, 두뇌라는 눈으로 모든 걸 목격했지요. 등을 기대고 지그시 눈을 감으면……."

그러자 데스파드가 유쾌하게 말했다.

"저 양반 한번 찔러 줍시다, 로다. 귀신이 돼서도 나타나 범인을 밝혀내는지 보자고요."

〈끝〉

옮긴이 | 허형은

1977년 서울 출생. 숙명여자대학교 한국사학과 졸업. 현재 인트랜스 번역원 소속 전문번역가로 활동 중. 옮긴 책으로는 『죽음의 닥터』, 『헤드크러셔』, 『삶은 문제 해결의 연속이다』, 『반듯한 인재를 위한 품성 리더십』, 『꿈을 꾸는 구두장이』, 『미국 최고의 교수들은 어떻게 가르치는가』, 애거서 크리스티 전집 『테이블 위의 카드』 등이 있다.

애거서 크리스티 전집

테이블 위의 카드

3판 1쇄 찍음 2023년 8월 21일
3판 1쇄 펴냄 2023년 8월 28일

지은이 | 애거서 크리스티
옮긴이 | 허형은
발행인 | 박근섭
편집인 | 김준혁
펴낸곳 | 황금가지

출판등록 | 2009. 10. 8 (제2009-000273호)
주소 | 06027 서울 강남구 도산대로 1길 62 강남출판문화센터 5층
전화 | 영업부 515-2000 편집부 3446-8774 팩시밀리 515-2007
홈페이지 | www.goldenbough.co.kr

도서 파본 등의 이유로 반송이 필요할 경우에는 구매처에서 교환하시고
출판사 교환이 필요할 경우에는 아래 주소로 반송 사유를 적어 도서와 함께 보내주세요.
06027 서울 강남구 도산대로 1길 62 강남출판문화센터 6층 민음인 마케팅부

© ㈜민음인, 2023. Printed in Seoul, Korea
ISBN 978-89-8273-738-1 04840
ISBN 978-89-8273-700-8 04840 (set)

㈜민음인은 민음사 출판 그룹의 자회사입니다.
황금가지는 ㈜민음인의 픽션 전문 출간 브랜드입니다.